講談社文庫

すぐ死ぬんだから

内館牧子

講談社

すぐ死ぬんだから

第1章

年を取れば、誰だって退化する。
鈍《にぶ》くなる。
緩《ゆる》くなる。
くどくなる。
愚痴《ぐち》になる。
淋しがる。
同情を引きたがる。

ケチになる。
どうせ「すぐ死ぬんだから」となる。
そのくせ、「好奇心が強くて生涯現役だ」と言いたがる。
身なりにかまわなくなる。
なのに「若い」と言われたがる。
孫自慢に、病気自慢に、元気自慢。
これが世の爺《じい》サン、婆《ばあ》サンの現実だ。
この現実を少しでも遠ざける気合いと努力が、いい年の取り方につながる。
そう思っている私は、今年七十八歳になった。
六十代に入ったら、男も女も絶対に実年齢に見られてはならない。
間違いない。

日曜の午後、私は銀座《ぎんざ》通りを歩きながら、奥が鏡張りになっているショーウインドウの前で足を止めた。自分の姿を映してみる。
三センチとはいえハイヒールを履き、鮮やかなビリジャングリーンの薄手のセーターに、大ぶりのネックレス。それは黒と白のプラスチック製で、太い鎖になっている。スカートは同じように黒と白の大胆な幾可学模様。これらが鮮やかなセーターとよく合う。

むろん、ネイルもサロンでやってもらっている。

再び歩き出しながら、姿が映りそうなショーウィンドウの前では必ずチラッとチェックする。「よしッ」とまた歩く。

絶対に七十八には見えない。自信がある。それだけの努力はしているし、気合いも入れている。

「あの……ちょっとすみません」

背後から呼び止められた。

振り向くと、全然知らない女性が立っている。四十代だろうか。

「突然ですが、お願いがございまして」

「私に？　何かの勧誘ならお断りします」

「いえ、お写真を撮らせて頂きたいんですが」

何のことだ。

「写真って、私のですか？」

「はい。私、決してあやしい者ではございません」

四十代は真剣にそう言うと、名刺を差し出した。そこには、

「月刊コスモス編集部　グラビア班デスク　山本美樹」

と印刷されていた。

「月刊コスモス」はシニア向けの雑誌で、実は私も毎月読んでいる。他のシニア誌よりもファッションやメイクのやり方等、要は外見磨きに重きを置いている。他のシニア誌は著名人が人生訓だの生き方だのを説教して、うっとうしい。年を取れば、そのくらいのこと誰だって言えるというレベルの人生訓や生き方だ。

「私どもの雑誌に、『こんなステキな人、いるんです』という人気ページがございまして、ぜひそこに写真を載せさせて頂きたいんです」

あのページに出ろと言うのか。ヤッタ！　信じられない。

その連載は、街で見かけたシニア男女の写真と短い談話を、カラーでまるまる一ページ載せている。モデルでもなければ芸能人でもなく、一般人の写真な

のだが、外見磨きに重点を置く雑誌だけあって、毎月、「日本のシニアもここまで来たか」というような、気合いの入った男女が載っている。

あのページに出てくれと言われたとあっては、ガッツポーズどころか、でんぐり返しだってしたくなる。もちろん、そんなことはおくびにも出さず、控えめに答えた。

「私も『コスモス』は毎月購読しておりますので、あのページは大好きですが、私なんかとてもとても。いつもステキすぎる人ばかりで」

「え?! ご購読頂いてるんですか！ ありがとうございます。あのページは七十代の男女を中心に出て頂いているんですけど、これほどおしゃれなら、六十代でもかまいません。ぜひ」

六十代だと?! また心の中ででんぐり返しをしたが、苦笑してみせた。

「私、今年七十八になったんですよ」

「えーッ?! ウソ、ウソ！ 七十八?!」

「ええ。これから高校の『大台間近の同期会』というのがあって、行くところなんです」

「お時間は取らせませんので、ぜひ、ぜひ写真を撮らせて下さい。こんなにおしゃれで姿勢もよくて、服もアクセサリーも洗練された『大台間近』なんていませんよ。私、六十七、八かと思っていました」

ああ、何と嬉しい。

「カメラマンもヘアメイクも同行しております。全員で束になってお願いすると、皆様びっくりして引いてしまわれるものですから、離れてスタンバイしております」

私は笑ってみせ、とうに決めていた答を口にした。

「そんなにおほめ頂いて……それなら撮って頂きましょうか」

「ホントですかッ。ありがとうございます」

山本《やまもと》は、少し離れたところに立っている男女に叫んだ。

「オッケー頂きましたァ」

男はカメラマンで、女はヘアメイクだった。カメラマンは二十代らしきアシスタントも連れている。

山本が目を見開いて三人に言った。

「七十八歳なんですって」

「えーッ！　絶対見えない！」

ヘアメイクが驚くと、カメラマンも若いアシスタントも声をあげた。

「僕たち全員が、歩いていらっしゃるところを一目見て、何てカッコいいと一致したんですよ」

「今日のスカートすごく独創的でよくお似合いですけど、買うお店は決まってるんですか」

「あら、これは私がミシンで縫ったの。カーテン地よ」

また全員が声をあげた。

「北欧のファブリックは、色使いも柄も斬新でしょ。だからよく使うんです」

「マジっすか」

若いアシスタントがそう言って目を見開いたのだから、私は益々《ますます》自信を持った。

こうして、カメラマンの言うままに銀座通りを歩いたり、ビルに寄りかかって空を見上げたり、ウィンドウをのぞいてみたりした。

もったいないほどシャッターが切られ、場所が変わるたびにヘアメイクが飛んできて、化粧を直してくれる。

道行く人たちが、何ごとかと目を止める。

私は「ごめんなさいね、芸能人じゃなくて。そこらのバアサンよ」とでも言うように困った表情を返すが、実は晴れがましいことこの上ない。

カメラマンが山本に言った。

「自然な表情のカット撮るから、何か話しかけて」

「了解。……どんな年の取り方をしたいとお思いですか」

「そうですねえ、外見を磨くことを忘れたくないって言うか。年を取るということは退化ですから」

「退化……」

「ええ。よく色んな雑誌で著名人が語ってますよね、『年を取るということは、豊かになるということです』とかって。若い時には見えなかったものが見えてくるとか何とか」

「はい」

「それは高齢者へのおだてのようなもので、そう言わないと冷たくてイヤな人と思われるからですよ。現実には年取ると目が悪くなり、耳が遠くなり、足腰が弱くなり、シワとシミだらけになり、いいことなんか何もありません。若い時には見えていたものが、年取ると白内障で見えなくなるし」

山本が吹き出し、私も笑った。カメラマンが、

「いいね。その笑顔いいなァ」

と、すごい速さで何枚もシャッターを切る。

「ですから、人は退化に比例して外見に手をかけるしかないと思っています。退化をカバーするのは、エクササイズや食事も含めて、まず外見磨きだと思うのよ」

山本がうなずきながら、メモしていく。

「よく、『私、年齢は忘れてるんです』って得意気に言う人、いるじゃやない？　大笑いの言葉よねえ。年齢を忘れるのは本人じゃなくて、他人に忘れさせなきゃいけないの」

実際、「人は中身」などと言う女に限って、こういうありきたりなことを言

いたがる。

「ね、山本さん、年の取り方のうまい人に、外見がみすぼらしい人、いないでしょ」

「はい、確かに」

「それが上手な年の取り方の基本じゃないかしら」

断言したかったが、今日は「かしら」をつけて控え目に言っておいた。

撮影は四十分ほどで終わり、山本は嬉しそうに頭を下げた。

「お陰様でいい取材ができました。些少ですが、取材料を振り込ませて頂きます。記事は二ヵ月後の八月号に載りますので、編集部からお送りします。発売前日には届くと思います」

山本は送り先などを聞き、みんなで何度もお辞儀をして歩き去った。

私はすっかり高揚し、肩で風を切らんばかりにして歩き出した。

十年ぶりに会う高校の同期生は、この生き生きした表情の私を見たら、きれいだと思うに違いない。

三十分ほど遅れて会場に入ると、早くも大変な盛りあがりを見せていた。

私が出た都立の商業高校は、同学年の生徒数が二百五十人だったが、出席者名簿を見ると、四十八人もいる。七十八歳でこの人数は、お祝いに値する。

だが、会場を見回すなり、愕然とした。十年前の六十八歳の時、七十の「大台間近の同期会」をやったのだが、出席者の容貌はあの時とはさま変わりしている。

十年という歳月は、人をここまで汚なく、緩く、退化させるのか。

私は若い気でいるが、ここにいるジイサンバアサンと同じではないだろうか。不安が過《よぎ》る。

いや、私は違う。加齢に対して手を打っている人間は、この人たちのように退化はしないものだ。その証拠に、たった今、六十七、八に見えると言われたばかりではないか。それもシニア専門誌のプロ編集者、カメラマンからだ。写真まで撮られたのだ。

よく見れば、会場には洗練された雰囲気の男女もいたし、おしゃれでとても七十八とは思えない男女もいた。だが、そうでない男女の方がずっと多い。

「ハナ、若ーい！」

雅江《まさえ》と明美《あけみ》がやって来て、腕をつかんだ。

私の名は「忍《おし》ハナ」という。結婚して、旧姓の「桜川《さくらがわ》」から「忍」というド迫力の姓になった。

「若いのはそっちよ。雅江も明美も変わんないねー」

大嘘だ。二人ともバアサンくささに磨きがかかっている。若さを磨けよ、まったく。老化に磨きをかけてどうする。

高校時代の雅江はスターだった。勉強は学年のトップクラスだったし、ハンドボール部で鍛え、抜群のスタイルだった。浅黒い肌のくっきりした顔だちは華やかで、取り巻きも多かった。同学年の男子ばかりか、上級生にも下級生にも人気だった。

その頃の私はと言えば地味で、美人でもなく、成績も目立たず、凡庸な高校生だった。それだけに、雅江には臆《おく》するところがあったものだ。

「ハナ、すごいね。よくそんなに派手なスカートはけるよ。ご立派！　尊敬しちゃう」

底意地の悪さだけは、昔の雅江まんまだ。

「十年前の同期会の時とは別人みたい。どうしたのよ、急に色気づいちゃって」

会ってすぐこういうことを言うのは、自分の方がバアサンくさいと気づかされたからだ。雅江はどこからどう見ても、退化した七十八歳か、それ以上にしか見えない。

薄い水色の、何年前のものかという古いヘチマ衿《えり》のスーツを着ている。ファンデーションはつけてきたようだが、普段は肌の手入れも化粧もしていないのだろう。かつては「ブロンズ色」ともてはやされた浅黒い肌は白粉《おしろい》が浮き、シワとシミが目立つ。孫からでも借りたのか、口紅だけがやたらと赤い。

明美が雅江におもねるように言った。

「ねえ、雅江、こんなに変わっちゃったハナって、何かあったんだと思わない？　そのスカートだけでも悪目立ち……あ、ごめん。スカートだけでも目立つのに、太《ぶ》っといネックレスに銀色のネイルだもん。ハロウィンか？　って。あ、ごめんね。いやハナは立派って言いたいの。ね、雅江」

明美は高校時代、雅江の手下《てか》だった。八十歳間近になっても、雅江を見ると反射的に手下根性が出るらしい。

「悪目立ち」という言葉を意識して使っておいて、あわてて言い直してみせるところからも、私を面白《おもしろ》く思っていないのがわかる。ふん、いい気持だ。

その明美はウェストで切りかえのない、袋のようなズドンとしたワンピースを着ていた。グレーのジャージ素材だ。

こういう伸び縮みのする素材や、体を締めつけない服を着るのはバアサンの証拠。「楽が一番」という精神に退化している。

「雅江や明美と違って、昔から私は地味でくすんでたじゃない。だから、年を取ったら少しは自分に手をかけないと、あなた達と同じレベルの年の取り方ができないのよ」

大嘘だ。

二人とも髪が老化し、薄くなってペチャンコだ。分け目が浮きあがり、地肌が見えて、貧乏くさいことこの上ない。

まったく、ウィッグでもヘアピースでもつけろって。今、安くていいのがあるんだから。

雅江が悪目立ちの赤い口を曲げて笑った。

「そうか。それでハナ、若作りして頑張ってるんだ」

「若作り」という言葉にカチンときていると、明美がまた雅江におもねった。

「雅江や私はナチュラルが好きだもんね。ねえ、雅江」

出た！　手をかけない女が好きな「ナチュラル」。

私は腹の中で「あんた達みたいなのは、ナチュラルって言わなくて、不精《ぶしよう》って言うんだよ」とせせら笑って聞き流した。

その時、ビールやワインのグラスを手に、ジイサンたちが四人やってきた。

「イヤァ、ハナがいるところは、パッと花が咲いたみたいだよ」

名前も覚えていない男だが、胸の名札に「水野《みずの》」とある。この水野、耳毛が出ている。耳毛爺からほめられても嬉しくない。

「俺たち、今も向こうで話してたんだけど、ハナは絶対に十歳は若く見えるよな。うちの女房とは大違いだよ」

この男は胸に「須山《すやま》」とつけている。やはり全然覚えていないが、高校時代は美しい十七歳だったのだろう。それが今は、すっかり禿《は》げあがっている。

いや、禿げは全然構わない。うちの夫も禿げている。「禿げたら禿げっ放し」がまずいのだ。服装や肌などに気を使えば、禿げもヘアスタイルの一種に見えるものである。

須山は蚊にでも刺されて掻《か》いたのか、禿げた頭頂部に引っかき傷がある。問題外のジイサンだ。こんな男の女房と比べられたくない。

同じクラスだったロクチャンもおり、彼は仕立てのいいジャケットを着ていた。なのに、その下はワイシャツにループタイだ。

うちの夫は七十九歳になるが、私はループタイを絶対に許さない。あれは締めつけない分、ジイサンくさく見えるし、どこか貧相に見える。

「ロクチャン、すてきなジャケットだから、アスコットタイとか派手めのネクタイでもカッコいいよ」

私が遠回しに言うと、彼は大きく手を振った。

「首を締めつけたくないんだよ。もう、楽が一番。年なんだからサァ」

やっぱりこれだ。年だから手をかけるべきだろう。楽をしたがることが、一番の不精なのだ。

私の分もワインを手にして来たのは、隣りの席だったサブだ。小柄で目立たない少年だったが、七十八歳の今はやたらと目立つ。髪を真っ黒に染めているからだ。街でも「カラスの濡《ぬ》れ羽《ば》色」に染めた男を時々見かけるが、不自然この上ない。漆黒の髪に年齢がついて行けるわけがない。

引っかき傷のある禿げよりは、手をかけている分マシか。いや、どっちもどっちだ。

雅江が古びたヘチマ衿の胸をそらした。

「ハナ、十歳は若く見えるって言われたこと、真に受けちゃダメだよ。何かで読んだんだけどさ、人って相手の年齢を言う時、気を使って必ず五歳から十歳は若く言うんだって」

雅江の悪意がにじむ言葉は、その悔しさをあからさまにしている。私はゆとりの笑顔で答えた。

「わかってるって。本気にしてないよ」

何とでも言え。こっちはついさっき、プロの編集者たちに「六十七、八」と言われたのだ。

「いや、俺らは本気で言ってるんだよ。ハナは今日集った中で一番若くて、一番カッコいい。あっちで男はみんなそう言ってたよ。なァ、水野」

それにしても、他の女たちもいるところで、一人だけをほめる男たちにはあきれる。そんな基本もわかっていないのだから、女房以外の女とどれほど無縁で七十八歳になったか知れる。

もっと見た目にかまえば、人生も違っていただろうに。

男たちのほめ言葉に、雅江の不快感も頂点に達したらしい。わざとらしい穏やかさで言った。

「でも、人って中身だからねえ……。若く見えようがカッコよかろうが、中身のない人間はすぐにあきられるよ」

出た！ つまらない女が好きな「人は中身」。

こういう女には、一切逆らわないことにしている。

「ホント、その通りよねえ」

と返すに限る。

「人は中身よ」と言う女にろくな者はいない。さほどの中身もない女が、これを免罪符にしている。

私は早く切り上げたくなり、ありきたりにまとめた。

「私ら平均寿命まであと十年ないじゃない。どうせすぐ死ぬんだから、生きてる間は着たいもの着て、若々しく楽しみたいと思わない？」

雅江が大げさにうなずいた。

「そうよ、そうよ。似合えば何を着たっていいのよ。でも……」

私に意地の悪い一瞥《いちべつ》をくれた。

「似合うって誰が決めるんだろうって、いつも思うのよ。他人がそう言うのはお世辞だし、結局は自分で決めるわけよね」

明美が声を張り上げた。

「それだよ、それ。自分で似合うと決めたってさ、傍《はた》から見りゃ『痛いバアサン』にしか見えないって人、多いからねえ」

もう我慢ならない。一発かますか。

「実はここに来る途中ね、『コスモス』って雑誌の編集者に声かけられたの」

「シニア向けの？　あの雑誌？」

「そう。何かと思ったら、写真撮らせてほしいって」

男たちが喜んだ。

「すごい。雑誌に載るのか？」

「うん。八月号。ああいう人たちが似合うって言ってくれると、嬉しいよね。忘れなかったら八月号見てね」

「見る見る。ハナなら声もかけられるよ」

雅江と明美は黙り、男たちはやっと空気を察して、さり気なく離れていった。

女二人も後を追ったが、雅江が突然、振り向いた。

「あーあ、ハナのこと羨《うらやま》しいわァ。若くいたいとか着たいものを着るとか、お金と時間があるから言えるのよ。普通の老人にはできないよ」

明美も足を止めた。

「そうよ。ハナと違って、たいていの人はお金がないし、介護だ何だで自由になる時間もないの。自分のことなんか後回しだよ。ねぇ、雅江」

「ハナ、一般人なんてそんなもんよ。今じゃこっちが介護される年になって、余裕はないし。年金でやっと暮らしてるんだから」

雅江は「どうだ」という目で私を見た。私はしんみりと、

「そうよね……」

とうなずいておいた。

お金がないと言う言葉を、真に受けてはならない。本当に貧困にあえぐ人たちもいるが、一般老人はなぜお金がないか。

貯金するからだ。

年金をやりくりし、生活を切りつめ、「老後のために」と貯金するからだ。

まったく、今が老後だろうが。

若いうちに切りつめて蓄《たくわ》えたお金は、今が使い時だろうが。

八十間近の、さらなる「老後」に何があるというのだ。葬式しかないだろう。

私はうなずいてみせたものの、腹の中でせせら笑っていた。それが表情に出たのかもしれない。

明美が取ってつけたように、雅江を促した。

「あっちのテーブルの人たち、待ってるよ。早く行ってしゃべろ」

歩き出す時、雅江は私を真正面から見た。

「ハナ、あなたって嫌われるでしょ」

捨てゼリフを残し、立ち去った。

その後姿は、へたって薄い髪と古びたスーツ、スーパーで売っているような安いペタンコ靴で、「老後」の今、貯金より使うべきことがあるだろうと思わせるに十分だった。

初夏の夕陽が沈みかけた頃、会はお開きになり、みんな満足したように帰って行った。

その姿を見て、天を仰《あお》いだ。

大半がリュックを背負っている。今時のおしゃれなリュックではない。毎日使っているのだろう。色褪《あ》せてくたびれ切っている。

これも「年なんだから楽が一番」の例だ。

若い人のリュック姿とは全然違うことに、気づかなければならない。

リュックは楽だし、両手があいて安全で、老人にはピッタリだ。であればこそ、病気でないなら拒否する気概が必要だ。

その上、男も女も登山帽というか何というか、これもスーパーで売られているような、安っぽい帽子をかぶっている人が多い。

リュックに帽子でゾロゾロ帰って行く老いた一団は、何だか虫の一群に見えた。

誰もが年を取る。

だが、誰もが虫になるわけではない。

自分に手をかけない不精者だけが、虫になる。

人間のなれの果てを見せられた気がした。

私は虫たちとは逆方向に、一人で歩き始めた。駅には遠回りだが、あの一群と友達だと思われたくない。

家に着くと、夫の岩造《いわぞう》が両腕を頭の後ろで組み、ソファに座っていた。

何か考えごとをしているのか、私が帰って来たことに気づかない。

ドアロからそっとのぞいて、その服装に満足した。ダークオレンジの薄手のセーターにベージュのコットンパンツ。首には渋いオリーブグリーンのペイズリー柄のアスコットタイだ。全部、私がコーディネートした。今日は幼馴染《おさななじみ》のコウチャンの病気見舞に行くと言うので、明るめだが落ちつく色合いを選んでいた。禿げも含めてダンディだ。

元同級生たちと比べ、来年は八十という岩造の方がずっと若く見える。老人はこうでなくてはいけない。

私たち夫婦は、麻布《あざぶ》のマンションに二人で暮らしている。代々続く酒屋を経営していたが、今は長男の雪男《ゆきお》に譲り、好きなように生きている。

ソファの岩造は、大きくため息をつくと、リビングの一角に行った。十五畳ほどの洋間だが、リフォームする際、その一角を床の間風に設《しつら》えていた。

岩造は、掛け軸をじっと見つめている。そこには、

「平氣で生きて居る」

と太い筆で揮毫《きごう》されていた。

うまい字なのか下手なのか、判断がつきかねるものだったが、たっぷりと墨

を含ませた筆には力と勢いがあり、「平氣で生きて居る」という言葉とよく合ってはいた。紙の隅には「田所昭二郎《たどころしょうじろう》」という署名と、赤い落款《らっかん》が押されている。

田所昭二郎は五年前、百歳を越えて亡くなったが、日本人なら誰でも知っている「伝説の商人」だった。

小学校しか出ていない中、小さな荒物屋を大デパートに育てあげた人だ。今では札幌《さっぽろ》から博多《はかた》まで六館の系列デパートがある上、人材派遣業や不動産業などにも手を広げている。東証一部上場の「株式会社田所」だ。

町の荒物屋の時代は廃業寸前まで追いこまれ、一家心中を考えたという。そこから立ち上がり、リヤカーで行商してデパート王になった話を、特に岩造年代の経営者は好きだった。

もう三十年近く昔になろうか、岩造は田所の講演会に行き、図々しくも控室を訪ねて揮毫をお願いしたのだ。社員たちはつまみ出そうとしたらしいが、田所は機嫌がよかったのか、座右の銘を書いてくれた。

「平氣で生きて居る」

これは正岡子規《まさおかしき》が『病牀六尺《びょうしょうろくしゃく》』の中に書いており、田所はこの言葉を糧《かて》に、あらゆる逆境を乗り越えた。それは多くの著作やインタビューでも明かされていた。

岩造は「忍酒店」の一人息子で三代目だった。大正時代から続く店は、マンションから歩いて三分ほどの商店街にある。

昭和三十年代から五十年代初めまでは、面白いほど繁盛した。酒ばかりではなく、味噌、醤油《しょうゆ》、缶詰、漬け物、菓子類まで食料品は何でもそろえた。岩造はさらにチリ紙とか歯ブラシ、歯みがき粉、バンソウコウやガーゼなども置き、今のコンビニのようでもあったのだ。その上、御用聞きが近所を回り、たくさんの注文を取ってくる。

ところが、大きなスーパーマーケットが幅をきかすようになった頃から、経営は加速度的に下降した。価格ではとても勝てない。それでも、仕入れ値を割るかというところまで安くしたり、おまけをつけたりしたが、客足は遠のくばかりだった。田所のように一家心中ギリギリのところと言ってもいい。

何とか持ちこたえたものの、次に来たのはコンビニである。どこの町にも、幾つものコンビニができた。二十四時間オープンのそれと、夜八時には閉まる個人商店では勝負にならない。ちょっとした買い物なら、近くのコンビニにかけ込む時代になったのだ。

田所に揮毫してもらったのは、その頃だ。若き岩造は朝に晩にそれを眺《なが》め、気力を奮《ふる》い立たせていた。

そして、必ず言ったものだ。

「いい言葉だよなァ。これを見ると、何があっても平気で生きてやるって、本当に力がみなぎってくるんだよ」

私はこんな書を眺めたところで、何もみなぎらない。

だが、世間には、この名言に救われたとか、この一言で前を向いたなどと言う人たちが、確かに少くないのだ。私にしてみれば、チャンチャラおかしい。

実際、店の経営はますます苦しくなり、何とか新機軸を打ち出さないことには、立ち行かないところまで来ていた。もちろん、自分の外見に手をかけようなどと考えもしない時期だ。五十三歳だった。

ある晩、私は岩造に提案した。

「納豆ワンパック、缶ビール一本でも、夜七時から十時までは配達することを売りにしない？」

岩造は反対した。

「そんな素人《しろうと》の思いつきで、立ち直れるレベルじゃないよ。それに俺は今でも酒だのジュースだのは配達してるし、その時に小さい物も一緒に届けてるだろ」

「そうじゃなくて、急に何か必要になった時だよ。コンビニは便利だけど、こっちから出向かなきゃなんない。じゃなくて、こっちが出向くんだよ」

「納豆ワンパック、豆腐一丁、パン一斤《きん》って注文が殺到したらどうするの。俺とお前の二人しかいないんだよ」

私は実際には、超小口の配達依頼はそうそうないと踏んでいた。ただ、そのサービスを一回でも受けたなら、次からは必ずうちを使ってくれるはずだ。

何の根拠もなく、自信もなかったが、私は岩造を押し切った。そして、会社員だった長女の苺《いちご》にポスターを描かせた。

それは納豆やら卵やら缶詰やらが、ひとつずつ並んでいる絵で、うまくもな

かったが、

「納豆ひとつから配達します。夜10時まで。町の酒屋は便利です。出向きます」

と、私が文章を書いた。

それを店の外にも、店の中にも貼《は》り、ちらしをコピーして、近所の郵便受けに入れて回った。

案《あん》の定《じょう》、超小口の急な注文はほとんどなかった。それでも一ヵ月に二、三件はあり、配達は岩造ではなく、私がやった。女が頑張っている姿を見せる、という計算があった。

車ではなく自転車で、私は卵ワンパック、牛乳二本、アイスクリーム五個などを配達して回る。

思っていた通り、多くの客は次からうちを使ってくれるようになった。店に来て、

「奥さん、先日は雨の中、ありがとう。チューブの辛子《からし》一本でも、ないと客に出せなくて、本当に困ってさ。申し訳なかったね」

などと言う。私は、

「いつでも言って下さい。辛子でもケチャップでも、ないと困るのよくわかります」

などと答える。

岩造は、この新機軸の効果を「焼け石に水」と思っているようだったが、「ゼロ」とは思っていないのが見て取れた。

みぞれの降る寒い夜、私は雨ガッパを着て、パン粉一袋とマヨネーズ一本を自転車で客に届けた。

その帰りのことだ。みぞれの道で滑り、自転車ごと転倒。舗装された道路に激しく叩きつけられた。

それをたまたま、客が台所の窓から見ていたらしい。慌《あわ》てて救急車を呼び、大騒ぎだったと聞いた。

私はといえば、地面を覆う冷たいみぞれが、雨ガッパから染みてくることをぼんやりと感じていた。

救急病院に搬送されると、右足の甲の骨と指の骨が計五本折れていた。手術して細いワイヤーでつなぐ。二週間の入院だった。

苺は会社帰りに毎日見舞ってくれ、岩造と雪男はどちらかが店に残り、かわりばんこに来た。

岩造は来ると、ベッドサイドで必ず言った。

「個室に入れられなくて、悪いな……」

当時の経済状態では当然だ。

動けない私は、毎日病室の天井と壁を見ていたが、なぜか「平氣で生きて居る」という言葉ばかりを思い出した。

生きていれば、誰にだって色んなことがある。追いつめられた時、どう生きるかだ。岩造と私は、今、追いつめられている。

ある夜、見舞いに来た岩造に言った。

「毎日、あの掛け軸、拝《おが》んでんの？」

「拝むって、宗教じゃないよ。今日一日の自分を振り返るの。『今日は平気で生きたか？　俺』ってな」

「偉い！　だけどあんたはまだ五十四歳、私は五十三。平気で生きてりゃ、この先にどんないいことがあるかわかんないって」

「骨折して大部屋に入れられて、退院すりゃ店は火の車、長男の出来は最低って中で、よくそういうことを考えられるな」

岩造は苦笑して、私を見た。

「俺、お前と結婚したことが、人生で一番よかったよ」

「聞きあきた」

照れくさくて、そう言ってやった。

「それよりアンタ……、個室でなくて悪いとホントに思っている？」

「いる」

「なら、あの掛け軸持って来て」

「え？」

「ここ、刑務所かって感じで、それも雑居房だよ。あの掛け軸、掛けたいよ」

岩造は手を振った。

「ここに持って来たら、俺は何見て一日を反省するの。ダメだよ」

「いいじゃない。ここで私と一緒に反省すれば」

「ダメ。大事なものだから動かせない」

「入院してやることないから、色々と考えてさ。そしたら面白いことに気がついた。誰かを励ます時って、『前向きに生きよ』ってすぐ言うじゃない。あの言葉で元気出る人、いないよ」

岩造は小さな丸椅子に腰かけ、黙ってミカンをむいた。

「だけど、『平気で生きている』って言ってみるとさ、少しマシなんだよね」

「マシか」

私たちは声をおさえて笑った。薄いカーテン一枚で隣りと区切られており、声には気を使う。

面会者用のコーナーもあるが、私はまだベッドから動けない。

「うん、マシ。私、今、最低の中にいるけどさ、『平気で生きよっと！』って自分に言うと、元気が出るってほどじゃないけど、死ぬのはやめようくらいは思うんだよね」

「……ハナ、死のうと思ってたのか」

「深刻になんないでよ」

私は岩造の膝《ひざ》を叩いた。

「死にゃ全部終わって、楽だろなと思ったたって程度」

「そうか……」

私は岩造のむいたミカンを口に入れ、

「心配いらないよ。掛け軸持って来なくていい」

と笑った。

岩造はもうひとつミカンをむき、袋の白いすじを無言で取った。二本、三本と丁寧に取った。

「わかった、持ってくる」

「えーッ?! いいって、いいって。すぐ退院するんだし、いいよ」

「明日、持ってくる。骨折した分、今は俺よりハナの方が大変だし、掛け軸で少しはマシになるなら、ここに掛けた方がいい」

「ホントに? いいの?」

「いい。あの言葉のよさに女房も気づいてくれりゃ、何か嬉しいよ」

いつも「ハナ」と言う岩造が「女房」と言った。夫婦で同じものに共鳴することが嬉しかったのだと、私は幸せな気持になっていた。

ところがだ。

岩造は次にやって来た日、

「ごめん。忘れた、掛け軸」

と両手を合わせた。

「もうッ！　次は忘れないでよ」

と、笑って許した私は甘かった。

その次の日も次の日も、毎回忘れてくる。毎回手を合わせたり、頭を下げたりだ。

それが一週間も続くと、私でもわかる。実は忘れたのではなく、持って来たくないのだ。だが、それでは私をだましたことになる。苦肉の策が「忘れた」「また忘れた」なのだろう。

子供っぽい。だますのが下手な亭主は、何だか可愛い。

だから、私の方から言ってやった。

「あと三日もすれば退院だからさ、もういいよ、掛け軸」

まったく、そんなにも大切なものかと呆《あ》きれるが、子供っぽいとはそういうことなのだ。

「退院したらさ、私も一緒に一日を振り返るよ」

岩造は何も言わず、ひたすら私を拝みまくった。


退院して店に出ると、今まで来たことのない客が来るようになった。

私が自転車で納豆ひとつから配達していた頑張りや、みぞれの日に大怪我をしたことやらを聞き、同情したらしい。雨ガッパを着て自転車に乗る健気《けなげ》さもだ。

もっとも、何人か客が増えたところで、それこそ「焼け石に水」ではあったが、ありがたかった。

そして、私は「町の酒屋さん」という考え方を徹底し、とにかく町の人に役立つ仕事をして生き残る、と決めた。

世間には、大手の家電量販店ではなく「町の電器屋さん」から買う人たちがいる。それは多少高くても、すぐに故障に対応してくれたり、アフターケアが細やかだったりするからだ。

　こうして、忍酒店はギリギリのところで踏ん張っていた。

　あれから二十五年がたち、長男の雪男が跡を取った今も、店は何とか続いている。

　そこには、マニュアル通りの接客より、なじみの店主や店員と対面して買いたいとする人が、ほんの少しだが増えてきたこともある。

　口には出さないが、私の力によるところも大きい。だが、岩造は必ず言う。

「この田所社長の書を掛けてから、なんでか店は踏ん張れるようになったよな。商店街のオモチャ屋も文房具屋も靴屋もつぶれたっていうのにな」

「ね、家宝だよ。縁起物として、代々に継いでいかなきゃね」

　実家の父は縁起をかつぐ人だった。

　父、桜川一平《いっぺい》は元々は大工だったが、三十代の時、両国《りょうごく》で「桜川組」という土建屋をおこした。私はその長女で、商業高校を出た後、経理を手伝っていた。

　忍岩造との見合い話が来たのは、私が二十三の時だ。相手はひとつ年上だった。

「忍」という姓になることには抵抗があったものの、他の条件は完璧だった。女は結婚して子供を産むのが当たり前という時代だ。どうせ結婚させられるなら、条件のいい方が得というものである。

中でも、岩造に備わっていた最高の条件は、両親がとっくに死んでいることだった。こんなに有難いことはない。姑《しゅうとめ》の苦労だの舅《しゅうと》の介護だのとは無縁ですむ。

昭和三十七年当時の麻布など、下町の人間からすれば「ド田舎《いなか》」だ。とはいえ、土地付きの老舗《しにせ》酒屋というのは悪くない。

「いつかド田舎も開発されるだろうよ」

父は根拠もないのにそう言い、私も「両親がいない」という好条件の前には、ド田舎など小さな問題だと思った。

それに、私のものおじしない性格は、店頭に立てば役に立つ。経理もできるし、店を切り盛りするのは面白そうだ。

岩造はおとなしくて、何だか頼りない男だったが、老舗のぼんぼんはこんなものだろう。

それに、女は毎年毎年、見合い話が減る。年齢と共に、相手の条件が悪くなる。二十三歳の今、いいと思ったら決めることだ。

見合いの席で、父がいかにも土建屋の頭《かしら》らしいドスの利いた声で尋《たず》ねた。

「忍さんのご趣味は何ですか」

岩造は笑みを見せ、穏やかな口調で答えた。

「折り紙です」

お、折り紙だと？　鶴とか奴《やっこ》さんとか折るのか？

土建屋は固まり、土建屋の娘も固まった。なのに、ぼんぼんは嬉《うれ》し気《げ》に言う。

「新作を自分で編み出すのが楽しいんです。これまでに鎌倉《かまくら》の大仏やエッフェル塔など色々と創作しました。仲間たちと年に一回、グループ展を開くのが一番の楽しみです」

そして、カバンから色紙を出すと、たちどころに力士を折った。

「両国の方《かた》ですから、きっと相撲《すもう》がお好きかと思いまして。どうぞ」

手渡された土建屋は、色紙の力士をごつい手に持ち、礼さえ言えずにいた。

だが、私はこの時、ハッキリと決めた。岩造と結婚する。

父は派手な女関係で、どれほど母を苦しめたかわからない。母は姑に下女扱いされていじめ抜かれた上に、夫のたび重なる不貞にも耐えていた。

私は父が好きだが、結婚相手としては最低だ。

折り紙が趣味で、穏やかで、まじめに家業を営み、年一回のグループ展が楽しみな男。面白味はないが、夫としてはいい。

平凡で幸せな家庭は、そういう相手とこそ作れるものだろう。面白味のある男は家庭には向かない。

私の目に狂いはなかった。その上、結婚してみてわかった。岩造とは妙に気が合ったのだ。旅でも食事でもおしゃべりでも、夫とするのが一番楽しく、一番休まる。両国の父も母もすでに他界したが、いい結婚をした娘には何の心残りもなかっただろう。

七十八になった今では、自分に磨きをかけて自信満々に同期会に行ける「老後」だ。

「ただ今。もう同期会、二度と行かない」

「平氣で生きて居る」を見つめている岩造に、私は吐き捨てるように言った。

「ババくささが伝染《うつ》るよッ」

本当にジジババくささは伝染病だ。そういう人の中にいると、これでいいのだと思うからだ。

岩造は私に初めて気づき、

「オオ、お帰り」

と言ったが、どことなく元気がない。コウチャンの病状がよほど悪かったのだろうか。

「お茶いれるね。コーヒーの方がいい？」

岩造は力のない目で、小さくうなずいた。

コーヒーをいれてリビングに戻ると、今度は突然、恐いほどの目を向けた。

「ハナ、俺が入院したら、一切の治療はするなよ。痛み止めだけで、あとは自然に放っといてくれ。いいな」

これは岩造が以前から言っていることだ。今までに何十回と聞かされている。

「わかってる。ちゃんとわかってるってば」

「いざとなると、わからなくなるんだよ」

コウチャンは胃瘻《いろう》を造られ、人工呼吸器やら多くの管につながれ、病室のベッドに寝たきりになっていたという。

「延命治療だよ……。ヤツは元気な時に、何回も家族に言ってたんだ。絶対に延命はするなって。胃瘻も絶対にダメだって。家族はわかったって、かたく約束してたんだよ」

だが、いざとなるとそうしなかったらしい。絶句してチューブだらけの姿を見つめる岩造に、コウチャンの妻は言ったそうだ。

「他人にはわからないと思います。こうやって機械をつければ、まだ一緒に生きていられるんですから」

この状態を「生きている」と言っていいのか。声もない岩造に、妻はまた言った。

「家族にとって、どんな状態でも生きていると死んだでは、全然違うんですよ。ここにいてくれるだけでいいんです」

岩造は、私のコーヒーカップにもミルクを注いだ。

「俺、口には出せなかったけど、それはお前らの都合だろって、腹立ってさ。家族にとっては生きていてくれるだけでいいかもしれないけど、ヤツはあんな生き方、望んじゃいなかった」

強い口調でそう言うと、私にまた念を押した。

「ハナ、絶対に忘れるな。俺はどんな延命治療も全部断る。忘れるな。子供や孫にも言っとけ」

「しつこいよ。わかったって。それに、私らどうせすぐ死ぬんだから、生きてる間は死ぬこと口にしちゃダメだよ」

土建屋の父が縁起をかつぐのは、仕事柄だったのだろうか。いつでも言っていたものだ。

「ハナ、そうなっちゃ困ることは口にすンじゃねえぞ。昔っから日本には『言《こと》霊《だま》』ってのがあってよ、口に出すとそうなっちまうんだ。言葉の霊がよ、そうさせるんだな。だから、そうなっちゃ困ることは、腹ン中で思っても絶対に口に出すンじゃねえぞ」

小さい頃から聞かされていたせいか、「言霊」は私の中にしみついている。

当然ながら、今流行《はやり》のエンディングノートとやらいう遺書も、まったく書く気はない。自分が死んだ後のことを生きてるうちに書くと、言霊の通りになる。

それに、そんなものを用意しては、生きる気合いを削がれるだけだ。終活はよくない。これは岩造にもきつく言い、かたく守らせていた。

第一、死んだ後のことなんか知っちゃいない。もめようが、仲違《なかたが》いしようが、生きている者の問題だ。だいたい、生きている人間が死後のことまで指図《さしず》するという姿勢が、私とは合わない。

「俺もハナに教育されて、遺書なんか書く気は一切ないよ。騒動になるほどの財産もないしな。だけど、延命だけはやるなよ」

「わかってるってば。誰がどう言おうと、私が延命させないよ。ハイハイ、この話はこれでおしまい。それよりアンタ、私、今日、銀座で写真撮られたんだからァ！」

そう言って、マガジンラックにある「コスモス」を開いて見せた。

「このページに出てくれって。六十七、八にしか見えないって。このページ、ホントにカッコいいシロウトを出すんだから、そりゃ私だって内心じゃ飛び跳《は》ねたよ」

岩造は興味なさそうに、そのページを見ている。

「同期会行ってよくわかった。七十八って、完全に老人なんだよねえ。楽な方にばっかり流れてさ。ハッキリ言って、『コスモス』に声かけられるレベルは、何人もいないね。あとは声かけられるとしたら、ま、余生特集の時だね」

岩造は初めて笑った。

「俺、人生で一番よかったのは、ハナと結婚したことだな。お前は病的なほど屈託がなくて、こっちがバカバカしくなる」

それでも、コウチャンの延命治療はよほどショックだったらしく、布団《ふとん》に入ってからも繰り返した。

「人は機械だの薬だのをやめて、命のロウソクが燃えるままにしとくのが自然なんだ。自然に燃えつきれば、本人も周囲も後悔がないんだよ」

「そうだね」

「自然に年取り、自然に死ぬ。昔の人はみなそうだった」

「そうだね」

そう返しながら、私は腹の中で毒づいていた。老人が一番避けるべきは「自然」だ。「ナチュラル」だ。

自然に任せていたら、どこもかしこも年齢相応の、汚なくて、緩くて、シミとシワだらけのジジババだけになる。孫の話と病気の話ばかりになる。

それに抗《あらが》ってどう生きるかが、老人の気概というものだろう。

リュックを背負って歩く虫の一群が甦《よみがえ》った。あれが老人の自然なら、あれが老人のナチュラルなら、人の末路とは何とみすぼらしいものか。

「ハナ、絶対に延命治療はやめてくれよ」

ああ、本当にくどい。これも老人特有か。

「ヤツがベッドから黙って俺を見た目が、恥ずかしがってるように見えてなア……。すぐ死ぬはずだったのに、このざまだってな」

そして、長いこと岩造は黙った。

やっと寝る気になったらしい。湿《しめ》っぽい話をツベコベするより、早《は》よ寝ろ！と思った矢先、また口を開いた。寝ちゃいなかった。

「ああいう姿を見るとさ、ヤツが元気だった時のことばっかり思い出すんだよ。小学生の頃、一緒に虫捕りで走り回ったとかさ、二人で酒飲んで新宿《しんじゅく》の路上で寝たとか……若かったよな」

ああ、聞きたくない。岩造は私には過ぎた夫だが、ウェットなところが困る。

「アンタより私が一日でも長生きして、ちゃんとやるから、安心してもう寝な。おやすみ」

「ハナ、お前は俺の自慢だよ」

面倒くさいので返事はしなかった。

「夕めしは肉じゃが」と岩造のリクエストがあり、買い物の帰り道に忍酒店の前を通った。

雪男が一人で配達の準備をしているのが見えた。長女のいづみが客に応じている。大学の授業がない日、この子は本当によく父親を手伝う。

私はサッと通り過ぎ、中に入らなかった。入れば、嫁の由美《ゆみ》は何をしてるのかと聞きたくなる。聞けば不愉快になるだけだ。

長男の雪男に店を任せたのは、二年前だ。それまでは私たち夫婦が切り盛りし、雪男が跡継ぎとして手伝っていた。

「話がある。ちょっと一緒に来てくれ」

二年前のある日、岩造にそう言われ、日比谷《ひびや》の高級ホテルのレストランに連れて行かれた。

窓から皇居の緑やお濠《ほり》が一望できる。国内外の要人が宿泊することでも有名なホテルだ。

「突然何だって、こんなところでランチなの？」

私はウキウキし、

「ま、店には雪男がいてくれるから、たまにはこうやって外でランチもいいね」

と本音が出てしまったが、岩造はニコリともしない。やっと、

「実は雪男のことなんだ……」

と言いかけた時、一人のホテルマンが席にやってきた。

「忍様、いらっしゃいませ」

ホテルの制服らしいダークスーツに身を包んだ彼に、私はお辞儀を返した。

すると、ダークスーツは耳元で言った。

「ハナ母《かあ》、俺です、俺」

名札を見て、ハッとした。雪男と高校時代に同級だった伊藤真介《いとうしんすけ》だ。

「真ちゃん……？」

「はい。イヤァ、ハナ母の若さにびっくりしました。雪男、鼻高いだろうなァ」

「何言ってんのよ。七十六だよ」

笑う私に、岩造は真介を示した。

「先だって折り紙の役員会でここの会議室を使ったら、真ちゃんが会いに来てくれてさ」

「忍という珍しい名字で、折り紙の役員会だと言うし、絶対に間違いないと思いまして」

「で、お前にも会わせたいと思って、ランチの予約したんだよ」

「真ちゃん、このレストランにいるの？」

「ハナ、真ちゃんはこのホテルの副支配人。ナンバー2だよ」

「すごい……。真ちゃん、立派になったんだねえ……。雪男の友達の出世頭だ」

「いえ、全然。ハナ母、覚えてますか、並木《なみき》一雄《かずお》。あいつはIT企業の重役ですし、磯川《いそかわ》は新日本テレビのワシントン支局長ですし、浩次《こうじ》は京都の料亭『如月《きさらぎ》』の板長《いたちょう》ですよ」

「あの有名な、『如月』？　浩次って料理できたの？」

「全然。でも一人娘とつきあってる時、結婚するなら板前になれって向こうの父親に言われたそうです。今はその父親、左うちわですよ」

「ハァ……」

「今日はどうぞ、ごゆっくり。僕からささやかですが、もう一品と食後酒をつけさせて頂きます」

　真介はさすがに一流ホテルマンらしく、美しいお辞儀をすると立ち去った。

「うちによく遊びに来てた頃は、真ちゃんも浩次も埃《ほこり》くさい高校生だったのに、たいしたもんだねえ」

　岩造は皇居の緑に目をやったまま言った。

「ワシントン支局の何だか君が仕事で日本に十日ばかり帰るってことで、先だっての土曜日、昔の仲間が集って飲んだんだってよ」

「磯川君だね。あのイソがねえ」

「グループだった八人だかに声かけて、雪男だけが欠席したって」

「あら、何で。土曜日はあの子、定休日だよ」

「鈍いな、お前」

「え？」

「埃くさかったヤツらが、みんな四十七になって、いっぱしの役職についてんだ。万年下働きの雪男としては、会いたくなかっただろうよ」

　虚を突かれた。

「真ちゃんの話だと、時々みんなで連絡を取りあってるらしいんだ。メールだとかLINEだとかで雪男もな。だけど、『雪男はいつもスケジュールが合わなくて、集りに来られないんですよね』って、真ちゃん言ってた」

そうか……。

雪男は偉くなっている友達のことを、親の私たちに一言も言わなかった。親が自分の息子と比べ、悲しむと思ったのかもしれない。

何よりも、雪男のスケジュールは一年中あいているのだ。店は私たちがやっており、手伝いの雪男はいくらでも抜けられる。

あの子は小さい頃から図体ばかりがデカく、頭の方はさっぱりだった。岩造は「忍」という姓の迫力を和《やわ》らげようと、清らかな「雪」を入れた名をつけたのだが、図体からして「雪男《ゆきおとこ》」まんまだった。

普通は勉強ができなくても、絵とか音楽とかスポーツとか、何か秀《ひい》でたものがあるのだが、雪男は何もかもダメだった。

高校は私立の底辺校に入るしかなかったとはいえ、偉くなった仲間たちもみんな同じ高校だ。それでも猛勉強して一流大学に入った子もいるし、海外に飛び出す子もいた。専門学校で技術を身につける子もいた。

今、真ちゃんたちの様子を聞くと、そういう子たちだったのだ。人生を自分で切り拓《ひら》く気概があった。

大学に行かず、店の手伝いをやる雪男は、呑気《のんき》に言っていたものだ。

「俺、うちが商売やってて、ホントにラッキーだよ。受験だの出世だのと無縁でいられるもんなァ」

あの時は情けなくて腹が立ったが、あれは雪男のコンプレックスの裏返しだったに違いない。ずっとコンプレックスを持っていたのだろう。取り得のない自分に、道を切り拓く友人たちに、切り拓く気になれない自分の性格に。

「ハナ、俺は雪男に店を譲ろうと思う」

副支配人となって一流ホテルの中枢にいる伊藤真介を、私に見せて説得したいのだと納得がいった。

「ハナはいつも、九十になろうが百になろうが、足腰の立つうちは現役でいるべきだって言ってるけどな」

その思いは今も変わらない。一生できる仕事がある幸せはとてつもなく大きい。

だが、埃くさかった息子の友達がみんなイッパシになっていると知った今は、親の都合など引っ込む。

「アンタの言う通り、もう雪男の代だよね。そうしよう」

即答していた。

雪男は自分に取り柄がないことをわかっていればこそ、高校卒業後三十年近くもひたすら父親の下働きをやって来たのだ。

あの子は商店会からも客からも好かれている。それに、自分の代ともなれば頑張るだろう。そう思いつつも、あの子に経営ができるかは不安だった。

「アンタも私も店に住んでるわけだし、何かあれば手伝えるからね。雪男も安心だ」

不安を打ち消すようにそう言うと、岩造は首を振った。

「いや、雪男一家を店に住まわせ、俺たちは今あいつらが住んでるマンションに移らないか」

「え……取っかえるってこと？」

「うん。それで、俺たちは店から完全に手を引く。何か相談されれば答えるけど、基本的には一切ノータッチだ」

「……アンタは七十七で私は七十六。十分にトシだけど、まだ働けるよ」

「しかるべき時にスパッと第一線から引くのは、老人の品格だろうよ」

「ヒンカク……」

「ああ。俺も商売が好きだから、雪男を便利に使うだけで、譲る気なんかこれっぽっちもなかったけどさ、真ちゃんと会って、みんなの話聞いて、目がさめた。老人はしかるべき時に引く。しかるべき時に自然に死ぬ。これだよ、品格」

　岩造は白身魚のムニエルにナイフを入れながら、苦笑した。

「ま、世の中がアンチエイジングだ何だって、年取ることが罪みたいになってるだろ。みんな、何とか若くいなければと頑張ったりさ。だから老人までが若い気でいて、へばりつくんだよな。俺もそうだった。……年齢に合わせて、平気で生きているべきなんだ」

　私は黙った。自分のことを言われている気がした。

もっとも岩造は、遠回しにものを言うほど気の回る男ではない。今の日本の流れを言っているだけなのだが、私はショッキングピンクのブラウスを着て来た自分を思った。

「わかった。アンタ、そうと決めたら早く引っ越そうよ」

「いいのか?! そう言ってもらって……ありがたい」

「だけど、問題は由美だよね」

「亭主の代になれば、あれだって変わるよ」

あの嫁を思い浮かべると、とても岩造のように楽天的には考えられなかった。


こうして雪男に店を譲って二年がたつ。案の定、由美はまったく変わらない。腸《はらわた》が煮えくりかえる。

そもそも友達の紹介で出会ったのは、雪男が二十七歳、由美が二十三歳の時だった。

それまで「カノジョ」もおらず、女に慣れていない雪男は、美人でもなければ何の売りもない由美だというのに、有頂天になった。

仙台《せんだい》で生まれ育ち、東京の女子短大の国文科を出ているが、その短大はいわば「偏差値ゼロ」のレベルだ。高卒の雪男がひけめを感じることはない。

当時、由美の両親は仙台の高校教師で、姉は北海道の国立大学大学院博士課程にいた。由美だけ出来が悪いのだ。雪男に対して文句は言わせない。

紹介された頃、彼女は浅草橋《あさくさばし》の衣料問屋でアルバイトをしていた。保障も保険もなく、六畳一間のアパートで、カツカツの生活だったと聞く。両親からは「仙台に帰って来い」とせっつかれていたが、東京を離れたくなかったという。

いわば「男なら誰でもいい」由美と、「女なら誰でもいい」雪男の、まとまるべくしてまとまった結婚だった。

利害や打算で結婚するのは、よくあることだ。実際、私もそうだった。

だが、私は岩造と力を合わせ、忍酒店を守《も》りたててきた。商店会の仕事もよくやり、お得意さんも次々にふやしていった。それに商店会でも「若い」と評判で、今では「コスモス」に出るほどだ。

だからこそ、岩造が「ハナは俺の自慢」と言うのだ。

一方、由美はまるで違う。

結婚する時、「お義父《とう》様の代である間は店を手伝わず、専業主婦でいたい」と言った。雪男は由美の言うことなら一も二もなく許し、私たちもそれでよかった。

ところがだ。こうして雪男の代になって二年がたつ今も、由美はほとんど店に出ない。仕入れから配達まで雪男が一手にやる。商店会の仕事もだ。店頭での販売は、忙しい時だけ手伝っているようだが、昭和の頃と違い、忙しい方が稀《まれ》だ。

さらにだ。床の間付きの格式ある座敷を、あの女は住まいを取りかえるなり、全面リフォームした。畳はフローリングに変え、床の間は壊し、「自然光が必須なの」だのとほざいて天窓を開け、アトリエにしてしまった。

油絵のアトリエである。

岩造はこのリフォームにショックを受け、店のお守りのあの掛け軸をマンションに持ってきた。

「恐ろしくて、店には置いておけない」

「そうだよ。今に由美の絵を飾って、書は捨てられるよ」

由美は専業主婦の時代にカルチャースクールで油絵を習い、のめりこんでしまった。

そんな中で講師から、

「君の描くものは、いつも面白いね」

と言われたとかで、自分には画才があるのだと、すっかり舞い上がった。

だいたい「面白い」というのは、他にほめようのない時に使う言葉だ。ほめようのない男女を「明るい」と言うのと同じ、苦肉の策だ。

それに、講師としては自分の生徒はつなぎ止めておきたいし、おべんちゃらのひとつも言うだろう。

だが、「偏差値ゼロ」レベルで、ほめられたことのない由美は、私たちの前で宣言した。

「これからも、自分を信じて描き続けます」

出た！　猫も杓子《しゃくし》も言う「自分を信じて」という言葉。まったく、自分の何を信じると言うのだ、何もないだろうが。

由美が自分を信じてどうなったかというと、十年たった今も別にどうともなっていない。アトリエなど必要のない、シロウト画家である。

ただ、五年ほど前に大きな公募展に出した「兄妹」という絵が、新人奨励賞をもらった。

選考委員の大御所たちから賛辞を受け、他の受賞作と共に上野《うえの》の美術館に一ヵ月ほど展示された。モデルは十四歳当時のいづみと、二つ上の兄の雅彦《まさひこ》で、私たちも見に行った。

由美の画家気取りは、あの時から加速したように思う。

だが、あれ以後は鳴かず飛ばずだ。一発芸のような新人奨励賞なのに、「自分を信じて」描き続けている。臆面《おくめん》もなく、

「私はもうアマとは言えないから」

と言い放ち、昨年は青山《あおやま》の小さなギャラリーで個展を開いた。

個展などギャラリー代さえ出せば誰でも開ける。その上、客は身内と友達ばかりだ。

ところが、通りすがりに入って来た見知らぬ紳士が、「背高泡立草《せいたかあわだちそう》」という

一枚を買ってくれた。世の中には酔狂な人もいるものだ。

由美が興奮して私たちにまくしたてるには、紳士の亡き妻がこの花が大好きだったそうだ。

紳士は言ったという。

「どんどんふえる雑草で、花粉も飛びますから、嫌われ者ですよね。花屋に売ってるわけがない。この花、空地とか廃線になって錆《さ》びたレールの近くとか、荒涼とした場所に咲くでしょう」

「はい。私はそこが好きなんです。花そのものの美しさではなく、その光景に置かれると美しくなる。そんな花が好きで」

「驚いたな……。うちの女房も先生と同じことを言っておりました。先生の、この廃屋の裏に咲く作品を飾れば喜びます」

と涙ぐまんばかりだったという。

由美は「先生」と呼ばれ、「私は画家」だとさらに強く信じたに決まっている。

だが、紳士は由美の絵を評価して買ったのではなく、亡き妻の好きだった花が描かれていたから買ったのだ。

由美はそんなことにも気づかず、最低限の家事をやる以外は、ほとんどアトリエにこもりっぱなしになってしまった。

もっとも、実のところ、私は由美が店の仕事をしない方がいいとも思っている。というのは、この嫁、とても人前に出せるタマではないのだ。

雪男が初めて由美を家に連れて来た日、私は一目見ただけでガックリ来た。

あまりに貧乏くさくてだ。

やせて小柄で、化粧気はなく、サザエさんに出てくるワカメちゃんのようにプッツンと切った髪である。

その上、着ている物は色のさめたようなジャケットに、ジーパンだ。

当時は、私もまだ自分に手をかけていない時期で、オバサンくさかったと思う。

だが、二十三の若さでありながら、この貧相な色黒女は、恥ずかしくてとても嫁として紹介できないと焦《あせ》った。しかし、時すでに遅かったのだ。

雪男が照れた。

「俺たち、二泊三日で京都に行って、今、その帰りなんだよ」

婚前旅行をすませたか……。

「心ばかりですが、お土産《みやげ》です。色々考えたんですが、生八ツ橋です。お義父様もお義母《かあ》様も、あまり固い物は食べにくいかなと思いまして」

まだ五十六歳の私に、そうぬかした。

それに、もう「お義父様、お義母様」と呼ぶ図々しさだ。

なのに、雪男はしゃいで言う。

「な、由美って気がきくだろ。俺は土産なんかいらねえよって言ったんだけど、そうはいかないって、俺をにらむのよ。まったくコエ～よ」

「ヤダ、にらんでないじゃない。ぶつわよ」

「やめろ！　俺は可愛いって意味で言ってんの。わかる？」

「わかんない、もうッ」

頭が悪くてモテない男女は、親の前であろうと垂《た》れ流しだ。雪男《ゆきおとこ》が悶《もだ》えんばかりにデレデレしているのは見たくもない。

岩造もそうだったのだろう。突然、立ち上がり、

「生八ツ橋に合うお茶をいれてこよう」

と出て行った。茶なんぞいれたこともない男がだ。

由美は実は気が強く、猫をかぶっていたのは、結婚して半年くらいだった。

その上、この貧乏臭い女は、結婚以来二十二年間ずっと、日常はジャージ姿だ。夏は衿ぐりの伸びたTシャツにジャージの七分丈ズボン。冬はフリースのジャンパーにジャージのズボンとくる。

同期会の虫どもは、まだしも七十八歳だ。由美は今、四十五歳だというのに、三百六十五日、洗いっ放しの顔だ。地黒に加えてシミとシワの満艦飾《まんかんしょく》。

それでも、雪男がよければいいのだ。私たち夫婦は二十二年間、自分にそう言いきかせてきた。

やっと結婚できた女のくせに店も手伝わず、シロウトのくせに絵ばかり描く由美に、できる限り近づかないできた。それが平和だからだ。

それでも、こんな貧相な女が女房では雪男が恥をかく。そう思っていつだったか誕生日に、ごくごく淡いピンク色のセーターをプレゼントしたことがある。

「由美ちゃんは肌の手入れを始めて、薄化粧をすれば絶対きれいだよ。よく似合うと思うよ、この色」

精一杯優しく言う私に、由美は、

「きれいな色！　ステキですねえ」

と胸に当てた。死ぬほど似合わない。シイタケが桜餅を当てているようだ。だが、私はほめた。

「ワァ、似合う！　うっすらと化粧したら女優だよ！」

すると、シイタケは言ってのけた。

「でも私、一分でも一秒でも絵を描く時間を多く取りたいから、お出かけすることあまりないいんですよね」

「……でも、個展なんかの時、これを着て会場にいたらステキじゃない？」

「そうですよね。でも、画家がどんな色の服を着ているかって、その画家のセンスを表わすと思うんですよね」

ほう、このセーターはセンスがないと。シイタケがいつも着ている九百八十円のフリースの方が、衿ぐりの伸びたTシャツの方が、「画家のセンス」を満たすと。

「でも、せっかくですから頂きますね。ありがとうございました」

物をもらって、こんな言い方がどこにある。

だが、嫁と姑の間にはさまると苦しいのは雪男だ。私もいじめるような姑にはなりたくない。そう思って何も言わなかったが、以来、ティッシュ一枚プレゼントはしていない。

夜、肉じゃがと大鉢いっぱいのシーフードサラダを食べながら、岩造がまた言った。

「俺、ホントにハナのこと自慢だな」

七十九になる男は、こういう愛情表現はしない時代に育っているのに、岩造は平気で言う。

「ハナは若いし、おしゃれだし、それに雑誌にまで出たら、商店会でも大騒ぎになるよ」

そして、しみじみと加えた。

「すごい女房だよ。後期高齢者だというのに杖《つえ》もつかないし、料理まで自分でやる」

「当たり前だよ」

「当たり前じゃないよ。七十八ならシルバーカーや歩行器を押して、介護保険のお世話になってヘルパー頼んだり、宅配業者の弁当を毎日食ったり、そういう年齢だよ」

「私、年齢相応は嫌いだからさ。あッ、この考えって品格ないか」

岩造は手を振り、苦笑した。

この日も私はきちんとメイクをし、深い栗色のウィッグをつけ、シルバーグレーのブラウスを着ていた。第三ボタンまで開け、ダークグレー地にピンクの水玉スカーフで首を隠している。

岩造は私を見て、また言った。

「俺、人生で一番よかったのはハナと結婚したことだな」

それは私のセリフでもある。由美を気に入らない以外は、何の問題もない暮らしを岩造は与えてくれた。そして本人は折り紙一筋で、ギャンブルも女遊び

もしない。その上、私を愛していることを気恥ずかしいほど匂《にお》わせる。私もたまには言ってあげようかと思い、

「私もアンタと結婚して、つくづくよかったと思うよ。アンタは私の自慢だよ」

と微笑《ほほえ》んだ。岩造は照れたのか、困ったような表情で肉じゃがを頰張《ほおば》った。

第2章

連日の猛暑に、岩造は毎日ぼやいている。

「ああ、俺なんかどうせすぐ死ぬんだけど、この暑さに耐えるくらいなら、今、死にたいよ。老体にはこたえる」

まったくやかましい。ぼやいてどうなる。夏は暑いんだ、昔から。魚は泳ぐし、赤ん坊は泣くし、走りゃ息が上がるんだ。昔っからそういうものなんだ。ぼやくな。

「アンタ、自分のこと老体だの年寄りだのって言うんじゃないよ。そう口に出すことが、しょぼくれたジイサン顔にするんだから」

私は時計を見た。そろそろ郵便物が届く時間だ。

おとといあたりから気になってしょうがない。「コスモス」八月号の発売日は明日だが、その前に自宅に送ると編集者は言っていた。今日は届くのではないか。

エレベーターに乗り、マンション一階の郵便ボックスに向かう。来ていないかもしれないのに、心がせく。

ボックスを見る前に、管理室の窓から封筒を手渡された。

「大きくて入りきらないんで、預っておきました」

来た！「コスモス編集部」とある。

受け取るなり、ロビーの隅に走った。この位置は管理室から見えない。どんな風に写っているだろう。早く見たくて、封筒を開ける手が乱暴になる。

「いい！いいじゃない。イヤァ、私、きれい……」

声が出て、思わず雑誌を抱きしめた。管理室から見えなくてよかった。

さすがプロのカメラマンだ。銀座通りの賑《にぎ》わいをぼかして、その中に立つ私にピシャッとピントを合わせている。

鮮やかなビリジャングリーンのセーター、大胆な柄のカーテン地のスカート、ハイヒールの私はちょっと照れたように笑っている。これがすごくいい。若いし、洗練されている。

確かに六十七、八か、もしかしたらもっと若く見る人もいるかもしれない。岩造は何と言うだろう。

雑誌を抱いてエレベーターを待っていると、八階に住む夫妻がスーパーの袋を下げて帰って来た。

「お暑いですね。お買物ですか」

ご機嫌な私がお愛想を使うと、ご主人がかなり大真面目《おおまじめ》に言った。

「忍さん、本当にいつもおしゃれですね。なァ」

「なァ」と言われた夫人は、

「本当に。何を着てもよくお似合いで」

と同意したが、目が笑っていない。

間違いなく、夫人は私より若い。なのに、難のないグレーとベージュの小花柄のブラウスを着て、紺色のズボンをはいている。「パンツ」とは呼べない「ズボン」だ。ブラウスを上に出して腹回りを隠しているが、これが何ともダサい。

私はブルー地にピンクと白のハイビスカスが、派手に描かれたアロハを着ている。下は白の七分丈パンツ。ピッタリと細い。私の若い頃は「サブリナパンツ」と呼ばれていた。映画『麗《うるわ》しのサブリナ』で、オードリー・ヘップバーンがはいて、大ブームを巻き起こしたスタイルだ。

夫人の目が笑っていないのが妙にいい気分で、私は抱えていた「コスモス」を開いた。

「この前、銀座を歩いていましたら撮らせてほしいって。今、届いたんです」

二人はのぞきこみ、ご主人が声をあげた。

「すごいなァ。やっぱりおしゃれだから目立つんですねえ」

夫人は何も言わない。私は夫人にとびっきりの笑顔を向けた。

「いえいえ、私なんてすぐ死ぬトシですよ。ホント、写真は年齢が出るなァって、もう実感しますよ」

そんなことは全然思っていないが、そう言っておいた。夫人は手を振って否定したものの、顔が引きつっている。

夫のためにも、もう少し手をかけろよ。アンタだって先はないんだから。どうせすぐ死ぬんだから。引きつってる場合じゃないだろうって。

私は飛ぶような足どりを隠さず、部屋に飛び込んだ。

岩造は十月十五日のグループ展に向けて、折り紙を折っていた。

今年のテーマは「風景の中の箸置《はしお》き」だという。たとえば、菜の花畑などの風景を全部折り紙で作り、菜の花の単体は箸置きになるということらしい。

岩造は毎日毎日、キリンやらライオンやらの動物を創作していたが、

「ハナ、見ろ。とうとうできたよ。ラクダ。こうやって足を曲げて座らせると、このふたこぶの間に箸を置けるんだよ。な、いいだろ」

と頬を赤くしている。

私は自分の出ているページを開き、岩造の目の前にかざした。

「オーッ！　いいじゃないかッ！　イヤァ、いいね。いいよ、ハナ」

岩造はラクダを置くと、コメントを読み始めた。

「『忍ハナさん(78)は、〝他人の服装をとやかく言う人たちは、自分がそうする勇気がなくて、悔しいんですよ〟と笑った。艶《つや》やかな肌と真っ白な歯、洗練

された装《よそお》い、八十間近と聞いても、誰も絶対に信じまい』だってよ。ほめられてるねえ。それにお前、いいこと言ってるよ」

「そ。イケてるバアサンの本音」

ついに声が弾《はず》む。

「商店会のヤツらがこの本見たら、俺が女房自慢するのも当然だと思うよな」

嬉しそうに写真を眺める岩造に、私は焦った。

「アンタ、外でも女房自慢してんの？　やめてよ、まったく。愛妻家だなんて言われる男、みっともないよ。他から見たらたいしたことないんだからさ、女房なんて。腹の中でみんな笑ってんだよ」

「笑われてもいいよ」

「へえ、どうせすぐ死ぬから？」

「いや、ハナがいるから」

まったく恥ずかし気もなく言う。聞いてるこっちの方が恥ずかしい。

だが、私も結婚以来五十五年、常に味方でいてくれる岩造に、どれほど感謝しているかわからない。もっとも、岩造と違って口に出すようなみっともないことはしない。

昼はソウメンにしようかと話していると、苺が汗だくで飛び込んで来た。

「ウー、暑ッ。ママ、お昼食べさせて」

苺は雪男と年子の姉で、今年五十歳になった。

短大を出た後、家電メーカーに勤め、社内結婚した。夫の黒井《くろい》和夫《かずお》は出世などまったく眼中にない男で、休暇を取っては山に登っている。

二人の間の一人娘マリ子《こ》は、イギリス人と結婚し、ロンドンに住んでいる。だから、苺は山に夢中で手のかからない夫と、猫五匹と気楽に暮らしていられる。

「苺、アンタってホントにメシ時を狙って来るよね」

「いいじゃないの。老夫婦二人でいると老けこむよ。あらァ、パパ、また折り紙？　いいねえ、ママ。安全・安心・安価な夫で」

そう言われた岩造は、「コスモス」を広げた。

「見ろ。安全・安心・安価な男に、美貌・美肌・美点だらけの女が来てくれたんだからな」

「あッ、この前言ってた『コスモス』？」

苺は写真を見るなり叫んだ。

「ママ、すてき！　すごいよ、すごい」

「ありがと。じゃ、料理の美技も披露するか……ってソウメンだけどね」

確かに苺が来ると、部屋の中が明るくなる。

私は二十三で結婚したものの、二十八まで子供ができなかった。その初めての子供が色白の女の子で、赤い口元が可愛らしく、岩造は興奮して言った。

「名前は『苺』にしよう。忍という名字の迫力も薄まるし、この子には苺がピッタリだ」

それには私も大賛成した。一度聞いたら誰もが覚えてくれる名だ。

ただ、当時は「苺」という漢字は人名に使えず、戸籍は「いちご」だ。しかし、二〇〇四年に使えるようになって以来、通称は「苺」である。

本人も気に入っている名だが、私たち夫婦の考えは浅かった。結婚したら姓が変わることはわかっていたが、「苺」という名が似合わない姓があることにまでは、思いが至らなかったのだ。

結婚して黒井姓になった苺は、「黒い苺」というツッコミどころ満載の名前になってしまった。

ところがだ。弟の雪男は真面目で控えめな性格だというのに、苺は転んでもタダでは起きない。

「黒井苺」という名を逆手《さかて》に取り、

「黒い苺のBlack berry」

というブログとやらを始めてしまった。

岩造も私もパソコンとは無縁で、そのブログを見たこともないが、雪男によると人気らしい。

「姉ちゃんは、ホントいい根性してるよ。人生相談のブログだよ。他人の人生に口出せる女じゃないだろって。だけど、回答がズバリとブラックで現実的だって評判なんだから、わかんねえよなァ」

雪男があきれながら、人生相談の幾つかを見せてくれた。

「32歳の女性です。4つ年上の夫が生活費も入れず、趣味のロードバイクで一人で遊び回っています。2歳の子供がいるので、何度も言ったのですが直りません。でも、別れたら暮らせません」

ブラックベリーは回答していた。

「すぐ別れなさい。一生直りっこありません。そんなバカ男と人生、無駄にする気ですか。別れたら暮らせないって、今だって生活費入れてないなら同じです」

雪男が、

「不倫に悩む女にも、姑に苦しむ女にも、妻におびえる夫にも、二股かけられてる女子高生にも、全部『別れなさい。人生の無駄です』だよ。『それができなきゃ、別れるって脅《おど》しなさい』だよ。精神論ゼロだからさ、受けるんだろなァ」

と言ったように、人気が出て一冊の本として出版されたのだ。

「ママのソウメン、薬味が色々あるから嬉しいよ。よくこんなに手間かけるよね」

猛然とすすっていた苺だったが、急に箸を止め、ポツンと言った。

「雪男にも食べさせたいね」

そして、声をひそめた。

「ここに来る途中、店に寄ったらさ、由美さんがいたの」

「へえ、店に出てたんだ。珍しい」

「雪男は商店会の仕事で、いづみは大学で、しょうがなくて出てるんだよ。それが一目でわかるような不機嫌な顔してさァ」

「だろうね。聞くだけで不愉快」

「で、私が入って行ったら、口とがらせて言うんだよ。『客も来ないのに、何で私が店番しなきゃなんないんでしょう』だって」

「言ってやれ。『何の役にも立たないのに、何でうちがアンタを養わなきゃなんないんでしょう』って」

岩造は一切口を開かず、ソウメンに集中している……ように見せている。

「それでママ、あの女ったら私の前で頭掻きむしったんだよ」

「風呂入ってなくて、頭痒《かゆ》いのか？」

「違うよ。『ああ、苦しいんです。思ったような色が出なくて、描けないの。この苦しみ、わかります？』だってよ」

「まったく、あの小汚ない貧乏くさい女、絵描くより眉描けって」

姑と小姑は恐いと言われるが、うちの場合は完全に嫁が悪い。誰だってそう思うだろう。

雪男が可哀想だから置いてやっているが、雪男に女でも作る気概があったら、あんな嫁は叩き出している。

食後のお茶を飲みながら、苺がまじまじと私を見た。

「ママ、服装だけど、今以上には奇抜にならないようにしなね。化粧もね」

思ってもみない言葉だった。

私は決して奇抜ではない。そこらのバアサンよりは派手めとはいえ、いい年の取り方をしたい人は、みんな気をつけて装っているものだ。

「奇抜とは違うと思うけどね」

「普通の七十八は着ない服着てるってだけで、十分奇抜だよ」

苺の目は、私の派手なアロハを見ている。

「別に『普通』に合わせることないだろ。私ら、どうせすぐ死ぬんだから、自分が着たいものを着ればいいの」

岩造は黙々と、まだソウメンをすすり続け、全身で「俺に話しかけるな」と言っている。

「雑誌のママがきれいで、実は私、ホッとしてるんだよ、今。って言うのはさ、あのページに出てくるバアサンって、結構とんでもないのがいるじゃない。電気スタンドのシェードか？　みたいな帽子かぶってたり、ハーフパンツにボーダーのTシャツでカカシか？　って。ホームレスみたいなゾロッと長い服を引きずってたりさ。本人たちは自信満々なんだよね、若々しくて個性的でしょって。アタシってそこらのバアサンと違うからさ、みたいな。だけどハッキリ言って、そこらのバアサンの方がずっといいよ。とんでもない服に、老人顔がついて行けてないんだから」

まくしたてる苺に、私は強く返した。

「大きなお世話だよ。電気スタンドだろうが、カカシだろうが、自分が着たいんだから」

「自分が着たけりゃ何着てもいいって考え、幼稚だよ」

苺は私を見据えた。

「実は私さ、『コスモス』のこの写真ページ、大好きなんだ。何でかわかる？　自分のセンスに自信満々のバアサンたちが笑えるから。それを必死でほめたたえる編集者のコメントも笑えるから」

イヤなことを言ってくれる。

「だいたい、年相応に見られたくないってことは、老いをわかってるってことだよ。死ぬのも遠くないと思って恐くて、若作りして、そこから逃れようとしてるわけじゃん。そのあがき、他人にはわかるんだよ」

「違うよ。小汚ないのは自分も不快、他人も不快。それだけ」

「ママ、今のレベルならきれいだよ。ここで止めときなね。年齢と関係なく、ホントにすてきな人のことは、若い人がちゃんと認めるんだから」

黙った私に気を使ったのか、岩造が初めて口をはさんだ。

「パパは嬉しいけどね。ママが若くて華やかで。夫にしたって、こういう妻なら誰に会わせてもいい気分になるもんな」

「だから、ここでストップしてよってこと。カカシだの電気スタンドだのまで行かないでよってこと。そういう人たちのこと、私らみんな陰で『痛い』って笑ってんだよ。なのに本人はイキがってるって悲しいよ。ここは親しい友達とか、家族がハッキリとダメ出ししないといけないの。私は自分の母親が『痛い』って笑われるのはイヤだから、言う」

そして、苺は安心させるように、私を見た。

「今のママには、老いていく悲しさは見えない。だけど、これ以上行くと、抗《あらが》う悲しさが出るよ。今のレベルがギリギリＯＫ。これ以上行かなけりゃいいの」

そして、ゆっくりと言った。

「化粧とかカカシとか電気スタンドとか、それって老いを否定したいからだよ。だけど、幾ら否定しても、まわりにはバレるの。否定したがることを『痛い』って言うんだよ」

その通りではある。何も返せずにいる私に、岩造が優しく言った。

「俺は、ママの加齢に対する意識の高さ、忘れてほしくないね」

「ま！　パパったら型通りのきれいごとを。ママはある時から変わったの。その前はダサいオバサンだったから、変わり方が激しいんだよ」

そう、十年前のあの日から私は変わった。

あの日、マフラーを買いたいという苺と一緒に、六本木《ろっぽんぎ》のブティックに入った。私は六十八歳で、苺は四十歳だった。

あれこれと二人で選んでいると、女店員が笑顔で近寄ってきた。

「お気に召したもの、ございますか」

「娘は紺色がいいって言うけど、私はこのピンクを勧めてるの」

すると、女店員は思いがけぬことを言った。

「それなら、お嬢様は紺になさって、お母様がそのピンク、いかがですか」

「え？　私が？　派手よォ」

「いえ、昨日も七十歳の古稀《こき》のお祝いにと、きれいなバラ色をお買い求め下さったお客様がいまして」

女店員はピンクのマフラーを私の首に巻き、

「よくお似合いです。七十代だからグレーや黒と決める必要なんかないんですよ」

この女店員は間違いなく、私を七十代に見ている。六十八になったばかりだというのにだ。

懸命に衝撃を隠し、言ってみた。

「私、七十五よ。さすがにピンクはねえ」

女店員は営業用の裏返った声で、目を見開いた。

「えーッ、もう古稀を五年も過ぎてらっしゃるんですか？　信じられない。七十ちょっとにしか見えませんよォ」

あの時、何か言おうとする苺を、私は制した。「実は六十八になったばかりです」と訂正したところで、みんなが恥をかくだけだ。

帰り道、苺は「ママ、そんな年に見えないよ」と何度も繰り返したが、娘の思いやりがかえって響いた。

家に着くなり、私は鏡の前に立った。全身が映る鏡など持っておらず、洗面所の鏡だ。

その姿は、今の由美のようだった。

娘と買い物に行くというので、少しは化粧もしていた。だが、結婚以来四十五年間、化粧水と乳液を塗ったり塗らなかったりの肌は、毛穴が目立つ。じっくり見たこともなかったが、肌がゴワついて固そうだ。日焼け止めクリームなど使ったこともなく、日に当たり放題で来たせいか、シミとシワがアチコチにある。

これなら七十ちょっとにも見えるだろう。ああ、私は外見を磨くことに不精だった。

肌の手入れや化粧は面倒くさいし、着る物も近くの洋品店で買い、美容院も近くの割引き店だった。似合うかどうかと考えることも、遠くの店まで行くことも面倒だった。

店の浮き沈みの中で、自分に手をかけるどころではなかったし、何よりも自分はそう年取って見えないと思っていた。

「前期高齢者」と呼ばれても、六十八歳は体もピンシャンしており、階段もかけ上がれる。重い荷を持って遠くまで歩くことも平気だ。

他人にも年寄りと思われるわけがない。そう思い込んでいた。

いや、思い込むも何も、それまで年齢や見た目のことなど考えたこともなかったのだ。

この「七十ちょっと事件」より少し前に、七十歳の「大台間近の同期会」があった。

何を着て行ったかなど全然覚えていないが、たぶん、少い服の中ではよそ行きのワンピースとか、セーターとかだったのだろう。髪を適当に撫《な》でつけ、ファンデーションと口紅を塗っていたくらいだったか。

今にして思うのだが、あの時の同期会では雅江も明美も私に近寄っても来なかった。男たちも話したそうにしてはいなかった。

私がいかに、地味で、くすんで、どこにでもいる「前期高齢者」だったかわかる。

それでも何の疑問も持たなかったし、私の周囲にいる六十八歳は同期生だけではなく、商店会の婦人たちにしても似たり寄ったりだったのだ。疑問を感じようがない。

「ババくささは伝染《うつ》る」というのは、こういうことなのだ。まわりがみんなそうだから、何の疑問も持たないことなのだ。もしも、カッコいいシニアの中で生きていれば、常に我が身をふり返るのではないか。

あの女店員が、私の目を覚まさせ、あの時から、「コスモス」の定期購読を始めた。

何をどう変えていいのかもわからず、人気のシニア雑誌に頼るしかない。毎月ページをめくりながら、いい年の取り方をしている人は、みんな外見を磨いていることを知った。運動や食事管理などにより、姿勢のよさもスタイルのよさも保っている。

私はまず、デパートの化粧品売り場に行き、肌の手入れや化粧のやり方を習った。

服もレディス専門売り場に行き、選んでもらった。女店員はレモンイエローのブラウスを私の胸に当て、弾んだ声をあげた。

「ご覧下さい。お客様にはこのくらい華やかな色がお似合いです」

化粧品売り場で化粧してもらった顔に、確かによく似合っていた。

「最初は気遅れするかもしれませんので、グレーのスーツに合わせましょうか。とても女らしいデザインですから、スーツといっても堅い感じになりません」

そう言って、淡いグレーのジャケットを羽織らせた。レモンイエローは胸元に少しのぞくだけで、それが何だか安心させてくれた。ああ、私はこんな色が似合う人だったのか。

美容院は、その女店員に紹介してもらった店に行った。私はその日、肩までの長さの髪をねじって、苺が捨てようとしていたバレッタで留めていた。

今時の美しい男性美容師に言った。

「何もかもプロにお任せしますが、突然変わりすぎるのは、ご近所の目もあって困るんです。何年かかけて、少しずつ変えて行きたいんです」

彼は髪の長さはそのままにして、波うつようなパーマをかけた。そして、少し赤みがかった濃い茶色に染めた。

「お客様はフェイスラインを出したショートボブがお似合いと思いますが、今日はこれくらいの変化にしておきます。これだとバレッタで留めれば、ほとんど今迄と同じです。それにフェイスラインがまだくっきりしていませんので、ダイエットやマッサージにも励めば必ず効果が出ます」

「ありがとう。やってみます」

鏡の中の自分を見て、プロのアドバイスに従ってよかったと思った。

「コスモス」に書いてあったのだ。

「外見磨きの一年生は、髪も化粧も服も、まずプロに相談しましょう。プロはプロの目であなたを見て、適切な判断と選択をしてくれるものです。買わなくてかまいませんので、まずプロに相談することです」

あれから十年。無駄な買い物もしたし、失敗も多かったが、プロと親しくなるにつれ、自分でも驚くほど変わった。もちろん、今は自慢のフェイスラインを出して、ショートボブだ。

絶対に七十八には見えない。そればかりか、「コスモス」に載るほどになったのだ。

外見が若くなり、変わると、精神が若くなる。心持ちが変わる。きれいになることの力を、この十年でどれほど感じたか。

外見がもたらす力はバカにできない。

ソウメンを食べ終えた苺が、私にトドメを刺すように言った。

「これ、言わないでおこうと思ったんだけど……」

「何？」

「うん……。あのね、雪男が商店会の奥さんたちが言ってるのを聞いちゃったって」

「何て？」

「……ママ、気にしないでよ」

「何よ、気にしないから言って」

「うん……忍さんの奥さん、絶対に整形したよねって」

「え……」

「昔はあんな顔じゃなかったもんねって。気にすることないからね、ママ。根も葉もない噂《うわさ》なんだから」

「驚いた……」

「うん。この前、雪男に『ママ、やったのか』って聞かれたから『やってないよ。目も鼻も変わってないじゃない。だけど……注射くらい打ったかな』って答えたんだけどね、私」

「ホントにそういう噂立ってるの？」

「うん」

「信じられない……。私には誰も言わないから」

「そりゃ整形した本人には言えないよ」

「言っとくけど、ママは一本のメスも入れてないし、一本の注射も打ってませんッ」

「やっぱり。なのにそういう噂、すごくイヤじゃない。だから、私は年齢相応にしなよって言ってるわけよ」

　私は大きく息を吸った。

「その噂、ホントにホント?!　イヤァ、嬉しいよ、ママ」

　そう言う声は、興奮でうわずっていたと思う。

「最高のほめ言葉だよ」

　苺は意味がわからないらしく、困惑したように岩造を見た。岩造は「俺にわかるわけがない」とばかり、小さく首を振っている。

まったくいじっていないのに、整形したと言われるのは、それだけ若くきれいに変わったという証拠だ。ハッキリと効果が出ているということではないか！

つい弾んだままの声で、そう返した。

「確かになァ……そういう考え方はあるな」

岩造は感心したように言ったが、苺はきつく睨《にら》み、

「ママ、年齢に抗うのは痛いよ。アンチエイジングでなく、ナチュラルエイジングにしな」

と鋭く言い残し、帰って行った。

ふん、誰が。老人に「ナチュラル」は最もいけないものだ。

私は今、人生もそう長くはないという意識を明確に持つようになっている。平均寿命まで生きたとしても、先はない。せいぜい十年足らずだ。

短い。

残りの人生で何をしたいというわけではないが、短い。

ならばあと十年を、好きなように生きて何が悪い。犯罪以外は何をやっても

いい年齢だろう。

あと十年の間、健康でいられる保証はないが、着たい服を着て、食べたい物を食べて、整形だと噂されて、夫婦円満だ。こんな幸せはあったものじゃない。

「七十ちょっと事件」からの十年間、私は実年齢より若くありたいと、ストレッチは欠かさないし、食事はバランスよくしっかり摂《と》る。果物もだ。栄養価が全然違うので、果物でも野菜でも、必ずその季節の旬《しゅん》のものを食べる。

当然、肉中心だ。「コスモス」などで見ると、九十でも百でも元気で若い人は、たいていが肉食だからだ。それにポリフェノールが豊かな赤ワインを飲む。

むろん、岩造にも食べる物から着る物まで強制する。エンディングノートを書くと萎《な》えるから書くな、おしゃれに手を抜くな等々、うるさく言う。だから絶対に七十九には見えない。

岩造は私の横で、またふたこぶラクダを折り始めた。たくさん折って、グループ展の入場者にお土産として手渡すのだという。折り紙の箸置きなんかもら

って も、私なら帰り道で捨てる。

「吉田《よしだ》はメリーゴーランドを折ってんだよ。どうやって箸置きにするんだろ。面白いよな。井川《いがわ》はスカイツリーだっていうけど箸置きになるかねえ。原《はら》は握り寿司で、風景として寿司屋のカウンターも寿司職人も折るんだってよ。入場客は好きな箸置きをひとつ選べるようにするつもりだから、俺のが残っちゃうと恥ずかしいからな。ハナ、どうだ？　いいだろ、このラクダ。夜の動物園の風景に合わせるんだよ」

私はどうでもいいが、そんなことはおくびにも出さない。

「私はラクダが一番人気だと思うよ。ふたこぶの間に箸を置くってのが面白いもん。男性用の金の鞍《くら》と女性用の銀の鞍もつけたら？」

岩造は声をあげた。

「鞍か！　それいいな。いいよ、ハナ」

この人は折り紙のことになると、表情が一変する。ラクダでもカバでも同じだよと思いつつも、私はこの暮らしを母に見せたい。

娘はこんなに幸せな結婚をして、夫婦仲よく晩年期に入っているよと伝えたい。姑のいびりに耐え、夫の女出入りに泣いた母は、どんなに喜ぶだろう。

秋に鳴く蟬《せみ》の声は、喉咽《のど》を引き裂いているようだ。私は日課の公園ウォーキングを終え、家に戻ろうとしていた。

商店街に出て、忍酒店を通りすがりにチラとのぞく。

今日も雪男が一人で汗だくになっている。台帳を見ながら、配達するビールやミネラルウォーター、ウィスキーなどをそろえている。

見ていると、客が来た。

雪男は台帳を置いて客のそばに行く。日本酒をあれこれ選んでやっている時、今度は幼い子供を連れた父親が入って来た。

「いらっしゃい。何を差しあげましょう」

日本酒を選びながら、雪男は声をかける。

そこに電話が鳴った。雪男は先客二組に謝りながら電話を取った。

「配達ですね。ありがとうございます。ビール二ダースに、何かつまみ……。そうですねえ、乾き物より缶詰などは……えーと、今あるのは……」

先客が苛立《いらだ》ち始めたのが見える。当然だ。次の瞬間、私は店に飛びこんだ。

「お待たせしてすみません。日本酒ですね。あら、お客様、以前に私が店に立っていました時も、おいで下さってますよね？」

客の表情がゆるむ。電話を受けながら、雪男が私を見て拝む。目で応え、幼い子供には売り物のキャンデーを渡す。

「ボク、待たせてごめんね。大人しく待ってくれてるから、ハイ、ごほうび。今すぐだからね」

幼い子供は照れたように「ありがとう」と言い、父親も小さく頭を下げて笑った。

客が帰り、電話を終えた雪男は首にかけた手拭いで汗を拭《ふ》いた。

「助かった。客が二組と電話と配達準備、この四つが重なるなんてこと、めったにないんだけどな」

「由美さんが店に出てれば、何てことないの。一人でやるからだよ」

「いいんだよ。じき、いづみが帰ってくるし。そしたらいづみに店に出てもらって、俺は配達行けるから」

「アンタさァ、由美さんに甘すぎない？　舐《な》めてんだよ、夫のこと。頭っから」

「そんなヤツじゃないよ」

「そんなヤツだよ。あんな粗大ゴミにしかなんない絵描くより、店番しろよって」

私がなおも言いかけた時、雪男の目が、居室に続くドアを見て泳いだ。

「あらァ、お義母様！　いらしてたんですか」

振り返ると由美が立っていた。

何て格好してるんだ。自動車修理工のようなツナギを着ている。ツナギは絵の具だらけだ。

髪をゴムで縛り、洗いっ放しの顔をさらしている。毛穴ってここまで開くか？　という顔に腹が立つ。放ったらかしのシミにもムカつく。

「今、通りかかったら、雪男が電話から接客までてんてこ舞いしてるのが、たまたま見えたのよ。だから、思わず入って手伝ったってわけ。一人じゃ無理だよねえ」

雪男は台帳に目を落とし、無関係を決めこんでいる。こういうところは岩造とそっくりだ。

由美は頭を下げた。

「お義母様、すみません。そんなに忙しいって気がつかなくて。アトリエにいても、店の気配はわかるはずなんですけど、石膏《せっこう》デッサンに夢中になっていて。そうなりますと、音のない世界に入りこんじゃうんですよね。画家って自分本位で……」

誰もアンタを画家だなんて思ってないよ。

「お義母様がいて下さって、本当にありがたいです。いえ、手伝って下さるからではなくて、私の憧《あこが》れっていうか。いつもおしゃれで若くて」

シミの浮いた顔で言われると、こっちは歯が浮く。「偏差値ゼロ」の女だから、こんなわざとらしいことしか言えないんだ。

「ありがと、憧れられて嬉しいよ。じゃ、私は買い物があるんで、これで」

店を出ようとした時、いづみが帰って来た。

「お祖母《ばあ》ちゃん、来てたんだ。今日、大学で友達に言われたよ。いづみんちのお祖母ちゃん、ステキだねって。その子んちのお祖母ちゃんも、『コスモス』読んでるんだって」

「よくいづみのお祖母ちゃんってわかったね」

「『忍』って名字でわかったみたい」

「ステキって言うけど、あれはカメラマンがうまいんだよ」

一応、常識的にへり下る。

「それぱっかじゃないよ。やっぱ、うちのお祖母ちゃんって、他のお祖母ちゃんと違うもん。今日だって、ホラ」

と、私が着ているシャツを指さした。いづみのお古で、赤と緑のマドラスチェック。洗いざらしたジーパンを合わせている。

「いづみのこのシャツ、色の落ち感がいいんだよね」

「だから、普通のお祖母ちゃんはそんなこと言えないって。ね、ママ」

由美は作り笑いを返したが、いづみは無頓着に続ける。

「お祖母ちゃん、ホント若いよ。私のお母さんでも通るよ。ね、パパ、自分の親だなんて信じらンないっしょ」

由美が明らかに不快な顔をした。

雪男は聞こえていないふりをして、電卓を叩いている。

突然、由美が私を追い立てるかのように言った。

「私、ちょっとスーパーに行ってきますから、これで。木炭デッサンのパン買わないと」

「ママ、私もスーパーで買うものあるから行く。お祖母ちゃんも行こ。ウォーキングの続き」

「そうだね。私も買い物あるし、たまには三人で行こうか」

初めて雪男が、ホッとしたように声をあげた。

「オオ、行って来いよ」

外に出ようとする由美に、思わず聞いた。

「由美さん、そのツナギで行くの？」

「だってスーパーですもん。いつもこれですよ」

絵の具やら木炭の粉やらがついているのはいいとして、貧相でシミだらけの四十女がこれを着て、ひっつめ頭で外に出てはダメだろう。やせこけた囚人にしか見えない。

「まア、たかがスーパーだけどさ、知ってる人ともよく会うし……」

私が言いにくそうに言うと、雪男はまたも忙し気に電卓を叩き始めた。

「ママ、パンだけなら私が買って来るよ。食パンでしょ。柔らかいとこで木炭の絵を修正するんでしょ」

「ダメ。絵に関してだけは、たとえ娘でも他人任せにできないの。食パンなら何でもいいかっていうと、違うのよ。スーパーにフランス堂が入ってるでしょ。あそこのエトワールっていう食パンでないとダメなの」

偉そうに言う由美に、私は口走っていた。

「たかが消しゴムがわりのパンに、フランス堂のエトワールとは、すごいねえ」

「どうしても道具を選ぶんですよ」

「そうだろうね、大家《たいか》はね」

由美は一瞬ムッとした表情を見せたが、すぐに消し、知らんぷりして外に出た。

三人で並んで歩いているうちに、なぜいつもツナギを着て買い物に行くかがわかった。

商店会や近所の人たちと会うと、声をかけられるのだ。

「今日も絵描いてんの？」とか「いいわねえ、才能のある人は」とかだ。「ツナギかァ！　普通の奥さんじゃないもんな」と言った人もいる。そのたびに由美は、

「公募展の〆切りがあるから、もうずっとこのカッコでアトリエにカンヅメよォ。いやになっちゃう」

などとぬかす。

なるほど、こういうことか。絵の具や木炭で汚れたツナギは、そこらの主婦とは違う、そこらのオバサンとは違う、という証拠なのだ。

三人で並んで歩いたが、どうしても私だけが遅れる。歩きながら話す余力はとてもなく、ひたすら歩く。だが、遅れる。

いづみが気づき、歩調をゆるめた。

「ママ、そんな急がなくていいよ」

「でも、四時からタイムサービスで、パンも安くなるからすぐ売り切れるの。急がないと」

ツナギ女はチラリと私を見て、勝ち誇ったように言う。何か言い返したいが、息が上がって言えない。

「じゃ、ママだけ先に行きなよ。私、お祖母ちゃんと行くから」

「あら、せっかく珍しく三人で来たんだから、いいわよ」

また三人で歩き出したものの、七十八歳が四十五歳と十九歳と並ぶのは無理だ。

「ママ、速すぎ！」

「あら、ママ、いつもの速さだけど」

由美はそう言って、私の歩きに目を止めた。

「何かお義母様、歩幅が狭くなりました？」

それを聞いて、一瞬、息が止まった。

老いの兆候は、歩幅に出るといわれる。狭い歩幅でチョコチョコと歩き始めるのだ。

自分では気づかなかったが、歩幅が狭くなっていたのか。

「昔、自転車で倒れて怪我したから、今になって後遺症だろうねえ」

咄嗟《とっさ》に言い逃れると、由美はわざとらしく首をかしげた。

「でも、去年までは普通でしたよ、お義母様」

八つ裂きにしてやりたかった。

「だけど、そう気にすることはありませんよ。まだペンギンっぽい歩き方までは行ってませんから」

言い返したかったが、息が上がっている上にショックが大きく、できなかった。

いつから歩幅が狭くなっていたのだろう。自転車事故の後遺症などあるわけもないし、あれほどエクササイズやウォーキングをして来たのにだ。

努力しても、年齢による衰えは進むのか。近々、ペンギン歩きになるのだろうか。

私は由美やいづみに並ぼうとして、意識して大股で歩き始めた。ますます息が上がる。大股で歩いているつもりでも、傍《はた》から見たらペンギンのなりかけではないだろうか。

若い服を着て、メイクもネイルもぬかりない格好が、急に恥ずかしくなる。

体は年相応で、見てくれは若作り……か。

由美は、当てつけがましく何度か腕時計をのぞく。

「由美さん、先に行って」

懸命に息を整えて言うと、待ってましたとばかりに、

「ではお言葉に甘えて。すみません、お義母様のペースに合わせられなくて」

と拝むまねをした。

「いづみ、お祖母ちゃんを頼むね。休み休みゆっくりね。スーパーは逃げないから」

そう言うなり、軽やかに走り出した。

その背を見ていたいづみが、つぶやいた。

「ママ、意地悪だね」

「そうじゃないよ。エトワールが売れちゃうから」

「でも、拝んだのはわざとだよ」

七十五歳を過ぎると、心身の健康度が一気に下がると何かで読んだことがある。年を取って衰えていくことは、現代の医学ではどうにもならないと、医師のコメントもあった。

どうにもならないというのに、年齢相応に見られまいと頑張る。意味のないことではないだろうか。医学が解決できない老化に抵抗して、どうなるというのか。

これほど気合いを入れて、老いを遠ざけて生きている私だ。なのに、老いは音もなくやって来ている。

「いづみ、お祖母ちゃんの歩幅、狭くなった？」

「あんまりわかんないけど、去年よりは狭くなってるかなァ。何で？」

いづみは正直だ。「歩幅が狭くなること」と「老い」が密接な関係にあると知らない。知っていれば、「全然、そんなことないよォ」と答えただろう。

……そうか、去年よりは狭くなっていたか。

体から力が抜けた。確実に一歩ずつ、容赦なく衰えが来ている。

向こうにスーパーが見えて来た時、由美がパンの入った袋を抱え、走って来た。

「エトワール、最後の二つだったの。だから二つとも買っちゃった。じゃ、デッサン続けるから、先に帰るね。お義母様、どうぞ無理なさらないでごゆっくり。転ぶと大変ですから」

由美は絵の具だらけのツナギで走って行った。画家というよりはペンキ屋に見えた。

由美の姿は見る見る小さくなった。私も少くとも十年前までは、あのくらい走れた。階段も考えることなく駈け上がれた。突然できなくなったのではない。老いというものは、少しずつ少しずつ進んでいくのだ。

「ママ、やっぱ意地悪いよ。お祖母ちゃんがカチンとくる言葉、選んで言ってる感じ」

いづみは意地悪に反応しやすい子だ。小さい頃から意地悪やいじめや、言って欲しくないことを言われて来たからだろう。

いづみは太っている。

身長百五十六センチ、体重は絶対に言わないが、七十キロほどではないか。

それで計算すると、肥満度をあらわすBMI値は二十九に近い。二十五以上の値が「肥満」とされており、いづみは相当な肥満ということになる。

さらに丸顔ということもあり、幼稚園の頃から、

「デーブ！」

「ブタ！　ブタ！」

といじめられていた。

毎日、泣いて帰る娘を見て、雪男夫婦は女子大付属の小学校に入れた。男子のいないところの方がいいと考えたのだろう。

いづみは今、その女子大の一年生だが、伝統校ではあるものの、偏差値も低く、地味で人気がない。当然、小学部も入りやすかったし、何より躾《しつけ》に厳しい校風がよかった。そんな学校なら、いじめもないだろうと親は思ったようだ。

実はいづみには、肥満以外にもうひとつコンプレックスがあった。

兄の雅彦に、いわゆる「ブラザーコンプレックス」を抱いていた。それは言葉の端々から、一目瞭然だった。

雅彦は誰に似たのか、超のつく秀才で、全国でも屈指の私立進学校から仙台

の国立大学に進み、宇宙工学を学んでいる。どこの大学にも入れる成績だったが、何とかいう教授のもとで学びたいということで、仙台に行った。

仙台には由美の両親がおり、優秀な孫が毎日のようにごはんを食べに来るのを楽しみにしていると聞く。由美は役立たずだが、親は役に立つ。

雅彦は筋肉質で背も高く、女の子によくモテる。大学ではボート部のスター選手らしい。

かつて、高校生のいづみが思わず私にもらしたことがある。

「お兄ちゃんが、美人宇宙研究者なんかと結婚したら、その女、タダじゃおかない」

二つのコンプレックスを抱えながらも、ねじれずに育ったのは、いづみの強さだろう。

その夜、風呂に入る前に、いつもよりハードにスクワットをやった。

筋肉は何歳になってもつくと聞いた。ならば、筋トレをふやすことで筋肉がつけば、歩幅が元に戻ることもあるのではないだろうか。

手足を伸ばして湯船につかっている時も、またベッドの中でも、歩幅のことが頭を離れなかった。

翌朝、体が痛くて起き上がれない。スクワットの回数をふやしたせいで、筋肉痛らしい。「よいしょッ」と掛け声をかけてシーツをつかみ、やっとベッドから降りる。

歩こうとしたものの、膝が痛い。筋肉痛とは違う痛みだ。スクワットは正しい形でやらないと膝に来るというが、それだろうか。

歩けるには歩けるが、少し段差のあるところの昇降は痛む。このマンションはバリアフリーではないため、小さな段差が幾つかある。

試しに玄関の靴脱ぎから室内への段を上がってみた。痛い。筋肉ではなく骨の痛みのような気がする。

膝をかばいながらリビングへ行くと、岩造が新聞を広げ、大ぶりのグラスで水を飲んでいた。岩造はいつも私より早く起き、朝食前にゆっくりと水を飲む。

「おはよ……あれ？　ハナ、足が痛いのか？」

「少し膝がね。あと筋肉痛」

「歩き方、ヘンだよ。病院に行こう。ついて行くよ」

「大丈夫。スクワットのやりすぎだから」

だが、岩造はすぐに、かかりつけの寺本《てらもと》整形外科クリニックに予約の電話を入れた。

「え？　午後三時まで予約入ってる……？　今まだ朝九時ですよ。みんな膝痛いんですかね。……ええ、わかりました。じゃ午後三時に」

岩造は受話器を置き、

「まったく、高齢化の現実を感じるよ」

と、ため息をついた。

午後、岩造につき添われてクリニックに行くと、まず膝のレントゲン写真を撮った。

その後、馴染みの医師、寺本がいる診察室に入る。寺本は四十代半ばだが、その父親の代から世話になっている。

レントゲン写真を見ていた寺本は、

「ハナさん、どんな状態ですか？」

と声が優しい。

そして私を診察台にあおむけにすると、足を持って曲げたり伸ばしたりした。

やがて小さくうなずき、私と岩造に椅子をすすめた。

「老化ですね」

「は？」

頓狂な声をあげた岩造に、寺本は追い討ちをかけた。

「加齢による老化現象です」

黙る私を察したか、岩造が聞いた。

「骨がどうかなってるってことはないですか」

「レントゲン写真を見ましても、それは特にありません。年齢相応のすり減り方ですし。スクワットやウォーキングをやりすぎて、それが痛みを誘発したとも考えられますが、要は老化なんですよ」

「そうですか……」

力なく引いた岩造だったが、私は納得できなかった。

「先生、さほどの検査もしないで、レントゲン一枚で『老化』って片づけるんですか。最近、眼科に行っても耳鼻科に行っても、お腹や胃の調子が悪くて内科に行っても、みんな『老化』『加齢』で片づけて、薬も出さないんですよ。若い人と違って、真剣に診てもしょうがないってことですか」

「いや、真剣に診て『老化』だと診断しているんです。老化なのに、何のかのと理由をつけては不要な薬を出したり、不要な検査をしたりする方が、ずっといい加減な医者ですよ」

寺本は私の手を取り、指を見た。

「ああ、やっぱり少し曲がってますね。この間、七十三歳の女性が来たんですよ。指の第一関節が曲がって、痛むって。検査しましたが、『老化です』と言ったら怒りましてね。関節リウマチじゃないかってきかない。違います」

寺本は私の手の甲を示した。

「青い血管が浮いてるでしょう。これも加齢と共に濃く、くっきりと浮き出してくるんですよ。この血管を目立たなくしてほしいと言って、美容整形外科に行く高齢女性がいると聞きますが、老化なんです。七十年も八十年も使い込んでる体ですから、そりゃ、経年劣化は当然ですよ」

経年劣化、聞きたくない言葉だった。

寺本は私と岩造を交互に見て、二人に言った。

「老化を自然に受け入れることです。もちろん、大きな病気が潜んでいることもありますが、少くともハナさんの場合、検査結果にその心配は出ていません」

黙る私にかわって岩造がうなずいた。そして、確認した。

「女房の膝の痛みは、いつくらいまで続きますか。何かやわらげる薬とか湿布とか、頂けるんですか」

「そうですね、湿布と痛み止めをお出ししておきます。あと運動は大切ですが、くれぐれもやり過ぎないようにして下さい。ご不快でしょうが、医学的には老齢の体なんです」

病院を出ると、私たちは東京タワーの見える通りを歩いた。

九月も下旬だというのに、残暑がひどい。それでもこのあたりには木陰がある。最後の蟬も鳴いている。

「アンタ、私、決めたよ」

「何を」

「あのガキ、老化だの経年劣化だのって、まったく。人間は放っといても血管が浮き出て、膝が痛んで、目がかすんで耳が遠くなるって言ってるんだよね。手術や薬のお世話になっても、それは完治させるためじゃなくて、何とか生活できるレベルになればめっけもんってことだよね。老化なんだもん」

「うん……ま、な」

「今、あのガキの言うこと聞いて、改めて思ったよ。嫌いなことはしなくても許される年齢になったんだなって」

「ん……」

「好きなことだけやる」

「ハナは今までだって、ずっとそうだったろ」

岩造は汗を拭いながら、公園を囲む塀の出っぱりに腰をかけた。私も並んだ。

秋の太陽が、あたりを赤く染め、ゆっくりと木々の向こうに傾いていく。

「そりゃ今までも好きに生きて来たよ。だけど医者にああ言われると、もっと好きに生きてやると思うよ。指が十本とも曲がらないうちに、耳が聞こえてるうちに、足が動くうちに……ってさ」

「うん」

「私は死ぬまで、絶対にバアサンくさくならない」

「うん」

「薄汚ない年の取り方をしないことが、私の好きなことだから」

「うん」

「アンタももう好きにやりな。今まで折り紙以外、仕事と家族一筋だったんだから」

「うん」

岩造は夕陽《ゆうひ》に染まる空を見上げた。やがて、バッグから飴玉《あめだま》を二つ出すと、私に一つ手渡した。

「あ、パイナップルドロップだ。小さい頃、苺が大好きだった」

「昨日、グループ展の打合せで銀座に行ったろ。そしたら路地で縁日フェアやっててさ。この飴売ってた。まだあるんだなァ、これ」

「長い時間がたったよね。回らない口で『ハイアッウル』って喜んでた苺が、五十だもん」

「な」

「若かったよね、あの頃」

「珍しいな、ハナがそういうこと言うの」

「私だってわかってはいるんだよ。毎年毎年、できることが減ってくのは」

夕陽が最後のあがきのように、強い光を注いでくる。

「ハイアッウル飴舐めてた頃は、雪男を背負って左手で苺の手引いて、右手にキャベツや大根入れた重い買い物袋持って。それで苺と歌いながら歩いたもんね。……夕焼《ゆうやけ》小焼《こやけ》で日が暮れて……山のお寺の……」

あの頃のように歌ってみたが、あの頃のようには声が出なかった。

「俺だって配達やって、商店会の仕事して、夜は飲み会やって、次の朝早くから家族でドライブって平気だったもんな。今じゃとても」

私たちはもう一個ずつパイナップルドロップを舐めた。

「私、あと十歳若かったらなァって思うこと、よくあるよ。そしたら六十八。何でもできるよ、六十八なら。……走れるし」

岩造は何も答えなかった。

「だけど、こうして二人して生きて来たのは、悪くないよね」

「うん」

「老化って言われる年齢までアンタと力を合わせて……夫婦って半端な縁じゃないよね」

「まあな」

「不思議だね。アカの他人がさ、子供作って、親といるより長く一緒に暮らして」

岩造は何だか取ってつけたように、夕焼け空を指さした。カラスが巣に帰るのか、黒いシルエットになって飛んで行く。

「さ、帰るか。カラスも帰るとこだ」

カラスにかこつけて、私の話をそらそうとしている。照れているのだ。

私が珍しく情感のある物言いをしたことに、とまどっている。可愛い。

私たちはそれでも立ち上がらず、少しずつ暗さをまとう空を、昔と同じ味の飴を舐めながら見ていた。

「ハナ、何があっても、平気で生きていような」

「うん」

五十五年も共に歩いて来た男女が、年老いて穏やかに夕陽を受けている。この日を私はずっと忘れない気がした。


翌日、由美から電話があった。

「お義母様、今夜あいてませんか。商店会の役員たちが、うちに集るんですよ。一応議題はあるみたいですけど、みなさん、お義父様とお義母様に会いたいっておっしゃるんです。来て下さいよォ」

スーパーに行った時の態度を反省したのだとピンと来た。今までも色んな集りがあったはずだが、電話一本来なかった。反省してご機嫌を取っている。

「お二人は、みなさんと飲んで食べていて下さればいいんです。何か相談はされるかもしれませんけど、ぜひいらして下さい」

私たちが行くことで、雪男は商店会の仕事がやりやすくなるかもしれない。そう思い、私は綿ニットのアンサンブルを着た。花柄のスカートを合わせる。共に深い赤ワインの同系色だ。残暑が厳しいとはいえ、九月に白っぽい服装はダサい。

岩造と連れ立って店に行くと、リビングには懐《なつか》しい五人の顔がそろっていた。

「イヤァ、忍さん、ハナさん。お久しぶりです」

「時々、お見かけしてますが、しかし、いつまでもお若いですねえ。このご夫婦はお化けだな」

雪男は誇らし気に、私たちに椅子を勧めた。

テーブルには酒や肴《さかな》が並んでいるが、ほとんどは乾き物と店の缶詰だ。由美のやりそうなことだ。

その時、由美があたためた焼きトリと、茹《ゆ》であがった枝豆の大皿を持って入ってきた。

「お義父様もお義母様も、わざわざいらして下さってありがとうございます。みな様、焼きトリは熱々のうちにどうぞ」

由美を見てガク然とした。化粧ひとつせず、何ヵ月も美容院に行っていない髪をひとつに縛り、あのツナギを着ている。

客を迎える時は、もう少し装うと思っていた。もう何を言っても無駄なのだ、この「画伯」には。

だが、由美のことなど気にも止めず、商店会長の近藤《こんどう》が自慢気に焼きトリを指さした。

「うちの孫、これを一人で二十本くらい食うんだよ。一番下の孫で、まだ九つだよ。こりゃ、将来は酒飲みになるぞって。楽しみというより末恐ろしいよ」

副会長の青木《あおき》がすぐに応じた。

「きっと飲むよォ。小さい時に好きなものって、大人になっても影響してるからね。うちの孫娘は今、十一だけど小さい時から歌が好きでね。ジジ馬鹿で言うと、これがうまいんだよ。音楽の成績はトップだし、個人レッスンの先生が、才能があるからいっそ中学からヨーロッパに留学させろって言うんだよ」

「すごいじゃないですか」

雪男が驚いてみせると、青木は手を振った。

「イヤイヤ、金ばっかりかかる。孫娘も俺が一番甘いってわかってるから、『ジイジ、アタシ、外国で歌の勉強したい』ってすり寄ってくるんだよなァ」

ああ、ジジババが集ると孫の話か病気の話だ。私は早くも、来たことを後悔していた。

岩造もそう感じていたのだろう。別の話を振った。

「十月の秋のセール、もう準備できてるんだろ。福引きとかスタンプ集めは、俺が会長の頃から人気だったよね」

企画担当の広瀬《ひろせ》がうなずいた。

「ええ、だからそれをやるか、あるいは別の何かをやるか、元会長のお考えを聞かせて頂きたいんですよ」

ああ、やっと孫の話からそれた……と思いきや、広瀬が続けた。

「うちの孫、大学でマーケティングをやってるんですけど、もう福引きやスタンプの時代じゃないって言うんですよ。じゃあ何なんだと聞きましたら、色々とアイデアをくれましてね。あとでご説明しますが、それがどれも斬新で、さすがにセンスが違うなァと、我が孫ながら感服しましたよ」

雪男が私たちに言った。

「そのお孫さん、あの東亜《とうあ》企画に就職決まったんだよ。ね、広瀬さん」

「いやいや、まぐれまぐれ」

「東亜企画は超一流の広告代理店ですよ。そこに決まったお孫さんのアイデアなら、検討する価値ありますね」

雪男は太鼓持《たいこも》ちのようだ。

「まだまだ、そんな。ただ、大学も一応一流と言われるとこですし、教授は孫の実力を買っていて大学院に残れって言ってくれたんですよ。でも、孫は社会で力を発揮したいって断りましてね。もったいない話ですよ。ホントにあの孫だけは誰に似てああなのか、わからないよなァ」

「お祖父《じい》さんに似たんですよ。どの方のお孫さんも」

太鼓持ちがまたヨイショすると、みんなはワアッと笑った。

何がおかしいのか全然わからない。不快なだけだ。

それにしても、雪男はいつもこんな風に、持ち上げているのだろうか。切ない。

ふと気づくと由美がいなかった。感心にもう一皿、何かを出す気なのだ。私は立ち上がった。こんなクソジジイの孫自慢を聞いているよりは、クソ由美を台所で手伝う方がマシだ。

行ってみると、台所には誰もいなかった。

ピンと来た。アトリエだ。

廊下を行くと、アトリエのドアが半開きになっており、木炭デッサンをやっている由美が見えた。

私は外から優し気に声をかけた。

「由美さん、ここにいるの？　いなくなっちゃったから心配したよ」

半開きのドアに向かい、由美が返事をする。

「すいませーん。どうぞ」

私が入って行っても、木炭を持つ手を休めない。

「すいません、勝手に退席して。私がいても役に立ちませんし」

「だけど由美さん、今日はホステスだよ。やっぱり、もう少し身ぎれいにして、お開きまでいるのが役目じゃないかねえ」

「役目はお義母様がいらっしゃいますし」

やっと気がついた。この女は私たちを接待要員として呼んだのだ。スーパーに行った時の態度を反省しているのではなかった。甘かった。

「由美さん、絵を描いても何をしてもいいけど、最低の常識は守んなよ。汚れたツナギ着て、ノーメイクで客の前に出て、それも途中でいなくなるのは非常識だよ」

思い切って言うと、由美は木炭を置いて私を見た。

「大事にしているものが、お義母様と私では違うんですよね」

「由美さんは画家だからねえ」

「はい」

皮肉が全然通じない。

「絵を描く時間が何より大切で、何より労力をかけているんです。お義母様は若くきれいでいるための時間が大切で、何より労力をかけているのと同じです」

「その通りだよ。だけどハッキリ言うけど、アンタがそんな貧乏神みたいな女だと、雪男が恥をかくんだよ」

「なら、私もハッキリお答えした方がいいと思いますが、私はお義母様みたいにケバい化粧とかケバい服とか好みませんので」

ケバい……。ケバいと来た。

「由美さん、知ってる？　頑張らない美人より頑張るブスの方が上だって」

「え？　お義母様、ご自分をブスだと思ってるから頑張ってるんですか。それは違いますよォ。お義母様、お綺麗ですよ」

ほう、私を皮肉るか。

「嬉しいねえ、ほめてもらって。でも、ホントに私はブスだからさ、頑張るしかないんだよ」

「そんなこと、ありません。お綺麗です」

「一番最低はね、頑張らないブス。わかる？　同じブスなら、頑張らないブスが最低」

私は「それはアンタだよ」と言うように、しっかりと由美を見た。

「お義母様、私もブスだからわかるんですが、頑張るブスは痛いだけですよ。同じブスなら頑張らない方が笑われません」

「そうかもね。ま、ブスそれぞれでいいんだよ。しょせん、頑張るブスは痛いって笑われて、頑張らないブスは貧乏くさいって笑われてんだからさ。どっちみち笑われるなら、本人の好きがいいよ」

「そうですね」

由美は堅い表情でそう言い、再び木炭を持った。

「由美さん、客は頑張るブスが接待しておくから、頑張らないブスは好きなだけ描きな。じゃあね」

アトリエを出るなり、ここまで言ってしまっては修復不可能だなと思った。別にこっちは、そうなっても全然構わない。雪男といづみとはつきあうが、由美とはつきあわず、店にも行かない。それだけのことだ。

もとより、子や嫁に介護を頼む気なんぞサラサラない。

その夜、岩造とベランダでビールを飲みながら、由美とのことを話すと、あきれられた。

「子供っぽい喧嘩だなァ」

「どこの家でも、嫁と姑の喧嘩なんてそんなもんだよ」

「ハナ、ベランダに出ると夜風はやっぱり秋だねえ」

「何も雪男、あの女じゃなくてもよかったよねえ」

「日本にも竜巻やらゲリラ豪雨やらがあって、気候がおかしいと思ってたけど、やっぱり『十五夜お月さん』もじき、ちゃんと来るんだよなァ」

面倒な話はいつもこうやってそらす。

「真面目に聞いてよ、アンタ。あんな女房じゃ雪男が可哀想すぎるよ！」

岩造は夜空を見上げ、言った。

「あいつらも、俺たちの年齢になったら並んで、夕陽を見ながらしゃべるだろうよ。『若かったね、あの頃は』ってな。『私は絵を描いて描いて』、『俺は仕事でかけずり回って』ってな」

「……幼いいづみが好きだったキティちゃんの飴なめて？」

「そう。同じだよ、俺らと。だから、つまんない喧嘩はするな。気に入らなくてもこの家に嫁いで、よその娘なのに姓まで同じになったんだ」

「そうだけどさァ……」

「お前が言ったんだよ。夫婦は半端な縁じゃないって」

「まあね。でも、雪男はアンタのように『由美と一緒になってよかった。由美は俺の自慢だ』って言える芸風じゃないからねえ」

「俺、本気でそう言ってるのに、芸風だと思ってたのか？」

私は笑って立ち上がった。

「何かツマミ作ってくるよ、鯖《さば》缶あけたのあるから。ビールももう一本、冷えたとこね」

「じゃ、箸置き作っとくよ」

そう言って私を見た顔が、一瞬お婆さんのように見えた。

男は年を取るとどんどんお婆さん顔になり、女はどんどんお爺さん顔になる。テレビに出てくる有名人でもだ。私は前からそう思って見ていた。

岩造が年を取ったということだろうか。私もお爺さん顔になり始めているのだろうか。

悲しすぎる。どんな努力をしても、絶対に阻止する。

私はそう言い聞かせながら、鯖の味噌煮缶でチーズオムレツを作った。今朝買った干し菊もお浸しにした。

冷えたビールと一緒にベランダに持って行くと、たいして飲んでもいないのに、岩造がうたた寝している。

「ツマミ作ったよ。何よ、ふたこぶラクダ、折りかけじゃないのよ」

聞こえないほど、岩造はよく寝ている。

私は肩に手を当て、揺すった。

「起きな。ビールの冷たいとこ……」

と言いかけて、ベランダが異様な静けさにある気がした。

「アンタッ！」

私は自分の掌《てのひら》を岩造の鼻の前に広げた。息はあるのか。だが、私にはよくわからなかった。意識はないように見える。動かさない方がいい。何の根拠もないのだがそう思った。

そして、すぐに救急車を呼んだ。その間に雪男に電話をしたのだが、指がふるえる。

「雪男ッ、パパが大変だよ、大変」

声もふるえた。

その夜、搬送先の松原《まつばら》医大付属病院で、岩造の緊急手術に向けて数々の検査が行われた。

硬膜下血腫が考えられるという。

私と雪男を前に、医師が説明した。

「この病気は転倒などして頭を強打した人が、一ヵ月とか二ヵ月とかたってから発症する場合もあるんです。転倒直後は何ともなくても、脳の内部には出血があるわけで、その出血が一ヵ月なり二ヵ月なりをかけて血腫になるケースです。ご主人はここ一、二ヵ月くらいに転倒などで頭を強く打ったことはありませんか」

そんなことより、私の頭の中は一杯だった。岩造は死ぬのだろうか。いや、手術後、「意外と軽かったです」と医師が言いそうな気もする。いや、こういう時は悪い結末を考える方がいい。私の頭はこの二極をグルグルと回るだけで、他に何も考えられない。

なのに、断片的に別のことが入りこむ。

万が一の時は、由美やいづみは葬儀屋担当で、私は遺影の写真を選ばないと。仕出しは商店会の「割烹かねこ」に頼まないと角が立つね……。

何も答えない私に代わり、雪男が医師に言った。

「二ヵ月ほど前、父はどこだかで転倒したと言っていました。足をくじいて少し引きずって帰って来ました。もしかして頭も打ったのでしょうか」

そういえば、そんなことがあった。だが足は痛そうだったが、頭を打ったとは言っていなかった。

岩造はどうなるのだろう。ああ、元気になってくれたら、私はもっとつきあおう。温泉めぐりでもハワイでも香港《ホンコン》でも。

岩造には仕事と折り紙しかなかった。気が合うとはいえ、妻の私は気性が激しい。もっと穏やかで優しい女と結婚していれば別の人生もあっただろう。一緒に折り紙を楽しむ妻や、温泉めぐりの旅計画を一緒に立てる妻や、そんな伴《はん》侶《りょ》だったなら、岩造はもっと人生が楽しかったのではないか。いや、岩造はきっと生きる。いや、もし死んだら、葬儀会場は広くて冷えるから、膝掛けを用意してもらおう。でも、真っ先にやることは、菩提寺《ぼだいじ》に連絡を入れることだ。戒名《かいみょう》の問題もある。いや、病気に慣れていないので、つい悪い方に考えるが、人はそう簡単には死なないものだ。

雪男は医師に答えていた。

「父が転んだのは、八月の暑い日で、すぐ病院に行こうと言ったんですが、『いや、この通り歩けるし、何の問題もないよ』って笑いとばされて」

その声で、我に返った。そうだった。

「父は次の日になりましたら、もうピンピンして動いていました。家族も安堵《あんど》して、結局、病院には行きませんでした」

そう、次の日になると、私たちには病院に行くという発想さえなくなっていた。

「そうでしたか。多くの場合、自覚症状がないため、病院に行かない人が多いんです。無理もありませんが……」

私と雪男を正当化してくれるかのように、医師はそう言った。

ドアがノックされ、看護師が顔を出した。

「先生、忍さんのデータがそろいました。目を通されましたら、手術室にお入り下さい」

医師は立ち上がり、

「緊急手術は計画的手術より、事前検査を丁寧にやっていられません。できうる限りの検査はしましたが、リスクは大きいんです。でも、チームで最善を尽くしますから」

そう言って、出て行った。

その夜、岩造は息を引き取った。

第3章

岩造が死んで、今日で五日になる。私の頭は、昨日あたりからやっと正常に働き出した。

あの夜、ベランダで動かない岩造を見て、あわてて救急車を呼んだ。

そして、病院で臨終を告げられた。

そこから先、通夜と葬儀、そして骨壺を抱いた雪男と家族全員で店に帰ってきたところまでの記憶が、ない。まったく。

通夜、告別式には苺の娘マリ子が、夫のハロルドとロンドンから駆けつけたらしい。

私は、ハロルドの手を握り、

「ハリー、お祖父《じい》ちゃんのためにわざわざ来てくれて、ありがとう」

と言った。らしい。

雪男の長男の雅彦も仙台から飛んで来て、通夜でも告別式でも、私を守るかのようにそばにピタリとついていた。らしい。

私はずっと気丈にふるまい、取り乱すことも、人前で泣くことも、まったくなかったという。苺が、

「ママ、たいしたもんよ。パパと仲よかったから、泣き崩れるんじゃないかって心配してた」

と言ったが、私は通夜でも告別式でも、しっかりと顔をあげ、会葬者一人一人に丁寧に礼を言っていたという。その姿に泣く人たちもいたようだが、記憶にない。

私の様子を見ていた雅彦が、雪男に言ったそうだ。

「お祖母《ばあ》ちゃんに骨を拾わせるの、よそうよ。骨を見せるのはショックが大きすぎる」

雪男は、

「大丈夫だよ。お祖母ちゃん、気丈にしてるから」

と取り合わなかったと、いづみに聞いた。

「いや、何か脱《ぬ》け殻《がら》が立ってるように見えるんだよ、俺。ショックすぎて自分の状況、よくわかってないんじゃないかな」

「そりゃ夫が急に死ねば、誰だって動転してわけわかんなくなるよ。喪主なんだし、骨を拾わないわけにいかないって」

「だけど、あの脱け殻が骨を見たら、失神しかねないよ。今、ギリギリで突っ張ってんだから。骨を見たショックがこの後もずっと尾を引くことだってあるだろうよ。精神壊したらどうするの」

いづみの話だと、由美が割って入り、

「雅彦の言う通りよ。私もそんな残酷なことさせたくない。お義母《かあ》様には控室にいて頂いて、誰かそばについていればいいわよ。ずっと気丈にふるまってきたこと、皆さんご存じなんだから、お骨を拾わなくても納得するわよ」

と雪男を説得したという。

もしも私が精神に異常をきたしたなら、由美は絵を描けなくなるし、介護しなくてはならないし、冗談じゃないと思ったに決まっている。ありそうなことだ。

　ともかく雅彦のおかげで、私は夫の骨を見なくてすんだ。もっとも、このあたりのことは何ひとつ覚えていないのだから、たとえ骨を拾っていたとしても覚えていないかもしれない。

　だが、もしもそこだけ覚えていたりしては、私は本当に立ち直れないだろう。

　五十五年も一緒に暮らした相手が、突然姿を消してしまったのだ。突然姿を消すことは、消えていく本人の問題ではない。残された者の問題だ。

　残された者は、消えた相手を思い出しながら、この先の人生を生きていかなければならない。初めて出会った日から死ぬまでの、笑い顔や怒り顔や、体のぬくもりや言葉や……可愛いところがあった、いいヤツだった、あの時は、この時は……。

　先に消える者は幸せだ。

　私に記憶が戻ったのは、葬儀を終えた日の夕方である。骨壺と共に店に戻るなり、マリ子夫婦は成田《なりた》に向かった。そこからの記憶は全部ある。翌朝には雅彦が仙台に帰ったことも、そして今に至るまで全部わかる。

これは、テレビドラマでしか見たことのなかった「記憶喪失」だろうか。だが、臨終後と通夜、告別式のあたりだけがスッポリと抜ける記憶喪失なんてあるのだろうか。

このことは、雪男にも苺にも誰にも話さなかった。すべて記憶にあるかのように、うまく話を合わせている。

もしも知られたなら、由美あたりが、

「ショックが大きいと、よくわからなくなるって言いますよね。若く見せて、気丈にふるまった義母ですけど、やっぱり心は弱い人だったんですよ」

などと言いふらし、商店会などでそう見られてはたまらない。

とはいえ、ふと心配になってきた。惚《ぼ》けの前兆ではあるまいな……。

私は通夜に来てくれたらしい寺本医師を訪ね、初めて一部始終を話した。

「頭に何か障害があるのでしょうか」

寺本は首を振った。

「逆行性健忘症と呼ばれるものの一種かもしれませんね。僕の専門ではありませんが、記憶が部分的に失われるんです。長い期間を失う人もいますよ」

そして、笑顔を向けた。

「それは脳の損傷に由来するものもありますが、心的外傷や強いストレスに由来するものもあって、ハナさんの場合、そっちでしょう」

岩造の死が私の心を深くえぐり、打ちのめし、強烈なストレスを与えた。気丈に見えたなら、その時点で私が健忘症の最中にあったからだろう。

「ハナさんは、何も覚えてなくて幸せだったかもしれませんよ」

考えこんでいた私が顔を上げると、寺本は微笑していた。

「珍しいくらい仲のいいご夫婦でしたからね。妻としては、病院から寝台車でご遺体を連れて帰ったり、拭き清めたり、納棺したり、葬儀の祭壇が組み上げられるのを見たりしなければなりません。ハナさんのようにすべての辛《つら》い場に立ち合っていながら、まったく記憶にないのはよかったんですよ」

そうか。私はすべてを見たのだが、何も見ていないのだ。幸せなことだった。

「きっとご主人が、ハナさんが辛くないように、その期間の記憶だけ健忘させてくれたんでしょう。いや、医師の言葉としてはあまりにもロマンチックですけどね」

私は東京タワーの見える道を歩きながら、この言葉を思い出していた。岩造は私のショックを案じ、一番辛い三日間だけ記憶を飛ばしてくれたのだ。

あの人ならやってくれそうだ。私を「自慢」と言い、「ハナと結婚したことが人生で一番の幸せだった」と、晩年まで言い続けた人だ。

陽《ひ》が大きく傾きはじめ、木々の向こうの東京タワーを浮かびあがらせている。

ここは岩造が亡くなる少し前に、二人で歩いた道だ。あの日も寺本クリニックの帰りだった。

膝の痛みを訴える私に、寺本はレントゲン写真を見ながら「老化現象です」と言い切った。

帰り道、この先にある塀の出っぱりに並んで腰かけ、私たちが若かった時の話をしたのだ。あの時、岩造はバッグからパイナップルドロップを取り出した。幼い苺が好きだった飴だ。

「老化って言われる年齢までアンタと力を合わせて……夫婦って半端な縁じゃないよね」

あの時、パイナップルドロップの懐しい味を口中に広げ、私はそう言った。

「うん。色んなことがあったよな。雪男の成績が並外れて悪くて、二人そろって呼び出されたりな」

「あの時アンタ、息子には酒屋の社長としての英才教育をやってますんで、学校の方は先生、どうぞお気楽にって」

岩造は声をあげて笑った。

「子供のことになると、急に強く出られるんだよな、俺」

「店の経営が大変で、二人で銀行に相談に行ったことあったじゃない」

「うん。使いこみされた時な。ご用聞きのタツオ。……被害大《お》っきかった」

「銀行からの帰り、アンタ、子供も連れて死ぬかって」

「あれ、半分本気だった」

「帰ったら、三つの苺と二つの雪男が店番してて、苺が『お昼、雪男に店の牛乳飲ませたよ』って。自分もよだれ掛けしてんのに、姉ちゃんぶって。あの時、アンタ『連れてけない』って泣いて」

「ハナもだろ。三つの子に『店番頼むね』って、あと先考えないで銀行に走ったんだから」

私たちはあの日、もうひとつずつ、パイナップルドロップをなめた。

「私の父親の葬儀、土建屋の恐面《こわもて》たちにアンタが指揮とってくれたこともあった」

「好きだったからな、親父《おやじ》さんのこと」

色んなことがあった。こうやって、ひとつひとつ小さなことを二人で積み重ね、揺れに動じない土台になっていく。それが夫婦なのだろう。

恋人や愛人とは、そこが違う。

「覚えてる? 苺が八つだったかなァ、高熱出して救急車で運ばれたじゃない。あの時アンタ、中学の同期会で湯河原《ゆがわら》にいて」

「ああ……」

「すぐ帰ってきてと電話しようにも、宿も聞いてないし、ケータイもない時代だよ。中学の同期なんて名前も知らないし」

「あと、二人して税務署に行ったこともあったよな」

「あった。で、中学の同期会のことだけど、アンタ翌日帰って来たら、私は苺につき添ってて、誰もいなくて」

「いいって、もう。俺のことは」

「都合が悪い話だと、これだ」

私は笑いながら思っていた。親が死に、子が巣立っても、「夫」という男が、「妻」という女が、ずっと隣りにいる。もともとは他人だったのにだ。

今、その人はいない。

一人でゆっくり歩くと、やがてあの塀の出っぱりが見えてきた。

腰掛けてみた。あの日、右隣りには岩造がいた。もう二度とここに並んで座ることはない。風のない日なのに、右半身にだけ風が当たる気がした。

今こそ平気で生きないとならない。年齢相応に見られたくないとしてきた女は、悲しみも相応に見られてはならない。

店に戻ると、雪男が配達を終えたところだった。店は、通夜と告別式までの三日間だけ休み、あとは普通に営業している。

私も通夜から三日間はここに泊まり、いづみの部屋で眠ったが、今夜からマンションに戻ろう。

岩造と暮らしたマンションに一人でいたくはない。この店で子や孫といる方が淋《さび》しくないし、気が紛《まぎ》れるに決まっている。

だが、そんな素振りを見せるのはカッコ悪い。「今までありがと。何かあったら助けてね」とでも言って戻ろう。

一人でいられる強さも、岩造の好きな「老人の品格」だろう。それに、そういう態度こそが、私のめざす年の取り方と合う。

もしも、「逆行性健忘症」を芝居がかって打ち明け、「どんなにつらいかわかったでしょ。今は一人にさせないで」と迫ったり、「この年になって、突然一人になるなんて……心細い。孤独死してもわからないんだよ」と脅したりは、私の理想とする老女像と違う。

見ためを大切にし、サロンでネイルをやってもらい、そこらのバアサンと一線を画す外見であるなら、孤独死はイヤだの一人にさせないでだのと、そこらのバアサンが言うことを言ってはならないのだ。

八十の大台に乗ろうが、九十の大台を過ぎようがだ。

リビングでは、由美が夕食の配膳をしていた。何度洗濯したのかわからない、くたびれたトレーナーに、ジーパンはオバサン御用達《ごようたし》の伸縮素材だ。見たくもない姿だが、由美なりに気を使ってはいるのだろう。通夜からずっと、一度もツナギを着ていない。絵も描いていない。

「由美さん、今までありがとね。私、今日からマンションに戻るよ」

「え……、初七日までこっちで一緒にいたらどうですか。うちは全然構いませんよ」

「ありがとう。でも、ひとまず帰るよ。帰るったって、歩いて三分のとこだし」

「いえ、距離の問題じゃなくて、お義父《とう》様とずっと仲よく暮らしてた部屋に戻るには、まだ早すぎませんか……というか」

ほう、由美にもこんな優しいところがあったか。ついホロリときたが、岩造が死んだ今、完全に私より上位に立った嫁のゆとりだろう。

「ありがとう。だけど、マンションにある岩造の物も片づけなきゃならないし、帰るよ」

「なら、お義父様のお好きな肉じゃが作ったんで、夕ごはん食べてからお帰りになりません？」

優しすぎないか？　「姑の不幸は蜜の味」か？

「じゃ、マンションにもらって帰ろうかな。遺影に供えて、私も一緒に頂くよ」

「食べて行けばいいのに……」

「また通るたびに顔出すから。由美さんもいつもの暮らしに戻りな。ありがと」

ここで由美の申し出にのってはならない。

老人は潮目《しおめ》を読まねばならない。

厚意に甘えていると、最初はよくても、必ず心の中で「いつまで居る気だ、クソババア」と叫び出す日が来る。

外見を磨く女は、クソババアになってはならない。

どんな場合でも、引き潮は必ずやってくる。その時、その潮に乗る勇気がないジイサンバアサンは、迷惑な存在だ。

雪男につき添われてマンションに戻ったが、ドアを開ける時は緊張した。岩造のいない部屋はどんなだろう。

雪男は入るなり、部屋中のあかりをつけた。

「雪男、まずカーテン開けてよ。まだ少し明るいだろ」

「いや、病人でも独り暮らしでも何でも、夕暮れ時が一番つらいってからさ。何も夕暮れの景色見ることないよ」

こんな小洒落《こじゃれ》たことが言えるようになったたか。雅彦の親とは思えないバカだと、私はずっと内心で嘆いていたが、人間、年取ればそれなりになるものだ。

雪男は大きな紙袋から、肉じゃがやサラダの密封容器を出し、みそ汁の入ったジャー、炊《た》きたてごはんのお握りをテーブルに並べた。

「これ、みんな由美さんが作ったの？」

「そう。あいつ、ああ見えてもやる時はやるんだよ」

雪男は嬉し気だった。

貧相な嫁で人前に出せなかろうが、シロウトのくせに画家気取りであろうが、「やる時はやる」のが五年に一回であろうが、本人たちがいいなら、それでいい。

どちらかの右半身にだけ風が当たる日が、イヤでも来る。それまで仲よく二人でいることだ。

岩造のいない部屋は、妙に広かった。寒々しいほど空気が澄んで、とんがっている。人間二人が呼吸していた空気とは明らかに違う。

ここで一人で肉じゃがか……。こんな時、雅彦なら、

「俺、一緒に食ってもいいかな」

と言うだろう。「一緒に食っていこうか？」と上からは言わない、気配りの孫だ。

だが、父親の雪男は鈍《どん》な息子だ。

「じゃ、俺帰る」

案の定、こう来た。

「あら、そう。ここで肉じゃが食べてってもいいんだよ」

「由美といづみが待ってるから、あっちで食う。じゃ」

七十八歳の、夫に死なれたばかりの独居実母の前で、ためらいもなく家族が待ってると言う。トットと帰れ。

一人残されると、「平氣で生きて居る」の書が目に入った。毎日のようにそれを眺めていた岩造の後姿が浮かぶ。

岩造の死は、私の想定を越える出来事だった。人は必ず死ぬとわかっているのに、本当に死なれると想定外で、たじろぐ。

カーテンを開けた。ベランダには、ガーデンテーブルと椅子《いす》があの夜のままにあった。岩造の最後の夜、ここで二人でビールを飲み、しゃべった。ほんの五日前まで、岩造は生きて、ここにいた。

十月上旬の陽はあっという間に落ち、麻布界隈《かいわい》のネオンが光り始めた。秋の夜風が通り過ぎる。部屋の中の空気より、よほど暖かい。

振り返ると岩造がいる気がして、そうすることができない。いるわけはないのにだ。

窓を閉めようとした時、ベランダの床に小さな銀色のものが見えた。その先に金色のものも見える。

拾いあげると、折り紙のふたこぶラクダだった。あの夜、ここでこの箸置きを折っている時に、具合が悪くなったのだ。

私は二頭を掌に載せ、少し笑った。銀の鞍をつけた方は折りあがっており、金の方は途中だった。私の分から折ったのだろう。

「アンタ、私のラクダに乗って旅に出たんだね。ね」

声に出して、そう言った。返事をする人はいない。わかっている。

岩造が死んで、そろそろ一ヵ月になるが、一週間もたたぬうちから、私は一人暮らしが息苦しくなっていた。

もしもそんなことを口にしたなら、広いマンションに一人でいて、何を言うのかと、嫌味に取られるだろう。

息苦しいのは、物が動かないからだ。

朝、私が出かけたとして、夕方に帰る。物は朝の場所から一ミリたりとも動いていない。朝のまんまだ。

当たり前だ。誰もいないのだから。

生活の音もしない。

私がたてた音だけだ。岩造がいた頃は、朝刊を取りにドアを開ける音もしたし、風邪で寝込む私におかゆを作る音もした。店にいた時は客の足音も声もした。

他人の動きと、他人のたてる音がない暮らし。それを独居というのだ。

だからか、私は部屋に虫がいると喜ぶようになった。

蛾《が》でもハエでも、ゴキブリでさえもだ。動いているのをつい目で追う。こんなことでも、ホッとしたりする。

だが、そんな私とは違い、一週間もたつと誰もが日常の暮らしに戻っていた。

由美は再びツナギを着て、アトリエにこもっている。いづみは大学だ。父親の死だというのに、雪男でさえも鼻歌まじりに配達の準備をしている。

家族であっても、この立ち直り方だ。アカの他人たちは、告別式帰りの電車内で、

「お腹すいた。何か食べて帰らない?」

「行こ行こ！」

と手を叩くのだろう。

他人にとって、よその人の、まして後期高齢者の死など、町をバスが走るのと同じに当たり前のことなのだ。

どんな死に方であれ、人は必ず死ぬ。一人残らず死ぬ。そう諦《あきら》めて、私も元の暮らしに戻ろう。

毎晩そう誓《ちか》う。なのに、もう一ヵ月も眠りが浅い。考えごとをしてはウトウトし、また目が覚めては考えごとをするという夜が続く。

岩造が消えた現実を受け入れ、平気で生きなければと思う。岩造はそれを何より喜ぶだろう。

一人になった私を心配し、苺といづみはしょっちゅう訪ねてくる。そして、そのたびに二人ともホッとした笑顔を見せる。

「よかった。お祖父ちゃんが生きている時と全然変わらないよ、お祖母ちゃん」

「ママ、ホントに立派。喪中なら喪中なりに、黒やグレーを上手に着てるしさ。化粧もバッチリしてるのに、テクで薄く見せてるしさ」

この間は、何を血迷ったか由美までが一緒に様子を見に来た。いつものオバサン御用達のジーパンに、いつもの何十回洗ったかわからないトレーナーだ。元は紺色だったらしいが、今ではドブ色だ。そのドブ色の胸には「ＮＩＫＯ　ＮＩＫＯ　ＭＩＬＫ」という文字と、白黒の巨大な乳牛《ちちうし》のイラストが描いてある。

ニコニコ牛乳の懸賞か何かでもらったものだろう。死ぬほど洗っても、ドブ色になっても、まだ着ていられるのだから、景品とはいえ、品質にこだわっているではないか。たいしたものだな、ニコニコ牛乳。

「お義母様、いつでもうちにごはん食べにいらして下さい」

ニコニコ牛乳が優しく言う。

「どんなにかお辛いと思いますけど、お義母様はとても長年連れ添った夫を失ったようには見えません。おしゃれで明るくて」

アンタの方が、夫を失ってショボくれてる女に見えるよ。貧乏くさいなりして、髪ひっつめて。

それにしても「頑張らないブス」の一件は水に流したらしい。たいした度量に、こっちも応じないとなるまい。

「由美さん、ありがとう。誘ってもらえるだけで元気が出るよ。苺もいづみも、お祖母ちゃんのことなら心配いらないよ。お祖父ちゃんは長患《ながわずら》いもしないで、体中をチューブにつながれもしないで、コトンと死んじゃったんだ。あんないい死に方ないよ。そう思うと、お祖母ちゃんは幸せで、いつもと変わらないでいられるんだよ」

三人は安堵したように帰って行った。

全部ウソだ。

いつもと変わらないわけがない。私は「見ためが大切」が信条だから、心のうちを見せないだけだ。

岩造はよく「ベターハーフ」と言っていた。「ハーフ」には「不完全な」という意味もあり、夫婦はお互いの半分《ハーフ》をくっつけて、完全になるのだと言っていた。ブルーとピンクの色紙で「ベターハーフ」という創作折り紙を出品し、賞をもらったこともある。

今、不完全なハーフとなった私の、生きている意味は何なのだろう。

そんなものは、岩造と一緒にいた時でもありはしなかったと思う。だが、夫と共にあった時代は、老齢であっても間違いなく現役感があった。

それをハッキリと感じたのは、岩造の友人が自費出版を記念して、パーティを開いた時だ。私もよく知っている友人なので、一人で出席した。

出席者の大半は老夫婦で、私を見つけては、

「どうですか？　少しは落ち着きましたか。女房と心配してたんですよ」

「ハナさんに遊びに来て欲しいねって、いつも話してるんですよ」

「そう。ぜひいらして下さいよ」

だのと言ってくれる。そのたびに、二人並んでいる姿を見ることになる。私より年上の夫婦であっても、片一方が死んではいないのだ。

気分が沈み、挨拶《あいさつ》して帰ろうと主催者夫婦に近寄ると、どこかの夫婦と談笑していた。私を見るなり主催者の妻は腕をとった。

「今ね、来週、四人で飲みに行ってカラオケやろうって話してたの。ハナさんもぜひ来てよ」

「……ありがとう。でも……」

「こちらのご夫婦、すぐ友達になれるタイプだから、一緒に歌おうってば」

「ハナさんとおっしゃるんですか。私たちホントにお気楽な夫婦なの。ご一緒しましょうよ」

私は笑顔であいまいに断り、その場を立ち去った。

年齢がたとえ八十代でも九十代でも、岩造と並んで出席していれば、おそらく現役感はあった。夫婦単位の仲間にも自然に入っただろう。

ハーフになるということは、現役でなくなることなのだ。「余生」に入ったということなのだ。

そう思った時、「ベターハーフ」という優しくぬくもりのある英語ではなく、残酷な日本語に気づいた。

「未亡人」。

「未《いま》だ亡くならない人」だ。夫が死んだのだから、そろそろ妻もいかがですかということか。

パーティ会場を早々に出た私は、「未亡人」とは余生を消化している人なのだと思った。

人間に「余りの生」などあるわけがない。だが、今の自分を考えると、なぜ生きているのかわからなくなる。

どう考えたところで、自分の現在にも将来にも意味はない。なのに、岩造が呼んでくれるまでずっと、こうして意味もなく息を吸って吐いているしかないのだ。

毎日こんなことを考えているうちに、少しずつ生きていることが面倒になってきた。

何を食べてもおいしくなく、何もやりたくない。楽しくもないし、欲しいものもない。外出も、人に会うのも億劫《おっくう》だ。

岩造はよく言っていた。

「人は適当なところで死ぬのが幸せなんだ。それが老人の品格というものだよ」

私は一人で朝食をとりながら、前に見たテレビの情報番組を思い出した。

それはインドネシアで、実年齢「百四十五歳だ」と言う男が見つかったニュースだった。その年だというのに、男は寝たきりではなく、普通に生活していた。百四十五歳という年齢には異論もあるが、とりあえず政府は認めているという。取材記者が、

「今、一番やりたいことは何ですか？」

と聞くと、男はまったく悪びれることなく、答えていた。

「死にたい」

今になると、胸にしみる。

インドネシアの平均寿命は、確か六十九歳と言っていた。男が本当に百四十五歳だとしたら、七十六年間も「余生」を消化してきたのだ。

現役感がなく、生産的なことを期待もされず、責任もない。そんな特別枠で生きているのが余生だろう。いつ終わるとも知れず、息を吸っては吐き続ける。「適当なところで死にたい」と望むのは当然だ。

人は飽きる。旅行にも趣味にも恋愛にも、そして生きることにも。

私はもう追いかけたいものもなく、追いかけられることもなく、義務も意欲

もない。死ぬにはいい時期だ。用もないし、岩造もいないし、飽きてきたし、そろそろ去るのがいい。

そう思いながら、朝食のハムエッグにナイフを入れた。

手が止まった。

どうして食べるのだ。生きたいからだろう。楽しくもなく、欲しい物もなく、おいしいとも思わず、死ぬのもいいと考えているのになぜ食べる……。

勝手に涙があふれてきた。岩造が死んでから初めて泣いた。

泣きながら大口をあけて、ハムエッグを頬張った。

朝食の後、ソファに横になった。

ああ、長年連れ添った夫との、普段の何でもない暮らしが宝だった。今になって気づく。

何とも力が湧かない。それでもウィッグをつけ、メイクもしている。グレーのモヘアのセーターに、白黒のタータンチェックのスカートだ。

実は装うのも億劫になりつつある。だが、手を抜いて自分のバアサン顔を見たくない。他人も見たくないだろう。それがイヤで、何とか装っている。

だが、どうせすぐ死ぬのだし、誰も私なんかに関心はないのだから、手を抜いてもいいのだ。何より楽だ。

同年代の小汚ないバアサンはみな、「楽が一番」と言っていることを思い出した。自分もその考えに近づいている。今までならゾッとするはずなのに、しなかった。

ソファでウトウトしていると、

「ママ、チャイム聞こえなかったの？」

苺がカギを開けて駈けこんできた。

「びっくりさせないでよ。倒れてるかと思った。うたた寝は風邪引くよ。それとも体調悪いの？」

「うん……何というか……」

「何というか……？」

「生きてるの億劫になったっていうか」

「そりゃ、突然パパがいなくなったんだから、そんな気にもなるよ」

私は大きく伸びをして、上体を起こした。

「というか、どうせ先がないんだし、別に楽しいこともないんだから、そろそろもういいなァってさ」

苺は持って来たシュークリームを皿に並べた。

「この店、昔は雪男とか中学生とかが部活帰りに菓子パンを買い食いしてたとこよ。それが今や芸能人に大人気の気取ったケーキ屋になっちゃって。なかなか買えないんだよ、特にシュークリーム」

「ああ、昔の山田堂《やまだどう》」

「今はフルール・ド・フロレゾンだってよ。どれ、紅茶いれるね」

「あ、ママはお茶もお菓子もいらないよ。朝ごはん食べたとこだから」

「お菓子は別腹だって、いつも言ってるくせに」

「そうだけど……若い時みたいに入らないよ、もう」

ベランダの外を眺めると、秋空に飛行機雲がくっきりと線を描いていた。

岩造はよく紙飛行機を折り、幼い雪男と飛ばしっこしていた。遠くまで飛ぶ方を雪男に渡し、自分が負けると、

「すごい！　雪男、天才だよ。パパ、くやしいなァ」

と大声で叫ぶ。雪男は声をあげて喜び、はね回り、父親の足に抱きつく。子煩悩《こぼんのう》な人だった。あれから何と長い時間がたっただろう。

年を取るということは、失うものが増えるということだ。体力も記憶力も気力もだが、若い頃には父がいた。母もいた。夫もいた。もう誰もいない。みんな消えた。

「ハイ、紅茶。まず一個食べてみなって」

「今晩、目をつぶって寝て、朝になったら目が開かなかったら幸せだよね」

「そりゃ目の病気だよ。目やにでくっつくのは何だ？　トラホームか？」

苺はうるさがっている。私と同じ立場に立てばわかる。夜が来ると「ああ、嬉しい。眠ってしまえば何も考えなくてすむ」という気持がわかる。

「そうだ、私の人生相談のブログ、プリントして来た。ママが読んでも面白い相談が来てさ」

「そう……。何か苺は『別れろ』ばっかりの回答してんだって？」

「それが好評で、二冊目の単行本にする話が進んでんだから」

相談者は、

「60代の主婦。子供2人は成人しています。昨年、夫が亡くなりました。半年間は泣き暮らし、後追いしたいほど追いつめられました。とてもいい人だったのです。なのに今、一人でいることが幸せで幸せで、一周忌も子供に言われるまで忘れていました。

思い出すことはめったになく、自分の冷淡さに自分で嫌気がさします。ブラックベリーさんはどう思われますか」

と書き、苺は答えている。

「半年も泣き暮らしたなら、十分です。お釣りが来ます。一周忌を忘れたからって、しょうがないですよ。この世は生きてる者の場所なんですから。

冷蔵庫のドアに『毎月5《ご》10《とお》日は思い出そう』と書いた紙を貼ったらどうですか。それでも忘れたら、次の月にまとめて思い出せばいいし、また忘れたら次の次の月でいいのです」

こんなものが本になるのか。

「苺は夫に死なれてないから、こういうこと言えるんだよ」

「私も半年は絶対悲しむよ。たぶん、誰だって半年から長くて一年じゃない？

子供が死ねば一生悲しむけど、夫婦はさァ、幾らでも代わりはいるし」

「そう簡単なもんじゃないよ」

「あら、そう？　それより二冊目が出たらね、ワイドショーで取りあげてくれるっていうんだ。それがきっかけでコメンテイターに呼ばれたりして！」

苺の声が弾んでいる。若いから張り切れるのだ。こんな恥ずかしいものが本になっても嬉しいのだ。私は考えるだけで疲れる。

「いいね、苺は。ママなんかいつ死んでもこの世に未練ないよ」

「またこれだ。この相談者を見習いなって。まずはシュークリーム食べて」

いくら勧《すす》められても、シュークリームには手が出なかった。やっと紅茶だけ半分飲んだ。

私は相談者と違い、岩造を忘れることは一生ないだろう。いい人だった。

何日かたった日、香典返しのことで由美といづみを呼んだ。

私が店に出向くのは億劫だった。途中で知りあいと会うのもイヤだ。

ウィッグをつけ、簡単に眉《まゆ》だけは描いているが、このところ、かなりの手抜きをしている。服はもうずっと同じで、グレーのセーターにタータンチェックのスカートだ。

由美はいつものツナギにダウンを羽織《はお》り、スッピンでやって来た。絵を描きたいのにと、ブス面《ヅラ》に迷惑感が漂っている。

「お祖母ちゃん、疲れた顔してる」

いづみが心配気に言う。疲れではなく、手抜きでバアサン顔が出ているのだ。

考えてみれば、由美のような女にも利点はあるものだ。最初から貧相で小汚ないので、手抜きをしようが全然目立たない。

「電話でも言ったけど、香典返し、苺と三人で考えてくれる？」

「いいですけど、お義母様のご希望は」

「全然ない」

二人は黙った。私の言い方が投げやりに聞こえたのだろうか。

「任せるよ、三人に」

「何かやる気ないね、お祖母ちゃん。らしくないよ。ね、ママ」

「そうですよ。いつも元気で若くてオシャレなお義母様なのに」

夫に死なれ、生きる意味も先もないバアサンに、やる気が出ないのは自然なことだろう。百になっても明るく前向きな人も少なくないが、普通はまねできない。

「いいから任せる」

「お祖母ちゃん、大丈夫？　具合、悪いの？」

「そんなことないよ。ただ、夜寝る時、このまま明日の朝、目が開かなければ幸せだなァと思うことはあるよ」

由美といづみが、顔を見合わせた。私は明るく言った。

「もしそうなったら、みんな悲しまないでよ。お祖母ちゃんの理想の死に方なんだから」

いづみが指でマルを作った。

「わかった。オッケーだよ。だけど、お祖母ちゃんはまだまだ死なないよ。今はさ、お祖父ちゃんがいなくなって、ウツっぽくなってるだけだよ。私らと遊べば治るって」

「そうですよ。ホントに仲のいいご夫婦でしたから、ショックが大きくて当然です」

「仲がよかったんだから、岩造は早く呼んでくれないかねえ……。私、今日だっていいのに」

いづみがバッグから冊子を取り出し、笑顔で言った。

「お返し、このギフトブックから好きなの選んでもらうのがいいと思うんだ」

「それともお義母様、お茶とか海苔《のり》とか、むしろ型通りの食品を送る方がいいですか？」

どっちでもよかった。

「任せるよ。若い人が考えた物の方がいいよ。先のない者が考えるより」

そう言って、「平氣で生きて居る」の掛け軸に目をやった。

岩造は今、昔の仲間や親たちと酒盛りでもして、楽しんでいるだろうか。

そろそろ、私を呼んでくれないものだろうか……。

気持は日に日に沈んだ。何もかも億劫だ。入院したい。元気になる治療のためではなく、一日中眠っていたい。

そんな時、折り紙展の案内状が届いた。会長の岩造がどれほど力を注ぎ、楽しみにしていたかわからない展覧会だ。

外出などとてもする気になれないし、人とも会いたくない。だが、会長が急死したため、この展覧会は初日を遅らせたのだ。何としても見に行かなければ、岩造にもメンバーにも申し訳ない。

生前、岩造は斬新な展示案を練りに練り、舞台装置はとうの昔にプロに発注していた。

それは、幾つもの獣舎がある動物園だ。各獣舎には折り紙のキリンやライオン、パンダやふたこぶラクダなどが入っている。

そして、獣舎には動物たちの故郷の動画が映し出される。ライオンならアフリカの草原、ふたこぶラクダはゴビ砂漠、パンダは中国の山奥というようにだ。

折り紙の動物たちは、檻《おり》の中からそれを見ている。岩造は言っていた。

「動物園で大事に扱われて、メシの心配もないけど、動物は故郷が恋しいんじやないかねえ。哀しいよね……」

死ぬとも思わず、先を見ていた人間も哀しい。

展覧会は銀座の中心部にある「アサリ画廊」で開かれている。気が重かったが、「岩造のためだ」「岩造が好きだった銀座だ」と奮い立たせた。

自分に号令をかけ、一切の手抜きをせずに化粧をした。ショックだった。不精を決めこんでいたせいか、肌の感触が違う。ファンデーションは浮くし、白粉《おしろい》は粉っぽい。焦った。だが、一番似合う栗色のウィッグをかぶり、何とか格好をつけた。

ワンピースは深いベージュ地に、ダークグリーン、オレンジ、ブラウンの枯れ葉色が秋らしいチェックだ。そこに大きめのゴールドのイヤリングを合わせる。

三センチだがハイヒールをはき、全身を玄関の姿見に映す。よし！　七十八には見えない。岩造のために、洗練された妻として会場に行ってやりたい。

死ぬのもいいと思ったのは本当だし、余生を消化しているに過ぎないと思ったのも本当だ。だが、悲しい時ほど外見を整えるのがいいと実感させられる。

心が少しは元気になる。

銀座で評判のシフォンケーキを買い、その箱を抱いてアサリ画廊に行った。ガラス張りのドアを通し、十五人ほどの客がいるのが見えた。盛況だ。展示室の隅には応接セットが置かれ、私も知っている吉田や井川、原が女性たちと談笑していた。

入って行くと、吉田ら男性三人がいっせいに立ち上がった。

「忍さん！　よくいらして下さいました」

「四十九日の法要などがあるし、来て頂けないだろうとみんなで話していたんですよ」

「いえいえ。会期のことでご迷惑をおかけしました。それに葬儀においで下さいまして、本当にありがとうございました」

「何のお役にも立てませんで。こちらの女性たちは会の役員です」

女性の一人が、品のいいアルトで言った。

「忍会長の奥様ですよね。葬儀でお見かけしておりました」

「え、いらして下さってたんですか」

「はい。三人とも会長が大好きでしたから」

「ありがとうございます。そう言って頂いて、主人が喜びます」

私は丁寧にお辞儀を返した。きれいに見える角度でだ。

「会長の遺作、ゆっくりご覧下さいませ」

品のいいアルトは、とても好感が持てる。持てるが、すてきな女ではない。七十代前半だろうか。量販店の安物らしい茶色のセーターに、ペンダント型の老眼鏡を首からさげている。

「会長の動物園、お客様に大人気なんですよ」

もう一人の女性が、笑顔で会場中央を示した。六十代半ばだろう。大判のスカーフを肩から三角に垂らしている。おしゃれなつもりだろうが、チベット僧のようだった。

こんな女たちと一緒にいれば、岩造も私を「宝だ」「自慢だ」と言いたくもなっただろう。納得がいく。

岩造の遺作は、会場の中央にあった。

動物たちは、それぞれの故郷をじっと見ている。草原を走るキリンたち、笹が青々と茂る山でひたすら食べるパンダたち、ふたこぶラクダは砂漠で月光を浴びている。

白いボードが立てられていた。

「人間も動物も、故郷が好きです。なのに、人間を喜ばせるために、動物たちは狭い檻に入って一生を終えます。彼らの心を思ってほしいのです。

作・忍 岩造（銀杏折り紙会会長）

去る九月十五日、忍岩造は急逝し、本作品が遺作となりました。」

このボードを取り囲むように、小さな箸置きのふたこぶラクダが並んでいる。

案内がてら一緒に見ていた吉田が、

「欲しがる人が一番多いんですよ、ラクダの箸置き。ふたつのこぶの間に箸を置くって、抜群のアイデアですからねえ」

と言うと、井川も、

「ドヤ顔してる会長が目に浮かびます」

と、ラクダの箸置きを手に取った。

「皆様のおかげで、主人の作品をこんなに目立つ場所に、こんなにセンスよく展示して頂いて本当にありがとうございます」

「いやいや、会期中、何回も思いましたよ。会長が生きていてくれたらって」

「会長がいなくなって、会の運営に関してもつまずくばかりでしてね」

「来年からどう方向づけていけばいいのか、先が見えない状態で」

こう言ってもらえる岩造は幸せだ。結婚前から六十年近くも、折り紙だけが道楽だった人生は、悪くないものだっただろう。

私は二人に重ねて礼を言うと、応接コーナーを示した。

「新しいお客様がお待ちのようですし、どうぞいらして下さい。私はゆっくり、皆様の作品を拝見しますから」

ソファを振り返った吉田は、その新しい男女客に手を挙げ、

「あの二人も役員です。ここで役員会をやろうと呼び出しまして。では、どうぞごゆっくりご覧下さい」

と、井川と立ち去った。

私はひとつひとつを丁寧に見始めた。と言っても、元々何の興味も関心もな

い折り紙であり、丁寧に見たところでタカが知れている。その上、小さな画廊だ。すぐに見終わるのはまずかろうが、時間の稼ぎようがない。

チラとソファに目をやると、吉田ら役員はうなずきあったり、パソコンの画面を見ながら考えたりしている。挨拶してサッと帰るなら今だ。

そう思って近づくと、話し始めた声が聞こえてきた。

「来年のテーマは『未来都市』なんかどう？　いつまでも『箸置き』という日常じゃないだろ。うちの会、変わるチャンスなんだよ」

私は反射的に、展示を見ているように背を向けた。

「その通りだな。今やＯＲＩＧＡＭＩは世界共通語だ。変わらないとな」

「紙でこれほどのものを折りあげるのは、日本人だけだから、何としても子供に伝えることを第一に考えないと。先日の役員会で一致したように、今が古い発想を変えるチャンス」

「その通りよね。若い吉田さんが新しい会長になった今よ」

「ともかく、子供ファーストという方向性はハッキリしている」

「来年は、子供に折り方を教えるコーナーを作ろうと思うんだよ」

井川は声をひそめた。

「だから、来年はここより大きな画廊でやる」

吉田が継いだ。

「この前、文化財団から表彰された時、賞金が出ただろ。それをあてれば運営は問題ない」

私は展示作品をじっくりと見ている風を装いながら、全身を耳にして背後の声を聞いた。

さっき吉田と井川は、方向性も決まっておらず、運営もつまずくばかりだと言っていた。会長が生きていてくれたらと言っていた。だが、実際は方向性がハッキリと決まっており、運営も問題ないようだ。

そして何よりも、岩造の発想は古く、岩造がいなくなった今こそ、「チャンス」だとまで言う。

岩造は七十九歳、新会長の吉田は四十七、八か。発想の若さは歴然だろう。

むろん、彼らは岩造の死を願っていたわけではなく、死を喜んでいるわけでもない。

ただ、新しい方向を定め、それに夢中になっているのだ。私がすぐ近くに立っていることさえ気づかない。これが現実であり、これは健康的なことだ。

私はわざと足音をたててソファに近寄った。

「そろそろ失礼致します。本当にありがとうございました」

皆が一斉に立ち上がり、お辞儀を返した。

「こちらこそ、わざわざありがとうございました」

「会長の作品は、終了後に責任を持ってお返しにあがります」

「その時、報告をかねてお線香をあげさせて下さい」

「ホントに会長がいてくれればねえ」

私は笑顔を作り、

「そう言って頂くだけで、妻としても幸せです。今後ともよろしくお願い致します」

と、ガラスのドアを開けた。

ドアが閉まるなり振り返ると、五人はすでに顔を寄せあい、パソコンをのぞいていた。

私は夕暮れの銀座を、四丁目方向に歩いた。

「去る者は日々に疎《うと》し」で、人はいなくなればすぐに忘れられる。

各界の、どんな大スターでも重鎮でもだ。忘れられるどころか、三年もたてば「あの人、まだ生きてたっけ？　え？　死んだ？　そうだっけ」となる。

その人が消えても、当たり前に動いていくのが世の中なのだ。誰が欠けようと、世の中は変わりなく動く力を備えている。

暮れ始めた銀座通りの人ごみで、ふと思った。

岩造の個展をやれないものか。

どうせ忘れられるなら、華やかな個展週間を作ってやりたい。

岩造を失って以来、私は死ぬのが恐くなくなった。この世に何の未練も執着もない。

だが、他人は死んだ者などその日のうちに忘れる。今回の展覧会でも思い知った。

私もどうせすぐ死ぬ。岩造のところに旅立った時、華やかな追悼個展を土産にするのはいい。

「ハナは俺の宝」「ハナは俺の自慢」「ハナと結婚したことが人生で一番よかった」と言ったハーフの夫に、ハーフの妻からのお返しだ。

「忍岩造 追悼折り紙展」を開こう。

吉田ら折り紙仲間も招待し、衝撃を与えるほどセンスのいい個展にする。

幸い、岩造は物を捨てられない人で、折り紙はきれいに整理され、年代順にほとんど取ってある。立体作品は専用の小箱に入れ、その数は大変なものだ。

その上、子や孫に教え、幼い彼らが折ったものまで取っておく人だった。

岩造が自室で制作しているところを、由美に油絵で描かせよう。それを入口に展示するのだ。岩造への最高の土産だ。

この話に、誰よりも張り切ったのは由美だった。

「私のような新進画家に依頼して下さって、感激です。それも入口だなんて」

「新進」ではなくて「素人《しろうと》」だろう。

「大作を描きます。お義父様が孫たちに折り紙を教えている構図が、すぐに浮かびました。その横で、お茶とお菓子を運んで来たお義母様が、笑顔で見ている構図です。それとも、恐《こわ》いほどの目で折っているお義父様を、窓から秋の満月が皓々《こうこう》と照らしている方がいいですか」

　何だか聞いていると鬼気迫るが、しょせん素人画家だ。

　苺といづみは、追悼個展によって遺品が片づくことを喜んでいた。二人は以前から、

「パパの持ち物とか服とか、片づけないと」

と私に迫っていたのだが、その気になれなかった。岩造の愛用品を見るのも切ないし、整理してきれいになくなるのもつらい。何よりも、片づけるのが億劫だった。

「ママ、土曜の朝から片づけよう。いづみも学校休みでしょ？」

「うん。お祖母ちゃんち、ゴミ屋敷寸前だから一日じゃ終わらないよ」

「悪いね、せっかくの休み。ありがとね」

　私の返事に、雪男が手を打った。

「素直だねえ」

「うん……。これを成功させたら、いつ死んでもいいから」

「そう言う人に限って長生きするんだよ」

茶化した雪男と、そこにいた全員がうんざりして目を見かわしたように見えたが、どうでもいいことだった。

土曜の朝、マンションに苺といづみがやって来た。

苺が「まずは衣類から」と命じた。

こういう時に、想いの濃淡が出る。一番ドライなのは、苺だった。

「このセーターいらないね。これもね。このシャツも捨てる」

止めるのはいづみだ。

「ちょっと待ってよ。そのシャツ、お祖父ちゃん、すごい大事にしてたんだよ」

「だからって誰か着る？　着ないなら、役に立たないってこと。廃棄ッ」

そう言って、苺は段ボールにつっこむ。

私は何もかもが面倒くさく、勢いに任せて個展などと考えたことを、早くも後悔していた。だが、成功させて岩造のところに行きたい。

結婚記念日に、私がプレゼントしたダッフルコートが出てきた。キャメルの色あいがよく、七十九歳になっても、ダンディな岩造によく似合っていた。

「ママ、それも廃棄だよ。雪男も雅彦も着ないから」

わかっているが、これを着ていた岩造を思い出す。時間稼ぎのようにポケットをさぐると、小さな紙が入っていた。

「パン、牛乳、ハナの薬」

と岩造の字で書いてある。私に頼まれて買い物をし、薬を取りに行った日のメモだろう。

「ママ、ウルウルしてんじゃないよ」

苺は乱暴に私からダッフルコートを奪うと、買い物メモごと「廃棄」の段ボール箱に放り投げた。

こうしないと、遺品は片づかないのだ。私ではとても無理だった。

昼はいづみをコンビニに走らせ、お握りとサラダと即席みそ汁にした。

「パパは思ってた以上に物が多いよねえ」

「苺ちゃんはバンバン捨てすぎだよ。ね、お祖母ちゃん」

「そうだね。でも、今やっとくと、私が死んだ時の片づけは楽だから」

「ママ、また死ぬ話？　今、七十代なんて年寄りのうちに入んないんだよ。恥ずかしいよ、死ぬこと言っちゃ」

「だけど、そうそう先はないよ」

三人とも黙って、味噌汁をすすった。

「そうだ、忘れてた忘れてた！」

いづみが陽気な声をあげ、バッグからクリアファイルを取り出した。

「これ、お香典のお返しをする人のリスト。お香典の額によって三段階にして、全部『選べるギフト』にしたから」

「ああ、台所用品から食べ物まで好きなの選べるあれね」

途中で何回か相談されていたが、考える気力がなかった。初めてリストを見て、

「ずいぶん、いっぱいの会葬者だったんだねえ。百人を越えてるじゃない」

と驚き、また胸がふさがった。私の夫は多くに慕われ、愛されていた人だったのだ。

リストを眺めていると、名前だけの人がいた。

「この森薫《もりかおる》って誰？　会社名も住所も書いてないけど」

「あ、だからその人だけ送れないの。名刺もないし。顔はよく覚えてるんだけど」

「そう。女？」

「男。何で顔を覚えてるかって、それがもうメッチャイケメン。三十代かなァ。ね、苺ちゃん」

「うん。芸能人か？　ってくらいイケメンなんだよね。折り紙関係かなァ」

「なら、住所書くでしょうよ。イケメンの森薫ねえ。お祖母ちゃんも全然心当たりないよ」

お返しできないのは致し方ない。

お昼を食べ終えると、今度は机回りの片づけに入った。

引き出しはハサミや物さし、ゼムクリップや消しゴムや、雑多なものであふれている。大学時代の校章まである。

「これ、不要。これも不要。ハイ、不要」

苺はバッサバッサと捨てて行く。ブログで「ハイ、お別れ。ハイ、バイバイ。ハイ、不要」と言うのと同じだ。

キャビネットを片づけていたいづみが、

「あ、パスケースがある。折り紙教室で教えてた頃の定期入れだよ」

と、中を調べ始めた。

「こういう中に、万が一用のお金が入っていたりするんだよね。お金が入ってたら、見つけた私がもらうよ」

やがて、探っている手が止まった。

「あ……」

「えッ?! ホントにお金入ってたの?」

「ううん……」

「何よ」

「森薫」

「え?!」

いづみは一枚の写真を持っていた。古いもので変色している。

「ちょっと見せて。何だって森薫なのよ」

「間違いない。若いけど森薫」

「ありえないよ。若い森薫の写真なんか」

苺は笑いながら、いづみが差し出す写真を受け取った。

見るなり、笑いが消えた。

「森薫だ……」

苺は私に写真を差し出した。

「ママ、この人」

まったく覚えのない顔だった。

第4章

写真の男は確かにハンサムだった。切れ長でハッキリした目とよく通った鼻すじが、聡明な雰囲気を作っている。背も高そうだ。

「これ、十年以上は昔だよ。ね、いづみ」

「うん、すっごい昔。若過ぎ」

苺は写真を裏返した。

「あッ、1998・4・25って日付が書いてある」

のぞき込んだ私は、体が固くなった。

間違いなく岩造の字だ。ずっと夫婦で酒屋を切り盛りし、帳簿をつけていたから数字でもすぐにわかる。岩造の字だ。

ただ、二人にはそう言わなかった。

仲がいい夫婦として評判で、実際それを隠そうともしなかった岩造であり、私であった。もしも、妻の知らない何かがあったなら、娘や孫にさえも恥ずかしい。

「ママ、この日のこと、何か覚えてないの？　パパがどうしたとかさ」

「そんなこと、覚えてるわけないよ。十九年前だよ」

「だよね。でも誰だろね、森薫って。それも大切そうに、何かこっそりパスケースに入れてる感じでさ」

誰にも心当たりがない。

「わかったッ！」

いづみが頓狂な声をあげた。

「お祖父《じい》ちゃん、実は男が好きだった」

無視して苺が言う。

「隠し子とか」

「苺、そういうことできるパパだと思う？」

私がさすがに笑うと、いづみも手を振った。

「うん、それはないね。隠し子ならうちのパパと兄弟ってことでしょ。全然似てないよ。イケメンすぎる」

　苺もうなずく。

「私とも全然似てないもんね。私と雪男はどっか姉弟って感じがあるけど、確かにナマの森薫にもその感じはなかった」

　いづみはパスケースのポケットを隈《くま》なく探しながら、

「お金、入ってないね。少しくらい入れとけって」

　と毒づいた時、

「何、これ」

　と一枚のカードを引き出した。

「何だ、診察券か。一銭にもなんない」

　ふと見ると、「国分寺整形外科クリニック」と書いてある。聞いたこともない。

「いづみ、ちょっと見せて」

　国分寺《こくぶんじ》といえば、中央線で三鷹《みたか》や武蔵小金井《むさしこがねい》の先だ。ちょっと行けば八王子《はちおうじ》や高尾《たかお》になる。今まで何の縁もない町だ。

岩造が折り紙の会議などで行くことがあったにせよ、なぜ診察券なのか。

「どうしたの？　お祖母《ばあ》ちゃん」

「いや、何で国分寺の診察券なんだと思ってさ」

発券日は今年の八月八日になっていた。つい三ヵ月前のことだ。

「ねえ、苺。三ヵ月前にパパ、整形外科に行くようなこと……」

言い終わらないうちに気づいた。岩造がどこかで転倒したのは、その頃だ。

死因の硬膜下血腫を引き起こしたとも考えられる転倒だ。

もしかして、岩造は国分寺で転び、このクリニックに行ったのではないか。

しかし、なぜ国分寺なのだ。

それに、あの日、普通に電車で帰宅した岩造は、どこの病院にも行っていないとハッキリ言っていた。

次の日からは痛みも薄らいだのか、すっかり元通りで、私たちも病院に行けとも言わなかった。

「ママ、もう森薫も国分寺も放っとこうよ。パパが死んじゃったんだから、追及できないもん。それは放っとけってことよ」

「うん。ママもそう思ってたとこ」

苺にはそう返したものの、気になってしかたがない。

片づけが終わり、二人が帰った後、家計簿を開いた。そこには短い日記が書けるスペースがある。

八月八日のところには、

「岩造は午後から折り紙講座で新橋《しんばし》へ。猛暑の中、ハナはベランダの植木に朝夕二度の水やり」

と書いてある。

新橋と国分寺では方角が全然違う。ウソをついたのか。あるいは新橋の後、折り紙の何かで急に国分寺に行ったのか。

もしかしたら……もしかしたらイケメンの森薫とは、その整形外科の医者ではないだろうか。

岩造は彼が若い頃から知っていたのかもしれない。だとしたら、葬儀に来るのもわかる。

だが、そんなことなら、なぜ私に秘密にするのか。森薫はなぜ住所を書かなかったのか。

眠れなかった。


翌朝、雪男が何か知っていないかと店に行ってみた。

「国分寺なんて、知りあいいないよ」

雪男はすぐにそう言った。

「もしかして、折り紙の人じゃないのか？」

「そう思って、名簿調べてみたんだけどね、国分寺は武蔵野《むさしの》支部に入ってんだよ。メンバーはみんなあの辺の人で、阿佐ヶ谷《あさや》、小平《こだいら》、府中《ふちゅう》とか。名前も聞いたことない人ばっかりで」

「何なの、急に」

「いや、パパがね、国分寺の整形外科にかかってたらしいんだよ。何でかなと思ってさ」

「その辺で飲み会でもあったんじゃないの」

「うん、たぶんそうだね」

これ以上、言う必要はない。雪男は何も知らないようだ。帰ろうとした時、アトリエから由美が出て来た。

この女、会うたびごとに貧乏くさくなる。フリースの柄物ジャンパーは色がかすれている。伸縮素材のジーパンは、どう見ても捨て時だ。

「お義母《かあ》様の声がしたんで、ご相談しようと思って。私、お義父《とう》様の追悼折り紙展の絵、マチスの『ラ・フランス』的な色の冒険をしてみようと思ってるんです」

そう言ってマチスの画集を開いた。

「これです、これ」

そこには真っ赤なドレスを着て、頭に緑色の羽根をつけた女が、レモン色を背景にして腕を広げている。だけど、こっちは今、それどころじゃない。

だいたい、素人画家がよくぞマチスなんぞと言えるものだ。なのに素人は、いや、素人だからこそか、平然とため息をついてみせた。

「でも、私にはたぶんこの赤は出せません……。それに、羽根飾りの緑は赤の補色ですよ。補色使いをすると絵に力が出ますけど、下品にせずに使うのは難しいんですよねえ」

「あ、そう。由美さんなら補色いけるよ、いける。大丈夫」

私は「補色」の意味も知らないが、そう言っておいた。こっちは補色どころじゃないんだ。

「そう言われると自信がつきます！」

「あ、そう。じゃアトリエに戻って描きな」

「はいッ！」

跳ねるように行く由美の背を見て、雪男は私を拝んだ。

「折り紙展の企画、ホントにありがたいよ。おかげで由美、ずっと機嫌よくてさァ」

「そう。よかったよ。じゃね」

マンションに戻った私は、すぐに着換えた。

そして一時間半後、ＪＲ中央線の国分寺駅に降り立った。なぜか不安を感じ、外出が億劫だとは思いもしなかった。

交番で「国分寺整形外科クリニック」の場所を聞くと、南口から歩いて七、八分のビルに入っているという。

若い警官は通りに出て、

「ここを真っすぐ行くとガソリンスタンドがあります。その次の信号の角です。にぎやかな通りです」

と、丁寧に説明してくれた。

ところが、十分以上歩いてやっとガソリンスタンドにたどりついた。警官は七、八分でビルに着くと言ったが、まだ先だ。年のせいで歩幅が狭くなり、歩調ものろくなっている。

ああ、いつも思うことだが、あと十歳若ければ、六十八ならば、どんなにいいだろう。

こうして十五分近く歩き、やっと目的のビルに着いた。七階建ての立派なビルだ。

エントランスに入ると、エレベーターの脇に、入居している会社や事務所などの一覧プレートが出ていた。

診察券に書いてあったので、国分寺整形は五階だとわかっている。それでも一応、プレートで確かめた。間違いない。ある。

エレベーターが五階で開くと、目の前に明るく陽の入る受付があった。

「今日は診察ではないんですが、先生にちょっとお伺《うかが》いしたいことがございまして。八月八日に私の夫の忍岩造が診て頂いております」

と、診察券を出した。受付嬢はそれを手に、奥へと消えた。そしてすぐに戻って来た。

「予約の患者様が終わりましたら、すぐにお呼び致しますので、しばらくお待ち下さいませ」

私は窓辺のソファに座った。

窓の外は、麻布とまるで違う風景だ。どこの山だろう、遠くには連らなる峰が見える。雑木林なのか、公園なのか、町のあちこちに緑の区域が見える。岩造もこのソファに座ったのだろうか。

誰にでも、妻や家族には言えない秘密が、ひとつふたつはあるものかもしれない。だとしても、岩造に秘密があったとは考えにくい。

結婚以来死ぬまでの五十五年間、言い続けていたではないか。

「人生で一番よかったことは、ハナと結婚したこと」

「ハナのいつまでも若くきれいでいようという意識、俺は好きだな」

それも、私のご機嫌を取るためにではなく、呼吸をするようにごく自然に言っていた。

中には、そうやりながら、裏ではだましている男もいるに違いない。だからこそ、表では歯の浮くようなことを言う男もいるだろう。だが、岩造は違う。おそらく、いや絶対に、どこの妻でもわかる。自分の夫がそういうことをできるか否か。理屈ではない。

「忍様、どうぞ」

一時間ほど待った頃、受付嬢に呼ばれた。

診察室には、五十代半ばかという男性医師がいた。

森薫ではなかった。あの写真とは別人だ。

「院長　太田幸彦」という名札をつけている。葬儀に来た森薫は三十代半ばに見えたそうだが、太田《おおた》はその年代ではない。

太田は岩造の診察券を見て、パソコンを叩いている。

「忍岩造の妻でございます。その節は太田先生が診て下さったのでしょうか」

「そうです」

穏やかにそう答えたが、それ以上は何も言わない。パソコンで岩造のカルテらしきものを見るばかりだ。個人情報は、妻にであっても口外してはならないのだろう。

それなら、私が言うまでだ。

「夫はあの日、転倒して頭を強打し、こちらに伺いました」

「はい。その後、いかがですか」

「夫は先頃、亡くなりまして」

「えッ?!」

「はい。硬膜下血腫で急死でした」

「……そうでしたか」

「私は転倒の状況を何も知りません。先生にご迷惑はおかけ致しませんので、ご存じのことを教えて頂けないでしょうか。妻として知っていたいという、ただそれだけですので」

太田は思い出すかのように、ゆっくりと答えた。

「転倒して、頭を強打されたとおっしゃっていました。その時点では、会話も歩行も、幾つかの簡単なテストも、まったく問題ありませんでした。ただ、明日にでも大きな病院で、必ずCTを撮るようにと強く申し上げました。それと、CTに異常がなくても、何ヵ月か後に、脳に出血や血腫が見られて会話や歩行ができなくなる場合があります。そうなったら、ただちにその大きな病院にまた行くようにと、これも強く申し上げております」

私が知る限り、岩造は大きな病院でCTを撮っていない。次の日からごく普通の生活を送っている。

「先生、夫はこちらに一人で参りましたか。誰かつき添いがいましたでしょうか」

「お一人で見えられました」

ウソではなさそうだった。

「私どもの自宅は麻布で、こちらのクリニックとは非常に離れております。夫はこの近くで転んで、たまたまこちらを見つけて伺ったのでしょうか」

太田が答えるのに、一瞬、ほんの一瞬、間があった。……ような気がした。

「ご主人には、どこでどういう転び方をしたのかと、当然伺いました。道路の段差に気づかず、頭からアスファルトの歩道に転倒したとおっしゃっていました。保険証の住所が麻布でしたから、この辺に来て転び、たまたまうちの看板か何かを見たんでしょう」

これ以上聞いても、話さないだろうと思った。いや、もしかしたら、太田は今答えたこと以外は、本当に何も知らないのかもしれない。

私は駅へとゆっくり歩いて戻った。

心なしか空気が都心とは違う。こんなに駅に近い大通りであっても、どこか緑の匂いがする。玉川上水《たまがわじょうすい》沿いの雑木林がある小径《こみち》なら、もっと武蔵野の雰囲気だろう。いつか行ってみようか。

岩造はこの町が好きだったのだろうか。なぜ？

岩造には、どうも裏があったようだ。腹は立つ。だが、その裏が何なのかは見当もつかない。

だから、もういいではないか。本人が早く死んだのは、何かよくない裏を持っていてバチが当たった。そう思うしかない。

それに、私とて先はない。どうせすぐに死ぬのだ。あの世で会ったら、とっちめてやればいい。

私は駅を通り過ぎ、狭い歩幅ながら足の向くまま、少し歩いてみた。気分を鎮《しず》めてから帰りたかった。

少し歩くと、ドラッグストアと携帯電話の店にはさまれたブティックがあった。しゃれたウィンドウディスプレイが目を引く。

思えば、岩造も息抜きをしたかったのだろう。毎日毎日、私に服のコーディネートをされて、「年齢相応に見られたらダメだよ」と尻を叩かれていた。

さらには「言霊」だ。私は、岩造が縁起の悪いことを言うと叱《しか》った。遺言だのエンディングノートだのも絶対に書くなときつく言い、岩造もそうしていた。

真面目な岩造は、洋服から言霊まで、適当に聞き流せなかったのだろう。妻がうっとうしくて、何か小さな秘密を持って息抜きしていたのかもしれない。

ウィンドウディスプレイにつられ、ブティックのドアを開いた。

「いらっしゃいませ」

大きめの白いワイシャツにシルクのスカーフを長く垂らし、ジーパンをはいた女性が笑顔を向けた。店主だろう。

「何かお探しですか」

「特に何かっていうことではないの。あなた、ジーパンお似合いね。脚がすごく長くて」

「いえ、脚長効果のあるボトムスと、ほっそり効果のあるトップスを組ませてるだけです。あと、スカーフは縦長に見せるよう長く垂らして。目の錯覚狙いなんですよ」

「へえ。私も家ではジーパンはいてるんですけど、あなたのその型だと外にはいていっても大丈夫そうね」

外出する気など起きないが、そう言っておく。

「大丈夫ですよ。うちの母は七十三になりますけど、私の言う通りにうまくはいてますから。お客様なら全然」

この言葉から、私を七十三より若いと思っているようだ。だが、いつ死んでもいいと思い始めてからは、以前のように喜べない。

「じゃ、あなたと同じ型のジーパンと……そこのポルカドットのセーター見せて」

彼女はセーターを手にし、

「お客様、六十代にしか見えませんが、もしかしてもう少し上ですか？」

「え？」

「ごめんなさい。いえ、ポルカドットなんて言葉もご存じな上、それをトップスに持ってくるのは若いなァと思いましたが、さっきから『ジーパン』という言葉をお使いになるので……もしかしたら六十代ではないかもと」

意味がわからなかった。ジーパンに見えるが、実はジーパンではないと言うのか。

「今、『デニム』って言うんです」

「え？」

「ジーパンといったのは大昔です。デニムというのは生地の名前ですので、上着類にもすべて使いますが、パンツだけの場合はジーンズと言う人が多いですね」

「……知らなかった。そんなところで年がバレるのねえ。私、七十八だから」

「ええッ?!　七十八?!　……七十八ですか？」

彼女は大声をあげ、私を上から下まで見た。

「うちの母より五つも上……。とてもとても見えません」

「あなたのようなプロにほめられると、嬉しいわ」

「黒革のブルゾンに黒革のスカート、差し色にブラッドオレンジのポケットチーフ。よくお似合いで、こんなセンスの七十八歳いませんよ」

彼女が一気に言うほめ言葉は、耳にここちよかった。

家を出る時、もしかしたら、整形外科医が森薫かもしれないと思い、キメて来たのだ。颯爽《さっそう》とした感じにだ。

森薫が岩造とどういう関係かわからないが、バアサンバアサンした妻だと思われたくない。外出も着換えも面倒でたまらなかったが、自分を鼓舞《こぶ》した。

この期《ご》に及んでもこういうことを考える妻だ。岩造はうっとうしかっただろう。

私はポルカドットのセーターとジーパン、いやジーンズを買った。

「お客様、ジーンズとかTシャツとかカジュアルなものをお召しになる時は、メイクは少し控えめの方が若々しいとお考え下さい。いえ、うちの母は着物でもジーンズでも同じにバッチリとメイクして、私によく注意されるんです。年配の方は年齢を隠そうとして、つい厚化粧になりがちなんですが、カジュアルスタイルに厚化粧はダメです」

この人は自分の母にかこつけて、私に注意していると思った。この注意はありがたかった。若々しくカッコいい女でいるためには、こういうプロの助言は大きい。

私は品物を手に、再び駅へと戻った。そしてやっぱり、この世は生きている人間のものだと、少し足元が軽くなった。生きていれば、セーターやジーンズを買うこともできる。それだけのことでも得だ。

マンションに帰るなり、

「平氣で生きて居る」

の掛け軸の前に座った。

岩造は商売がどん底の頃だけでなく、この掛け軸の前から長く動かないことがよくあった。おそらく、心に多くの火種を抱えながら、「平気で生きている」「平気で生きている」と身に叩き込んでいたのだろう。

私もそうする。

追及できないことはせず、平気で生きて岩造のもとへ行きたい。

翌朝、遅めの朝ごはんを食べていると、雪男から電話がきた。

「ちょっと来てくれる？　急いでるんだけど」

私はポルカドットのセーターとジーンズに着換えた。このジーンズ、本当に脚長に見える。もちろん、メイクは薄めにした。確かに、いい。

実はそうする気力を振り絞るのは、まだ楽ではない。しかし、外に出たら必ず誰かと顔を合わせる。致し方ない。

店に続くリビングには、やはり呼び出されたという苺がお茶を飲んでいた。

珍しいことに由美までいる。相変わらずドブ色のニコニコ牛乳のトレーナーに、捨て時のジーンズ、いやこいつは「ジーパン」でいい。姑を見ていれば、普通はもっと我が身をふり返るだろうに。

ニコニコ牛乳が私にも茶をすすめる中、雪男が風呂敷包みを持って入って来た。

「何、それ」

苺の問いに答えず、雪男が包みをほどく。中から白い箱が出てきた。店の権利書だとか諸々の書類だとかをしまっている箱だ。

「俺がこの店継いだ時、親父《おやじ》から渡されて、ろくに見ないで金庫に入れといたんだよ。だけど、親父が死んだから一度見といた方がいいと思ってさ。昨日の夜、箱を開けたら……」

雪男は一通の封書を取り出した。

「こんなものが一番下にあった」

「何それ」

苺がどうでもいいように聞く。

「親父の遺言書」

「えッ?! 遺言?!」

私は次の言葉が続かなかった。岩造は遺言だの遺書だのは書かないと言っていた。私が嫌うからそう合わせただけで、書いていたということか……。

「それも封筒の表に『家庭裁判所で開けて下さい』って親父の字で書いてあるんだよ」

「家裁? 離婚しときゃよかったなんて書いてあるとか?」

私は冗談めかして言ったが、少し声がうわずった。

「ネットで調べたら、これは『自筆証書遺言』っていってさ、自分で書けばいいんだって。公証人が書くものとは違うんだよ。でも、書き方にはちゃんと形式があって、それを満たしていれば、遺言書として有効なんだってよ」

「だけど雪男、パパは遺言書の類は一切書かないと言ってたし、ホントにパパが書いたものかわかんないだろ」

「俺もそう思ったよ。だけど、ホラ」

雪男は遺言書の封印を示した。実印だった。岩造と私と雪男しか知らないところにしまってある実印だ。

苺が言い切った。

「パパが遺言書は書かないって言ってたのは、単純にママがうるさいからだね。言霊がどうしたこうしたってやかましいから、表では従ってただけだと思うよ。裏では、自分が死んだ後で喧嘩になってほしくなかったから、書いていた。それだよ」

裏でこっそり書くほど、私が恐かったのか。

由美は昨夜のうちに雪男から聞いていたらしく、

「自筆遺言書は家裁で検認手続っていうのを受ける必要があるそうです。私もネットで調べました」

と、その部分をプリントしたものを、私と苺に手渡した。

「検認」とは、自筆証書遺言の偽造や変造を防ぐために、家裁が取り行うもので、民法一〇〇四条に定められているとあった。

家裁が相続人を前にして、遺言書の形状や加除訂正の状態などを明確にするのだという。

苺が迷惑そうに顔をしかめた。

「じゃ、ママとか私らも家裁に出向くってこと？」

「そういうことになるよな。相続の内容には家裁はノータッチで、検認するだけだって」

「それだけのことに、わざわざ出向くの？　やってらんない」

「ママは行かないよ。外に出たくないし、何も欲しくないから相続放棄。行くの面倒」

「何でもこれだ、最近のママは」

「家裁に行くのは、今日明日じゃないんだよ。何しろ、遺言者の除籍謄本だの相続人全員の戸籍謄本だのを、こっちが取って家裁に送るんだってよ。そうすると、三週間だか一ヵ月だかで出廷日時の通知が来る」

苺の声が裏返った。

「出廷?!　えらそうだねえ」

「そう言うなって、親父がお袋に逆らってまで書いた遺言だ。全員で出廷する必要はないらしいけど、家裁なんてめったに行けるとこじゃないから、面白いと思ってくれよ」

私は記事のプリントを示した。

「さっきから気になってんだけど、ここに書いてある『遺言執行者』って何？」

「俺もネットで初めて知ったんだけど、ちゃんと遺言が執行されるように相続手続きをする人らしいよ。遺言書の中に名前を書いておくんだってよ」

「誰なの、それ」

「だから、家裁で中を見ないとわからないんだってば」

苺はプリントを乱暴に雪男に突っ返すと、

「どうせ『店は長男雪男に』とか、『マンションは妻ハナに』とか、見なくてもわかる内容なのにさ、ホントお上《かみ》のやることは面倒くさい」

と吐き捨てた。そしてすぐに、

「もしも、『店は苺に』と書いてあったら、それはそれで面白いけどさ。この店すぐに売っ払う」

と、ウソとも本気ともつかぬ目で雪男を見た。由美が作り笑いでとりなした。

「もう、お義姉《ねえ》さん、そういう恐いことおっしゃらないで下さいよ」

わざわざ岩造が書き遺《のこ》したということは、そういう思ってもみない内容なのかもしれない。みんな同じことを考えたのか、黙った。

マンションに帰り、「平氣で生きて居る」の掛け軸の前に座った。この頃、何かというとここに座る。

「平氣で生きて居る」を眺めていると、世の中のたいていのことは、瑣末《さまつ》な、深刻になる必要のないことだと思えてくる。

森薫が誰であろうと、なぜか国分寺の整形外科であろうと、岩造はずっと何ら変わることなく、私と平気で生きていたではないか。

私は今、平気で死ねる。もう生きるのは本当に十分だ。

家裁から出廷の連絡が来たのは、三週間ほどたってからだった。

定められた時刻に、実印で封をされた遺言書を持った雪男、私、苺の三人の相続人は出廷した。弁護士を同行する人も多いらしいが、うちは顧問弁護士もいないし、依頼するほどの相続でもない。

私は面倒くさかったが、最後のおつとめのつもりで出廷した。

子供たちが恥をかかないよう、キチンとしたスーツを着た。チャコールグレーの上下に白いタートルネックセーター、トルコブルーのスカーフだ。岩造が誕生日に贈ってくれたもので、顔色が白くきれいに見える。

雪男もスーツで、苺は上品なアースカラーのワンピースだった。

家裁の一室に通された私たちを前に、裁判官は遺言書の封を開けた。加除訂正の状態や署名などを確かめている。やがて、

「問題はありません」

と言い、読みあげた。

「私、遺言者忍岩造は次の通り遺言する。

第1条

私は下記の財産を妻である忍ハナ（昭和14年4月21日生）に相続させる。

1．一棟の建物表示

所在　東京都港区麻布北町3丁目1番2号

建物の名称　北麻布レジデンス

2．専有部分の建物表示
家屋番号　1番2号
建物の名称　601号
種類　居宅
構造　鉄骨鉄筋コンクリート造10階建
床面積　6階85・3平方メートル」

第2条は預貯金や有価証券などを長女苺に相続させ、第3条は店を長男雪男に相続させるというものだった。

苺が私に囁《ささや》いた。

「ね、思ってた通り。何もこんなもの書く必要ないよねえ」

私もうなずいて笑みを返したが、岩造の気持がしみた。私が嫌うことはやらないと見せておいて、裏では家族のために周到に準備していたのだ。有難かったし、愛されていたという実感が胸をふさぐ。

「第4条　遺言者は、この遺言の遺言執行者として、長男忍雪男を指定する」

裁判官の声に、雪男が「えッ!!」と声をあげた。「俺？」とつぶやくと、裁判官に言った。

「あの……何も聞いてませんが」

「指定するのは遺言者の自由であって、それを承諾するかどうかということになります」

私は雪男を突ついた。

「承諾しな。長男として、これほどまでに信頼されてたってことだよ」

渋々うなずく雪男だったが、その横顔は何だか晴れがましそうに見えた。

裁判官は第5条、第6条と読み、第7条に進んだ。

「第7条　次の者は、遺言者忍岩造と森薫（昭和24年5月10日生）との間の子である」

え？　何て言った、今。今、何て？

苺を見た。

苺は雪男を見た。

雪男は私を見た。

誰も意味をとらえられずにいた。

どういうことだ。「次の者は、遺言者忍岩造と森薫との間の子である」と……確かに言ったよな……。
裁判官は事務的に読みあげた。
「本籍　長崎県長崎市鶴町《つるまち》7丁目2番地
現住所　東京都国分寺市大善町《だいぜんちょう》3丁目5番地　グランドハイツ大善505号室
筆頭者　森薫
男　森岩太《いわた》郎《ろう》（昭和56年10月15日生）
右記森岩太郎は、成人した後も認知を請求しない。その旨の覚書は別添」
森薫って、森薫って女だったのか。
そうか、ありうることだ。「薫」は男にも女にもつけられる名前だ。
森薫は岩造の愛人だったのか。
ということは、葬儀に来たイケメンの三十代とやらは、岩太郎に違いない。
現住所は国分寺か……。岩造は愛人の家に行く途中で、転んだのだ。間違いない。すべてがピシャリとつながった。

裁判官はこちらの思いなど関係なく、事務的に第8条を読み上げた。

「第8条 右記森薫に、株式会社田所代表取締役社長田所昭二郎（昭和42年6月から平成5年6月まで同職）の揮毫掛け軸『平氣で生きて居る』一点を遺贈する。これは森薫本人の希望によるところである」

え……、今……今、掛け軸を森薫にって……言った。本人の希望による……と言った。

私は貧血を起こした時のように、目の前に暗いもやがかかった。横になりたい。手が冷たい。

だが、そんな気配は見せたくない。どれほどの衝撃を受けているか、相応には見せない。いつ死んでもいいと思っているのに、まだこんな意地があったことに、自分でも驚いた。

ハンドバッグの中のペパーミント粒を口に入れ、深く呼吸する。心配そうな苺の視線を感じる。きっと、愛人と隠し子がいたショックで具合が悪くなっていると思っただろう。

それはもちろんだ。だが、何だってあの大切な「平氣で生きて居る」を愛人に遺すのだ。私にトドメを刺す気か。

岩造と私にとって、あの掛け軸は夫婦で懸命に乗り越えてきた歴史そのものだ。岩造が講演会の控室に押しかけて、ついにもらってきたあれは、いつの間にか私たち夫婦を奮い立たせるものになっていた。

「平氣で生きて居る」の前に座ると、不況で死のうかと苦しんでいた岩造や、雨ガッパを着て配達し、大怪我をした私などが次々と甦ってくる。素人の書だが、私たち夫婦にとっては大切な大切なものなのだ。

だが、愛人には何の思いもないものだ。必要のないものだ。それも、これまでもこれからも子供の認知さえ不要というのに、なぜあんな掛け軸を欲しがる。愛人にとっては粗大ゴミだろう。

なのにぶん捕る。その理由はひとつしか考えられない。本妻の私へのツラ当てだ。岩造は何かの話から、この掛け軸が夫婦の宝であることを口走ったのかもしれない。ありうることだ。

裁判官はすべて読み上げ終わると、淡々と、

「では、検認済証明証を作成致します」

と言い、書記官に遺言書を手渡した。そして、

「付言がありますが、それは検認に影響するものではありませんので、本日はこれにて手続きを完了致します」

と、軽く一礼した。

書記官は作成したばかりの検認証を遺言書の末尾にとじ込み、裁判官はそれを雪男に返却した。

「本日の検認調書を作成致しますので、後日、必要の際は、その謄本の交付を申請して下さい。ご苦労様でした」

二人は出て行き、私たちは挨拶をすることも忘れて、突っ立っていた。

「雪男、付言って何が書いてあるの？　読んで」

苺の声がかすれている。

「付言　自分にもうひとつの家庭があったこと、本当に申し訳なく、どれほど驚かせ悲しませているかと思います。

ハナと苺、雪男に心から謝ると同時に、どうか由美と大人四人、手を携《たずさ》えて仲よく暮らしてくれることを願っています。苺と雪男は、お母さんの支えにな

ってあげて下さい。

自分は許されないことをしました。しかし、ハナと苺、雪男との人生は嘘偽りなく楽しく、幸せなものでした」

遺言書は何度か加筆訂正されていたが、最初に書いた日付は「平成三年十月一日」となっていた。岩造が五十三歳、私が五十二歳の時か……。

そう思ってハッとした。あの掛け軸を手に入れた頃だ。翌年に私は怪我で入院したのだから、間違いない。そうか、あんな昔に書いていたのか。


その夜、雪男宅に集り、検認された遺言書をもう一度読み直した。誰もが動けなかった。

由美から事情を聞いたいづみも、無言で座っていた。

岩造に愛人がいた。

その愛人は六十八だ。私がいつも「ああ、十歳若かったら」と願う年齢だ。

岩造は、愛人との間に子までなしていた。その子がもう三十六歳になる。

これは本当のできごとだろうか。目がさめれば布団の中で、「何だ、夢か」

となるのではないか。

いや……違う。小説などでは、不幸なことが起きると、「夢であってほしい」と願ったなどと書いているが、そんなことは思わないものだ。当事者は現実だとわかっている。

森薫との間にできた子が、昭和五十六年生まれということは、岩造は少くとも三十六年間、私をだましていた。

当然、その前からのつきあいだろうから、四十年近くになるだろう。

付言に「もうひとつの家庭」と本人が書いている。それは愛人とホテルで会ったり、お金だけを振り込むような関係ではなかったということだ。「暮らし」と呼ばれるものが、愛人とその息子との間にもあったのだ。

四十年近く、実に狡賢《ずるがしこ》く私の目を盗み、愛人宅に通っていたのだ。おそらく、かなりの頻度で。

普段の泊まりは、バレる可能性があるのでしなかったのだろう。どうせ、折り紙のスケッチ旅行だの、学生時代の仲間と温泉だの、幾らでもウソをついて宿泊旅行はやっていたと思う。

そういえば、八歳の苺が緊急入院した時、岩造は中学の同期会だと言って温泉に一泊し、連絡がつかないことがあった。岩造が死ぬ少し前に、私が冗談まじりにその話を蒸し返すと、必死に話をそらしていた。

今にして思う。あれは愛人との一泊旅行だったのだ。

そういう中で、

「ハナは俺の自慢だ」

と、平気で言える人だったのか。

私は疑いもせず、結婚以来ずっと岩造を支えたいと思ってやって来た。何よりも店と家庭を守ることを優先してきた。妻とは何だったのか。

よく働く、セックス付きの女中か。もっとも、ここ四十年はセックスレスだ。どこの家でもこんなものだと思っていたし、特別そうしたいとも思わなかった。

だが、愛人とはそういうことがあったのだろう。頭の血が一気に下がった。

やがて、その血が全身をかけめぐるように、体が熱くなっていた。

沈みこんで無言だった雪男が、突然口を開いた。

「俺、親父にどれだけ軽く見られてたかって、わかったよ」

話す気力もない私だったが、これだけは雪男のために言っておきたかった。

「雪男、それはないよ。絶対ない。ママが一番よく知ってる。パパがどれほど雪男を大切に思っていたか」

雪男のためにならば、高校時代の担任にも啖呵《たんか》を切った。商売に未練はあっても、サッと店を譲った。そんな時の岩造の顔を思い出す。自分の大切な息子にみじめな思いは絶対にさせない。そういう顔だった。

「なら何で、あっちの息子の名前が『岩太郎』なんだよ。親父の岩造から一文字取って、あげく、長男を表わす『太郎』だ。岩造の長男って意味だよ。普通は俺につける名前だろうよ」

苺が冷えた茶を飲んだ。

「雪男、気づいてたんだ。たぶん気づかないだろうから黙ってよと思ってた」

「何だよ、姉ちゃんも俺を軽く見てるよなァ。俺だってそのくらい気づくよ」

冗談めかして言ったのだろうが、誰も笑わなかった。

「俺、遺言執行者、降りる。長男の岩太郎様がやりゃいいんだ」

「そうはいかないよ。ね、ママ。ハンコ押して検認されちゃったんだから」

「うん」

「やってらんねえ」

雪男のために、私の思いを言うしかなかった。

「パパは雪男ではなく、妻の私を軽く考えてたんだよ。雪男じゃない。妾《めかけ》との間にできた子に、わざとそういう名前つけたのはその証拠」

敢《あ》えて「妾」と言ってやった。

「俺は妾の方が大事なんだって、妻にわからせたかったんだよ。悪かったね、妻の問題なのに雪男にイヤな思いさせて」

雪男は立ち上がり、リビングを出て行った。

私は自分が四十年近くも裏切られていたことより、雪男が可哀想《かわいそう》だった。いくら妻より妾の方が大事でも、どうして本当の長男を悲しませるようなことをする。

あげく、妾は嫌がらせのように掛け軸だけが欲しいと言い、岩造はその通りに言い遺した。

許さない。絶対に許さない。

ふと気づくと、恨みは全部岩造に向かっている。森薫とやらと共犯なのに、すべては岩造に向かっている。

すでにこの世にいない岩造であり、どうせすぐ死ぬ私だ。だから、何でもできる。

すぐ死ぬという年齢は、人を自由にしてくれる。年を取ることの唯一《ゆいいつ》の長所だ。

雪男がノートパソコンを手に、戻って来た。

「色々検索してわかったよ。森薫の正体」

雪男が示すパソコンの画面に、

「緑の森内科クリニック」

という文字が出た。茂る若葉のような緑色の画面に、しゃれた柔らかい印象の文字だ。

「森薫はここの医者。院長」

「医者の愛人?! パパもやるねえ」

苺が茶化すような声をあげた。

私はそのクリニックの住所に目を止めていた。

あの国分寺整形が入るビルの七階だった。

私はわざわざあのビルに行きながら、五階の国分寺整形を確認しただけで、他の階は見もしなかった。

もっとも、見ても「緑の森内科クリニック」と森薫は結びつかなかっただろうし、何よりも妾が医者とは考えてもいなかった。

画面をのぞいていた苺が、

「院長のプロフィール出てるよ。長崎県長崎市出身……東京都立医科大学を出て、医学博士。東京国際病院、武蔵野医療センターの消化器内科医を経て、二〇〇八年、緑の森内科クリニックを開設。消化器を中心に内科全般を診察……か。パパとは全然接点がない女だよねえ。ね、ママ」

と私を見る。

あいまいにうなずきながら、こんなにご立派な女を妾にし、岩造は私をどう見ていたのだろうと、また思った。

第5章

二人はどこで知りあったのだろう。

結婚以来、岩造は国分寺の内科にかかったことはない。もっとも、平気で四十年も裏の顔を持っていた男だ。私の知らないところでかかっていたのかもしれない。

私は岩造に関して何を考えても、そのことに自信が持てなくなっていた。夫はあまりにも長く、あまりにもうまく妻をだましていた。岩造に関しての自信は根こそぎひっくり返される。

ただ、私が国分寺整形外科を訪ね、医師の太田に自宅は遠いことを話し、

「夫はこの近くで転んで、たまたまこちらを見つけて伺ったのでしょうか」

と聞いた時、答えが返るまでに一瞬、ほんの一瞬の間があった。それは間違

いない。

おそらく、岩造は薫と会うために国分寺を歩いていて、転倒した。薫は連絡を受け、すぐに五階の整形に行かせたのだ。

太田は岩造が「一人で来た」と言っていたが、同じビルの馴染みの医師同士だ。前もって薫が電話で頼んでおくなりしたのだろう。

今になっても、薫に対する怒りや憎悪はあまり湧いて来ない。会ってもおらず、実体を感じないからだろうか。

ただただ、岩造が許せない。それは嫌悪であり、反感であり、確かに怨念があった。火を噴くような憎悪があった。

それは私自身を許せないからでもある。情けなかった。消えてなくなりたいほど情けなかった。四十年間もだまされ、呑気にも愛されていると信じ切っていたのだ。

実際には四十年間、「ハナは鈍いから」「ハナは手玉に取りやすいから」「ブタもおだてりゃ木に登るから」と、軽く見られていたのだろう。

私の人生は、もう先がなくてよかった。

三十代、四十代でこれを知ってはたまらない。すぐ死ぬ身だから、苦しむ時間は短くてすむ。

無口になった私を力づける気だろう、苺が明るく言った。

「パパが血迷って、愛人とその子に何もかも渡すなんて遺言じゃなくてよかったよ。あんなガラクタみたいな掛け軸なんかさァ、場所ふさぎだからすぐくれてやれって」

由美も励ますつもりだったのだろう。

「そうですよ、お義母様《かあ》。よく言うじゃないですか。裏切るより裏切られる方がいいって」

この誰もが型通りに口にしたがる言葉が、カンにさわった。

「そういうありきたりな励まし、私は好きじゃないんだよね。病気すると『神様が休めと言ってるんですよ』って言う人が多いだろ。まあ、小綺麗《こぎれい》に決めた気でねえ」

つい口に出していた。やはり平常心ではないのだろう。当たり前だ。

苺が由美に「ごめん」とばかりに手を合わせるのが見えた。

雪男はパソコンを閉じた。

「俺は立ち直るのに時間かかるよ。まったく、よく『岩太郎』とつけてくれたよ」

由美が雪男の膝に手を置いた。

「大丈夫。ネバーギブアップよ。ネバーギブアップの気持があれば、絶対に立ち直れる」

もう口には出さなかったが、世間はうんざりするほど「ネバーギブアップ」という言葉が好きだ。何ごとも諦めなければ達成できるというものではない。

私は立ち上がり、

「さ、帰るよ。私はギブアップすることで立ち直るよ」

この皮肉は、由美には全く通じていないようだった。

雪男も立ち上がり、

「ま、どっかで気が楽になった。俺に岩太郎なんて名前つけられちゃ店をつぶせねえけど、俺の方が愛人の子みたいな名前だもんな。何の責任もないって思えて楽だよ」

と笑った時、部屋の隈《すみ》でずっと黙っていたいづみが、しゃくりあげた。雪男はポンポンとその肩を叩くと、

「送って行く」

と私を見た。

マンションに着くなり、

「ビールでも飲む？」

と聞いた。雪男は手を振って断り、まっすぐに掛け軸の前に立った。「平氣で生きて居る」という太い字を眺めている。

「姉ちゃんの言う通り、やっぱりガラクタだよ、これ。素人《しろうと》の習字じゃん」

「ママもそう思うよ。だけど、死んだ後もデパート王といわれて、伝説の田所昭二郎だよ。それほどの人に直談判《じかだんぱん》して、書いてもらった書だから。本人にしてみりゃ宝だろ」

どうしても「岩造」とか「パパ」とか呼びたくなかった。

「親父《おやじ》、講演会の控室に押しかけたんだろ」

「ガードがすごくて普通はありえないらしいけど、本人は突撃したんだって

よ。正岡子規だったかのこの言葉を知ってから、田所さんの商売が上向いたって聞いて、拠《よ》りどころにしたかったんだろ」

「夫婦には思い出の品でも、愛人には全然意味ねえよな」

「嫌がらせだよ」

「え？」

「あの女は日陰の身で四十年だよ。誰にもバレないように続けてたんだから、そりゃどっかにずっと本妻への口惜《くちお》しさとかあったさ。おそらく、掛け軸の話を聞いて、夫婦で大事にしてると察したんだよ。そんな大事なものなら、本妻に渡すもんかって話だよ」

「ありうるかもな。『別にアタシはいらないから、奪うだけ奪ったら捨てるわ』ってか」

「だろ」

「掛け軸、早いとこ女に送りつけな。一件落着させろ」

「ああ」

と答えたものの、夫婦で馴染んだ掛け軸だった。岩造にはもはや嫌悪しか持てないが、いいところもいっぱいある人だった。ふとそういうことを思うから、長年連れ添った夫婦は面倒だ。

「……何だって親父は岩太郎を認知しなかったんだろな。普通、自分が生ませたと確信してりゃするだろ、男として」

「その子のことはいらなかったんだよ。息子は雪男一人でよかったんだ」

「いらない息子に『岩太郎』なんてつけねえよ」

私は話をそらした。

「女が認知しなくていいとしたのは、自分が医者で自立してるからだろね」

「それでも普通、してくれって言うだろ。子供のこと思えば、父親が空欄って困るもんな」

その通りだ。

「もう考えてもしょうがないね。トットと掛け軸送って一件落着させるよ」

「お袋は女のこと、一発ぶん殴ってもいいと思うけど」

「そんな気ないない。会いたくもないし、今後も一切、会う気はないし。ぶん殴って火つけてやりたいのは、雪男、アンタの父親の方だ。墓あばいて骨壺あけて、煮えたぎった油流しこんでやりたいよ」

　雪男は笑った。

「だけど、愛人は六十八だろ。六十八なんて大年増《おおどしま》じゃん。普通、男にとって七十間近のバアサンはどうでもいいよな」

　そうではあるが、六十八はまだ前期高齢者だ。まだ「人生双六《すごろく》」の先に、「後期高齢者」がある。

　私には先がない。後期高齢者の先はないのだ。終期高齢者、晩期高齢者か？　末期高齢者か？　その先は終末高齢者で、ついには臨死高齢者だろう。

　六十八歳は若い。岩造に抱かれて、子供まで作った若い女の姿は見たくない。

　だが、ひとつだけその妾を立派だと思ったのは、四十年間、影も形も気配さえも見せなかったことだ。本妻に腹は立っても、完全に黒子《くろこ》に徹する覚悟を決めていたのだろう。昔の芸者のようにだ。

　今は政治家の愛人であれ、実業家や芸能人の愛人であれ、イザとなると表に出て来て洗いざらいぶちまける。

「彼を信じていたのにだまされました。だまされた私がバカだったんです」だのとぬかす。あげく、「再出発ヌード」とやらになったりもする。まったく、惚《ほ》れた女のレベルで男のレベルがバレる。

岩造の妾はその点だけはアッパレだった。四十年間のうちには、少しは気配を見せたいこともあっただろうに、しなかった。

最後の最後に、夫婦で大事にしている掛け軸をぶん取ることで、積年のうっぷんを晴らそうとしたのだろう。立派じゃないか。盗人《ぬすっと》にも三分の理か。

雪男が帰った後、私は納戸《なんど》を開けた。追悼個展に使うためにとっておいた折り紙の箱を引きずり出す。岩造が大切にしていた作品は、年次ごとにきれいに整理されている。平面折りのものは畳んで重ねてあり、立体折りは型崩れしないようひとつずつ小箱に入れてある。

私はそれらをわしづかみにし、引きちぎった。次から次へと、何も考えずに引きちぎった。四分の一もいかないうちに、手が痛くなった。これではこっちの手が引きちぎれる。

考えた末、台所から四十五リットルのゴミ袋の束を持って来た。それに片っ端からぶちこむ。足で踏んでさらにぶちこむ。平面折りのバラもユリも花びらが飛び、立体のビルも怪獣もペッチャンコだ。ああ、いい気味だ。

そのゴミ袋をベランダの床に並べ、その口にホースを突っこんだ。最大まで蛇口を開く。

折り紙は激しい水を浴びた。水を吸ってクタクタになると、ゴミ袋を踏んでたまった水を出す。一丁あがり、次の袋だ。

昔は印刷が悪かったのだろう。古い折り紙からは赤や緑などの色が落ち、ベランダには毒々しい色水が流れ出した。

初めは、風呂場で折り紙に水をぶっかけようかと思った。だが、後で掃除が大変だと気づき、やめた。最初からゴミ袋にぶちこめば、捨てるのに楽だ。いい考えだった。

水責めに遭《あ》った袋を、台車でマンションのゴミ置き場に運び、「燃えるゴミ」容器に投げ入れた。

今度は他の生ゴミと一緒に火責めが待っている。断末魔の叫びをあげるがいい。

その夜、明け方まで寝つけなかった。

これほどのことをされ、煮えたぎった油を飲まされた夫だというのに、いいところが過《よぎ》る。それは一パーセントであれ、どうしても拭い切れない。

岩造は妻を裏切ることに、一パーセントのためらいさえなかったのか。なかったから四十年も続けられたということか。

一週間後、やっと地元商店街に買い物に出る気になった。できる限り、スーパーやコンビニではなく、地元の商店で買うことにしているが、岩造の死後、ほとんど外に出ていない。

知りあいだらけの商店街では声をかけられるだろう。うっとうしいが致し方ない。

窓の外、師走《しわす》の風が冷たそうだ。灰色の空も重くたれこめ、枯れ木は老人の血管を思わせる。

国分寺で買った脚長効果のあるジーンズをはき、モカブラウンのタートルネックセーターを合わせた。その下に、明るいレモンイエローのスカーフを巻き、ほんの少しだけのぞかせる。それに濃紺のダッフルコートだ。

人目があるから、手抜きはしない。ただ、ご近所というのはどうしても色々と言うものだ。「夫が死んだのに派手な服を着てた」とか「喪中だってのにジャラジャラしたアクセサリーつけて、よそ行き着て豆腐買ってんだから」とかだ。

さりとてしょぼくれたなりで歩けば、「すっごいショックを引きずってるのよ」だの、「今迄化粧や着る物で隠してたけど、やつれちゃって、やっぱりトシって出るよねえ」だのと言われる。

かねあいをわきまえて装うことが、ご近所づきあいでは大事なのだ。「自分の着たいものを着るべき。他人のためのオシャレではない」などと、いいトシして自慢気にのたまう人もいるが、その浅さを恥じるべきだ。

私は薄化粧に見せながら、押さえるところは押さえて、外に出た。

歩きながらまた、四十年もだましていた岩造を思う。妾を思う。そのとたんに体が重くなる。

これほどバカにされた妻でありながら、体の半分がなくなった感じは強い。

この喪失感は妾にはないだろう。これは妻だけのものだ。

岩造は死んだのに、妾の方はのうのうと生きている。あげく掛け軸を寄こせとぬかす。

当初は岩造の仕打ちが衝撃で、妾への怒りも憎悪もさほど湧いてこなかった。昔の芸者のようだと感心したほどだ。

だが、時間がたつにつれ、妾への恨み、憎しみも確実に大きくなっていく。

このままでいいのか。

いや、いいのだ。関わるな。

本当にいいのか。いいのだ。

商店街の入口まで行くと、

「ハナさーん！」

と声がして、お茶屋の元おかみが飛び出してきた。続いて履き物屋の、化粧品屋の、和菓子屋の元おかみたちが、次々と飛び出してきた。

「ハナさん、元気そう。よかった」

「これからランチしようと思って、みんなでここに集まったのよ」

「ハナさんも行かない？　ゆっくりおしゃべりしてランチしようよ」

　思えば、集まった四人はみんな「元経営者の元おかみ」だ。うちもそうだが、商店の大半は息子や娘の代になっている。跡継ぎがいない店は閉じて、夫婦はみなどこかに引っ越して行った。

　どこの店も、店主夫婦が同年代だった頃は、何をやっても楽しかった。商店会のバス旅行や納涼盆踊りや、春夏秋冬のセール計画にも張り切った。店主夫婦同士、朝までカラオケをやったり、勉強会に出たり、なぜあんなに楽しかったのだろう。

　今はもう、そんなことを楽しいと思わないし、何をやっても疲れる。何より、やろうという意欲が湧かない。これが年を取ったということなのか。

　お茶屋の元おかみが、私をいたわるように見た。

「アンタたち夫婦、仲よかったからねえ。そう早くは立ち直れないよね」

「ハナさんが外に出て来ないのは、家に引っこんで泣いてばっかりいるんじゃないかって、みんなで心配してたんだよ。見舞いにも行きにくいしって」

　私は笑顔を返した。

「ありがとう。遺品の整理とかそういうことは落ち着いたけど、相棒がいない暮らしにはなかなか慣れないよね」

「だろうね。岩造さんなんか商店会の宴会とか、いつでも『ハナは俺の宝』って平気で言ってたもんね。淋しいよね」

私は笑顔を崩さなかった。

「そんなこと言ってた？　ホントにお聞き苦しくてごめんね。でも私も、『ま、いい結婚だったな』とか思って、笑ってんのよ。主人は笑ってる私が一番好きだって言ってたから……なァんて、死んだ人をのろけてもしょうがないね」

化粧品屋がしげしげと私を見た。

「ハナさんが若くておしゃれなこと、岩造さんの自慢だったんだよ」

「いやだ、そんなことまで言ってた？」

「言ってたよ。でも、その通りだよ。ハナさんの生活、一変したでしょうに、今日だっておしゃれできれい」

「ホントにそう。センスいいし、若いよねえ、ハナさんは」

「ありがとう。死んでも何となく主人が部屋にいる気がしてさ、手抜きできないって言うか」

さり気なく、亡夫を想う妻の言葉を重ねた。外に女がいて子供まで作ったことは誰も知らない。

誰だって、そこに濃淡はあろうが、他人の不幸はちょっと心ときめく。そんないい思いをさせるものか。夫が四十年も別の家庭を持っていたことは、商店会の人だけでなく、友人や知人にも絶対に知られたくない。

知られたら何を言われるか、わからない。私を「若くてファッショナブルで、岩造さんの自慢だった」と言った人たちが、コロッと「スタイリストでもないのに、着るものに自信持ってて、要は若造りの女房だよ。それを亭主にまで強制するからさ、岩造さん、うっとうしかったんだよ。女の一人も作りたくなるよ」と豹変するのが世間だ。

お茶屋たちと別れ、歩き出した。きっとみんなは私の背を見送っている。視線を意識して背すじをピッと伸ばし、いつもより大股で歩く。息があがるが、あの角を曲がるまでは絶対にこの姿勢は崩せない。

角を曲がる時、振り返ると案の定、四人が見ていた。私は息などあがったそぶりも見せず、四人に向かって大きく手を振った。

私はこういう後期高齢者になりたかったのだ。

角を曲がった後、荒い息を整えながら、ガードレールに寄りかかってひと休みした。

私は誰のために外見を磨き、年齢より若く、カッコいい女に見られたいのか。

夫のためというのもゼロではないが、その程度だ。それは前からわかっていた。死んでいなくなっても、他人の目があるところでは、この通り手を抜かない。元々、夫にほめられても、それほど嬉しくはなかった。

私は他の女たちの目を意識して、手抜きをしなかったのだ。今、改めてそれに気づいた。

女たちは厳しい。であればこそ、洗練された女たちにほめられたり、「コスモス」の編集者やブティックの女性オーナーのような若いプロに憧れられたりが、何よりも励みになる。

同期会で会った雅江や明美のようなバアサンたちは、「老人は楽が一番」と言った。そうしない私に、面白くなさそうな目やトゲのある言葉を投げた。これらは裏返せば全部、女たちからのほめ言葉だ。

ガードレールから離れ、歩き出すとまた岩造がしのびこんできた。

なぜ四十年間も私をだましたのか。なぜ私を宝だと言い続けたのか。私のどこが不満だったのか。妾は私にはない何を持っていたのか。私と妾のどっちが好きだったのか。

いくら考えても答は出ない。

男も女も、生きている人間には裏表があるものなのだ。結局、答はここに行きつく。

鏡にうつした姿は表しか見えないが、うつっていない裏側がある。だが、うつっている平面だけがすべてだと思いこんでいる夫婦や親子もいるだろう。それは幸せだ。

鏡にうつらない裏側を知っても、何もいいことはない。

ふと、「裏を見せ表を見せて散るもみじ」という良寛《りょうかん》の句を思い出した。よく口にしていた岩造は、自分の裏を一気に見せて散った。

世間には、子供を亡くしたり、夫や子供が犯罪者になったり、私よりもっとつらいめにあっている人たちがいる。それでも苦しみながら、何とか立ち直ろうとする。

もう死んでしまった古亭主に妾がいたことくらい、笑い飛ばせばいいのだ。そういう女に、私はなりたいはずだ。

実際、私も岩造を甘く見ていた。女とは無縁の男だと思っていたし、折り紙だけが趣味の、真面目なカタブツとして、安心しきって舐めていたかもしれない。

もう忘れたい、何もかも。岩造と結婚していたことさえもだ。

買い物をしてマンションに戻ると、掛け軸が目に入った。早いところ、これを妾に送りつけよう。

岩造への復讐《ふくしゅう》は私が軽やかに立ち直って、岩造を思い出しもしないことだ。

もしもどこかで岩造の話が出た時には、何の力も入れずに、

「いい夫で、いい父親でしたよ」

と微笑《ほほえ》んで言うことだ。

そして「平氣で生きて居る」ことだ。

これほどの復讐はない。

妾と会ってののしりあうような、田舎くさい女になろうとは思わない。

私は掛け軸を降ろした。

岩造が力ずくで手に入れた書だ。これを送りつけた後、私は力ずくでも平気で生きる。何のために七十八にもなっているのだ。若輩者とは違う。先の短い人生を平気で生きるくらいの鍛えられ方はしている。

みそ汁とサラダの夕食を流しこむと、掛け軸の梱包を始めた。これを表装した時の箱が残っている。

まず、同封する手紙を書いた。万年筆だ。こういう時、筆は気合いの入りすぎがわかって、足元を見られる。

いつも使っている透かしの入った洋箋《ようせん》に、ブルーブラックのインクだ。

「忍岩造の妻でございます。

お蔭様で、夫の葬儀、四十九日も無事に終わらせることができました。

森様には生前、忍が大変お世話になりまして、心から御礼申し上げます。

忍の遺言状の中に、この掛け軸は森様に遺すと書かれておりました。お送り致しますので、どうぞお納め下さいませ。

これから寒さはますます厳しくなると思われますが、重ねてご自愛下さい。

末筆ながらご子息様によろしくお伝え下さいませ。

平成二十九年十二月　　忍ハナ」

「忍」というように、夫を姓で呼び捨てできるのは妻だけだ。それを意識して書いた。

最後の「ご子息様」のくだりは、書いた方がいいか、書かない方がいいか、さんざん迷った。

書けば、何もかも知っていながら大切な掛け軸を送ってきたという、本妻の度量が出る。それも丁重な自筆の手紙を添えてだ。

だが、わざわざ息子に触れることで、非常に気にしていると思うかもしれない。気にして当然なのだが、妾如きにそう思われたくはない。

私はとにかく、早く忘れたいだけなのだ。

考えた末に、触れないことにして書き直した。
そして、葬儀当日に配った会葬御礼のハガキを同封した。
そこには御礼の挨拶と共に、
喪主　妻　忍　ハナ
　長男　忍　雪男
　長女　黒井　苺
と印刷されている。
梱包には、隅々まで気を配り、丁寧に扱った。掛け軸が傷つかないようにと思ったからではない。本妻の細やかさを見せるためだ。
翌日、それを雪男に取りに来させた。遺言執行者の雪男の名で出せば、長男が指名されたことも示せる。
なぜだか由美もついて来て、
「結構重いですものね。梱包も大変でしたでしょう」
などとおべっかを遣う。私も喧嘩する気はないので、

「いや、きれいに包めたよ。そうだ、おいしいクッキーがあるんだった」

などと茶をすすめる。

由美はクッキーをつまんだ後、さも気づいたかのように聞いた。

「あの……お義父《とう》様の追悼個展、予定通りにやります……か？」

なるほど、これが聞きたくて、わざわざ来たか。一番張り切っていた由美とはいえ、この質問だ。こいつ、バカか？

「やるわけないよ」

そう返し、笑いを浮かべて声をひそめた。

「折り紙は、ひとつ残らず水責めにしてやった。今頃は火責めに遭ってるよ」

由美は意味がわからないらしかったが、雪男は唇《くちびる》を曲げて笑った。

「水責め、風呂場で？」

「ゴミ袋につっこんでベランダで」

「すげえ！　お袋、やってくれる」

雪男は手を叩いて喜んだ。

こんな子ではなかったが、名前のことはよほどくやしく、情けなかったのだろう。

さすがに由美も意味がわかったらしい。

「当然ですよね。お義母様の気持、それでもおさまりませんよね」

力なくそう言い、私にうなずいてみせた。

気落ちした様子は隠せなかったが、それでも「おいしい」と笑顔を見せてクッキーをつまみ、黙って冷めた紅茶を飲んだ。

毛玉が出ているセーターから、古びたポロシャツの衿をのぞかせ、貧相にやせた由美が、必死に笑顔を作り、私に同意したりすると、なぜか哀《あわ》れだ。これがバリバリにキメた女なら、ここまで哀れっぽくはないだろう。

私は何だか可哀想になり、

「由美さん、このクッキー、開けてないのがあるから持っていきなよ。二缶もらったんだ」

と情けをかけていた。

掛け軸のなくなった壁は、そこだけ日に焼けずに白っぽかった。

数日後の夕方、苺が大きな紙袋を抱えてやって来た。

「ロンドンのマリ子がね、夫婦でスコットランドに旅行して、みんなに土産だって。エルギンとかいう町の有名なカシミアだよ。高いからって、私と由美さんといづみにはマフラー、ママだけセーターだよ。ほら」

アイボリーホワイトの、それはすてきなセーターだった。私を見舞ってるなと思った。

「マリ子に妾の話、したの？」

「妾って言い続けるのもすごいね、ママ。言ったよ。驚いて声を出せないでいた」

妾がいたのは私の恥だ。孫にさえも知られたくないが、致し方ない。

「今から由美さんにマフラー届けに行くから、ママも行かない？」

「そうだね。ちょっと雪男に確かめたいこともあるし」

私はもらったばかりのカシミアを着た。優しいアイボリーホワイトに、黒とゴールドのスカーフを少し衿からのぞかせる。強い色あいが不思議に合う。

「ママ、よく似合うよ。パパじゃないけど、こういうママ、自慢だよ」

そう言う苺は嬉しそうだった。

店で雪男に会うなり聞いた。

「妾から掛け軸届いたって何か連絡あった？」

「ない。もう一週間近くたつよな。俺もすぐハガキの一枚でも届くかと思って、毎日気にしてんだけどさ」

まだ夕方だというのに、いづみは早くも酒やグラスをテーブルに並べた。本人は未成年だが、一人前に酒の準備をする自分が嬉しくてたまらないらしい。

「返事ひとつ寄こさないレベルの女の、どこがよかったんだ？　親父は」

「だろ。本妻から丁寧な手紙つきで受け取りゃさ、すぐ返事するよねえ。医者なんてろくなもんじゃないね」

「ろくでもない女の息子ってのも、ろくでもないよな。いいトシこいてんだから、母親のかわりに礼状出すとかさ、考えられるだろうよ」

雪男の恨みは、必ず岩太郎に行きつく。

「イケメンなんて、ろくなもんじゃないの」

いづみはそう言って、アイスペールを出した。

こうして、陽が沈むか沈まないかのうちから、家族で酒を飲む。妾がいようが、こんな幸せをくれたのは岩造だ。

その上、今日は珍しく由美がギョーザを焼いた。ニンニクの匂いが充満する中で、ビールやらウィスキーやらそれぞれが好きな酒を傾ける。

一番の肴は妾だ。みんな、口をきわめて悪態をつく。

「しょせん、妾にしかなれないレベルの女なんだよ」

「そりゃ妾に失礼だろ。もっとマトモなのもいるよ」

「私はもうパパのこと、この家の人間とは思ってないよ」

「俺も姉ちゃんと同じ。名前の問題だけじゃなくてさ、お袋へのやり方、最低」

「私もお祖父《じい》の孫だとは思ってないよ。お祖母《ばあ》ちゃん一人の孫だよ」

いづみがウーロン茶で毒づくと、私を見て微笑んだ。この子はもう二十キロやせたら、どんなに可愛くなるだろう。

家族がいてくれてよかった。一人になると岩造への嫌悪と恨みと、私自身の情けなさ、みじめさばかりに襲われる。家族がいても、その思いは消えはしないが、どうせすぐ死ぬんだから、みんなで楽しく暮らせばいいのだと思えてくる。

若い頃、社会の第一線で働いていた誰もが、重要なポストについていた誰もが、最後は家族の元に帰ると聞いたことがある。家族の大切さを知るのだという。

すぐ死ぬ身の人間にとって、何よりもったいないのは悩む時間だ。

その時、ドアチャイムが鳴った。店の出入口とは別に、自宅のドアがある。出て行ったいづみはすぐに戻って来た。何だか顔が上気している。突っ立ったまま、言った。

「森岩太郎」

一瞬、部屋が静まった。

「私が出る」

苺が立ち上がった。

間もなく、玄関から声が聞こえてきた。

「ちょうど母も来ておりますので、どうぞお上がり下さい」

「いえ、ここで」

「どうぞ、母とお話し下さい。私ではわかりませんので、さ、どうぞ」

苺の言い方は穏やかだが、有無を言わせぬ強さがあった。

やがて、苺に続いて岩太郎が入ってきた。

聞いていたより、遥かにいい男ぶりだった。この青年が岩造の息子か。

身長は雪男より高く、百八十センチは越えている。精悍《せいかん》な色黒で、目鼻が整っており、濃紺のスーツが着映えしている。

腹違いとはいえ、どこから見ても雪男の弟には見えない。

岩太郎は絨毯《じゅうたん》に膝を折って座り、

「森岩太郎と申します。母と私のことでは本当に申し訳なく思っております」

と、両手をついて頭を下げた。

私は微笑みで応じた。

「岩造の妻、忍ハナでございます」

「母も私も、詫《わ》びて許されることではないと思っておりますが、申し訳ございませんでした」

ひたと見る目が、どこか岩造に似ている気もする。

カシミアとインパクトのあるスカーフという洗練された装いをしてきてよかった。それだけで自信が持てる。岩太郎は私の若さと雰囲気に少しは驚いたはずだ。

岩太郎は名刺を差し出した。

「山辺徹建築設計事務所
一級建築士　森岩太郎」

とあった。

山辺徹《やまべとおる》は私でも知っている世界的な建築家だ。

私は優しく促《うなが》した。

「まずはお父様にお線香をあげて下さいな」

「え……」

間違いなく、岩太郎は息を飲んだ。いや、苺も雪男夫婦もいづみもだ。

「僕がお線香あげて、いいんですか」

「当たり前でしょう。お父様も喜びますよ」

岩太郎は私に深々と頭を下げ、しばらく上げなかった。

私とて「お父様」とは言いたくなかったが、言う方が女を大きく見せる。戦いは立ち合いで決まる。

岩太郎はリビングの一角にある仏壇の前に正座し、手を合わせた。頭を下げて拝む後姿から、盆《ぼん》の窪《くぼ》が見えた。

首すじのそのくぼみは、この青年をどこかひ弱に感じさせた。

岩造の優秀で美しい息子は一流の建築事務所に入り、いい仕事をしているのだろう。だが、生まれた時から父親がなく、認知されていないため、戸籍上は誰が父親かわからない。

昔のような差別はなくなっていても、幼い時には悲しいことも多かったに違いない。無防備で頼りない盆の窪が、そう思わせた。

「ありがとうございました」

私たちの前に戻って、再び両手をついた岩太郎に、

「私が忍岩造の長男、忍雪男です」

と、雪男が自ら名乗り出た。その目には、妾腹《しょうふく》の子より立場が上なのだという気負いが見えた。

岩太郎はすぐに名刺を出して挨拶したが、雪男は自分の名刺は出さなかった。

雪男が全員を紹介し、岩太郎はいちいち頭を下げて見つめた。いづみはまともに目を受けられず、顔を伏せている。

雪男が静かに、だが強く断じた。

「私たち家族は、森様親子と親しくさせて頂く気はございませんし、今後、会う必要は一切ないと考えております。ですから、私の名刺もお渡し致しません。母も、死んだ夫の生前のあやまちを、今さらあげつらう気はないと笑っております。ですから、遺言書の執行者の責任におきまして、掛け軸をご送付したしだいです」

雪男がいつになく、しっかりとものを言っている。よほど名前のことが腹に据えかねているのだろう。完全に雪男が優位にあるように見えた。

ただ、私の中では微妙に思いが変化していた。これが岩造と妾との間にできた子供なのだと、目の前につきつけられたせいだ。突然訪ねて来たとはいえ、岩太郎を見たくはなかった。この子の血や骨は、夫と別の女とで作ったものなのだ。三十六歳にもなった青年を前にすると、だまされていた期間の長さを感じる。今まで押さえこみ、鎮めていた感情が起き上がってくる。

妾ともその子供とも会ったことがなかったからこそ、今まで、多少は冷静でいられた。実体を感じずにいることは重要だった。

「今、おっしゃった掛け軸をお返しするために、今日お伺い致しました」

岩太郎は「T・Yamabe」と書かれた大きな紙袋から、紫色の風呂敷包みを出した。

「今日までご連絡ができず、申し訳ございませんでした。母が学会で韓国に行っておりまして、昨夜帰宅致しました。包みを開けましたら、お手紙と掛け軸が出て来て、大変に驚いたそうです。私に電話があり、これはご夫妻が大切にされ、絶対に頂けないものだから、至急お返しにあがってほしいと頼まれました」

雪男がすぐに押し返した。

「父の遺言書には、『掛け軸は森薫に遺贈する』と明記してありました」

さらに畳みかけた。

「何よりもあなたの母上が、うちの父に欲しいとおっしゃっていた。うちの父の遺言書にはそう書かれていました。なのに『お返しせよ』とは変じゃありませんか」

「うちの父」を二度も繰り返し、余計な力がこもっている。それに、いささか喧嘩腰だ。これでは戦う前に負けている。

私が優しく言葉を添えた。

「どうぞお持ち帰りになって、お母様のクリニックにでもどこにでもお掛け下さい。お母様が欲しいとおっしゃったのは、お母様にも思い入れがあったからだと思います。どうぞ、主人の遺言通りに、お受け取り下さいな」

私も「主人」という言葉に力が入っていたかもしれない。

「いえ、母にはさほどの思い入れはないはずです。ただ、母が田所社長からもらって差しあげた時、恩着せがましく、『いらなくなったら私に下さい』くらいのジョークは言ったかもとは申しておりました。それをまともに受け取ったのだろうと、謝っておりました」

……どういうことだ。

「田所社長からもらって差しあげた」とは……何のことだ。掛け軸は、岩造が乗り込んで手にしたものではなかったのか。

誰もが固い表情をする中、真っ先に態勢を立て直したのは、苺だった。

「そうでしたか。田所社長にお願いしてもらって下さったのは、お母様だったんですか。父はどなたかを通して、頂いたとは私たち家族に言っておりましたが、お母様とは思いませんでした。そりゃあ、父も言えませんわね」

ブラックベリーのみごとな切り返しだった。

「ホームページで拝見しましたが、お母様は東京国際病院にいらしたんですよね」

「はい。四十五歳までおりまして、田所社長の主治医が母でした」

「そうだったんですか。それならあのカリスマ経営者にお願いもできますものね。父はどれほど、この掛け軸を大切にしていたかわかりません。ね」

苺は私を見た。目が「うまく合わせろ」と言っている。

「娘の言う通りで、主人は家宝だなんて申して喜びましてね。実は私……いえ娘も息子も気づいておりました。どこかに好きな女性がいて、もしかしたら、子供もいるのでは？　って」

雪男も由美も、さすがのブラックベリーも呆《あ》きれたようだったが、私はシャラッと言った。

「この三十年間に二、三度でしょうか、必要がありまして、戸籍謄本を取り寄せたことがあります。でも、子供を認知したという記載もございませんし、考え過ぎかとみんなで笑っていたんですよ」

苺がチャンスとばかりに言葉を継《つ》いだ。

「父はなぜ、岩太郎さんを認知しなかったんでしょう。父は責任感は強い人間だと思いますけど、認知されなくてはお母様も岩太郎さんも生きづらかったのではありませんか」

岩太郎は何らの力も入れず、当たり前のように答えた。

「母の方から、認知は不要だと申し出たそうです」

「そりゃあ、経済力はおありでしょうが、戸籍の父親の欄が空欄というのは、普通避けたいのではないですか？　当時はまだ婚外子に差別もあったと思います」

苺はわざと「空欄」だの「婚外子」だの「差別」だのと口にしていると思った。同時にふと、この若く美しい青年を、本妻サイドが寄ってたかっていじめているような気にもなった。

ところが、その若く美しい青年は、豪胆なのか鈍いのか、何も感じていないようだ。

「母は自分は倫《みち》に外れたことをしているのだから、絶対に本当の奥さんとご家族に迷惑はかけられないと、いつも申しておりました。私は小さい頃から『岩太郎にお父さんはいないけど、必ず生まれて来てよかったと思えるように育てるからね』と聞かされて参りました。小学生の頃には、自然に父と母の状況を知っておりました」

苺がわざとらしく感動の面持ちを作ると、切り出した。

「お母様、昔の芸者のような愛人観で生きていらしたのね。本当にご立派です。でも、あなたが大きくなるにつれ、うちの父はことあるごとに、認知を申し出たのではありませんか？」

「いえ、それよりも母がこちらに対してどれほどひどいことをやったかは、私もよくわかっておりました。それに、今は差別をしてはならない世の中ですから、認知されていなくても、特に問題はありませんでした」

岩太郎は何を聞かれても真摯《しんし》に答えていたが、そろそろ切り上げたかったのだろう。掛け軸の風呂敷包みを、両手で私に押し出した。

「大切なものを、申し訳ございませんでした」

苺が、

「いえ、お持ち帰り下……」

と言いかけた時、私が言葉を奪った。

「わざわざお届け下さったのに、持ち帰っては岩太郎さんがお困りでしょう。子供の使いみたいですものねえ」

冗談めかした笑顔を作ってやった。

たぶん、アイボリーホワイトのセーターとネックからのぞく強い色のスカーフが、さらに私を「ただのバアサンではない」と思わせたはずだ。

「だけどママ……」

苺を笑顔で制し、

「お預りします」

と、風呂敷を解き、畳んで返した。

岩太郎は安堵したようにそれを受け取ると、私に深く頭を下げた。

そして、苺と雪男、由美ばかりかいづみにも、一人一人の目を見て丁寧にお辞儀をした。

雪男は相変らず不快気で、由美は相変らず貧乏くさく、いづみは相変らず上気していた。

岩太郎が帰るなり、苺が掛け軸の箱を指ではじいた。

「どうすんのよ、これ」

「妾本人に突っ返す」

「ええーッ」

四人が同時に声をあげた。

「でなきゃ、お預りなんかしないよ。パパは掛け軸は自分で手に入れたって、これもウソだったんだよ。いったい、岩造ってどういう男なんだよ。そこまで女房をバカにしていたご亭主様だ。そいつが惚れ込んだ妾を見に行くよ。当たり前だろ」

妾は妻のものを盗んだ。いくら「本妻のご家庭に迷惑はかけられない」だの、「認知はいらない」だのとご立派なことをほざこうが、窃盗犯だ。手くせが悪いだけの話だ。

ナマの岩太郎を見て腹を決めた。

このままでは引き下がらない。

こっちは妾がいたことさえ知らなかったというのに、あっちは本宅の何もかもを知っていて、関係を続けていた。酒屋であることも、一男一女がいることも、全部岩造から聞いていただろう。それを承知で関係を続ける妾と、何ひとつ知らずに夫を信じ切って生きてきた妻だ。

世に「不倫」といわれるものは、フェアではない。

「俺も一緒に行く」

雪男が静かに言った。

「俺、名前のことはもういいって思ってたけど……」

先を言わない雪男に、私はサラッと言ってやった。

「ナマの岩太郎見たら、耐えてたものがブチ切れたんだろ」

雪男はうなずかなかったが、目は笑っていなかった。


三日後の午後、私と雪男は国分寺駅に降り立った。クリスマスが近く、駅構内は買い物客でごった返している。

私は三日間のうちにエステに行き、ネイルサロンに行き、磨きをかけた。小汚ない本妻では、妾は「これじゃ女を作って当然よ」と勝ち誇るだろう。

本妻のモットーが「年齢相応に見えてはいけない」であることも、妾は聞いているはずだ。

となると、ナマの本妻はそれを上回らないとならない。一瞬でも「岩造が言うほど若くもしゃれてもないわ」と思わせてはならない。

この期に及んでまで、こういうことを考えるバアサンを、多くは笑うだろう。

だが、国分寺駅を行きかう買い物客のバアサンたち、その少なからずは地味で楽でくたびれた服を着ている。

白髪にしても、おしゃれな人たちはそれをスタイルとして、手をかけて演出している。

なのに、不精でバサバサした白髪頭をおっ立て、ガサツに結び、洗いっ放しの顔に、ヨレった服。そこにリュックとくる。こういうバアサンを見ているとムカッ腹が立つ。

だが、そんなバアサンが妻でも、女を作らない夫の方が多いだろう。それは夫も小汚ないジイサンだからだ。女から相手にされないだけのことだ。

この日、私はボルドーの長いコートを着た。カシミアで仕立てがよく、安くはなかった。

一方、駅構内を行くバアサンたちの多くは、ダウンを着ている。通販でも量販店でも安さを競っており、軽くてあたたかくて使い勝手がいい。

とはいえ、そんな物ばかり着ていると、精神もそんなものになる。カシミアのボルドーをまとう相手では勝負にならない。

それでも「人間は中身よ」と言う人はいる。その言葉が好きな人は、たいてい中身がない。それを自覚し、外側から変えることだ。外が変わると中も変わってくる。

私はショーウィンドウに映る自分の姿を見て、小さく「よし！」と口に出した。緊張は女をさらにきれいにする。

「緑の森内科クリニック」は、ビルのプレートを見ると確かに七階にあった。掛け軸の箱を持った雪男と、エレベーターで七階に行く。

ドアが開くと、そこはグリーンを基調とした明るい待合室だった。受付で、

「診察ではなく、森先生にお目にかかりたいんです。今日の診察は十四時までと伺いましたので、それ以後なら少しだけお時間取って頂けるかと思いまして」

と言うと、受付嬢は紙を差し出した。

「それではこの用紙の方に、お名前様とご住所様の方、よろしいでしょうか。ペンの方はこちらをお使い下さい」

スタッフのレベルはこの程度か。「お名前様」だの「ご住所様」だの「よろ

しいでしょうか」だのと言い、何にでも「方」をつける女を受付に置くのか。妾の質が知れる。

待合室のソファや椅子はいっぱいだったが、階段を五段ほどあがるコーナーにもソファがあった。

「あっちに座ろう」

雪男はトントンと階段を上ったが、私は手すりをしっかりと握り、一段ずつ上った。階段は苦手だ。やっと五段を上り切り、ソファにへたりこむ。

ああ、あと十歳若かったらとまた思う。階段だって、人ごみだって、何でもなかった。今、六十八なら、夫が死んでも新しく何かを始めただろう。やり直そうと思っただろう。体だけでも戻りたい。せめて六十代に戻りたい。

小一時間ほど待つと、

「院長室の方へどうぞ。ドアの方にプレートが出ている部屋の方になります」

と、受付の「ホウホウ嬢」が指示した。

軽やかに階段を降りる雪男の後から、私はさらにしっかりと手すりを握り、ソロリソロリと一足ずつだ。階段は下りの方が恐い。

降り切ると、目の前のドアが中から開いた。

「忍様ですね？　森薫でございます」

自分から迎えに出て来た妾は、想像していた女とまるで違った。

上品で知的な印象の、二つに分ければ「美人」の部類に入るだろう。

院長室はやはりグリーンを基調にしており、ソファの向こうには、パソコンが置かれた大きな事務机と卓上スタンドがあった。

窓からは国分寺の町など武蔵野が一望でき、三方は書棚で囲まれていた。

「わざわざお運び頂きまして、驚いております。先日は岩太郎が失礼申し上げました。どうぞ、お座り下さいませ」

妾は受付に電話をかけた。

「モコちゃん？　院長室にコーヒー三つお願いね」

あの「ホウホウ嬢」の「愛称様」は「モコちゃん」というらしい。

チラと雪男を見ると、妾を目で追っていた。この正直者め！　きれいな女だと思ったのだろう。

長い髪をねじってバレッタで留め、ごく薄化粧だが、手入れしている肌だ。

白衣だと緊張する患者もいるのか、濃紺のタートルネックセーターに、細い銀鎖のペンダントを下げていた。

それは豊かに波打つ胸で揺れている。岩造はこの胸を、四十年間自分のものにしていたのだ。

ああ、岩造が死んでくれて、つくづくよかった。二度とこの胸と過ごす心配はない。

その胸に、グレーのパラッツォパンツを合わせた立ち姿は、品がよかった。私は気合いを入れて磨き、隙なく装って来た自分が、何だかひどく田舎くさく思えた。これまで他人をそう思うことはしょっちゅうだったが、自分をそう思うことはなかった。

濃いボルドーの私のネイルが、妾の短く切った清潔な爪《つめ》を前にすると、単にケバく見える。

「忍様がわざわざお運び下さるなんて、考えてもおりませんでした。申し訳ございません」

妾のその言葉を聞き、やっと思い至った。本妻の方から出向く必要など、まったくなかったのだ。

掛け軸を突っ返すという思いで一杯になり、妾を呼びつけるという発想がまるでなかった。

妾はソファから真っすぐに立つと、体を九十度に折った。十秒ほども頭を下げていただろうか、やっと顔を上げた。

「長い間、申し訳ないことを致しました。本当にやってはならないことをやり、いかような怒りもお受け致します。お詫びして済むことではないと、よくわかっております」

騒ぐでもなく、泣くでもなく、許しを乞《こ》うわけでもない。上品な佇《たたずま》いでひたすら詫びる美人。こういう女が一番カンに障《さわ》る。

雪男が冷たくソファを指さした。

「お座りになって下さい。長男の雪男です。父とはいつ、どこで知りあったんですか」

雪男は「俺に任せろ」とでも言うように、親指で小さく自分の胸を指した。

挨拶がすむなり投げられた質問は、妾にとって予期せぬ剛速球だったのだろう。

しばらく黙った。ほんの二、三秒だったのかもしれないが、私には長かった。

「どうぞ、何でも本当のことをお答え下さい。私も母も、それを聞いたからといって何か行動を起こすなど、一切ありません。ただ、犯罪被害者が、犯罪の裏にある本当のことを知りたいのは当然でしょう。被害者にろくに知らせぬまま、うやむやにしようという図太さ、ふてぶてしさは許せません。あなたにしても、窃盗罪に加えて、『盗人猛々《たけだけ》しい』とまでは言われたくないでしょう。父が生きていれば、私は父にも同じことを言いました」

雪男の裏切られ感は、私以上ということもあるのかもしれない。ここは雪男に任そう。そう思った。

「忍さんと初めてお会いしたのは、私が九つで、忍さんが二十歳《はたち》でした」

九つ?! 驚いて声をあげそうになったが、既《すんで》のところでこらえた。驚けば、妾は必ず勝ち誇る。

「私の一番上の兄が、忍さんと大学の同級生で、バイトでお金がたまると、長崎の小学生だった私を呼んでは、夏休みに東京を見せてくれました。忍さんと兄は一番仲がよかったようで、麻布のご実家で子供の私もごはんをごちそうになったり、泊めて頂いたりしております」

「いくらあなたでも、九つから関係はもちませんよね」

雪男はひどい言い方をしたが、正直、いい気味だった。妾は顔色を変えなかった。

「兄が大学を卒業してからは、忍さんともお会いしていませんでした。うちは父が事業で失敗し、経済的に困窮しておりまして、私は高卒と同時に長崎の薬局に勤めましたので」

それがなぜ、医者なのだ。まさか、岩造に学費を出してもらったのではあるまいな。

「薬局に勤めたのは、ずっと医者になりたいと思っておりましたので、少しでも薬の知識を得たかったからです。私が二十四の時、兄は三十五で病死しました。忍さんも葬儀にいらして下さったようですが、全く覚えておりません」

「そうですか。で、いつから恋愛関係になったんですか」

雪男はこんなに強く出られる子だったのか。なぜ勉強に生かせなかったのだろう。

「兄が死んだ年、薬局の本社から東京勤務を言われました。兄を失ったショックもありまして、六本木の新店舗に行くことを決めたんです」

「作り話めいてますねえ。東京本社が九州の片田舎の女店員を呼びますかね」

「私は長崎県内の小さい店を、六年間で五回動いております。幸運にも、私が行くと店の売り上げが伸び、それが本社に伝わったようです。これから利益が望めるという六本木の、開店スタッフとして来るように言われました」

「で、買い物に来た父と偶然に会ったとかですか？　麻布と六本木は近いですからね、ま、偶然もあるでしょう」

うなずく妾は、ギュッとハンカチを握っている。その細くて白い指を見ていて、思った。岩造が死んでくれてよかった。岩造の口から「薫」という言葉を聞かずにすむ。

「私が親友の妹で、小さい頃からよく知っているためか、忍さんはとても力になって下さいました。おつきあいが始まったのは、翌々年くらいからで、私が二十六だったと思います」

岩造は三十七か。

二人がだましていたのは、四十二年間に及ぶわけだ。

関係が始まった頃、妻の私は何も知らず、八歳の苺と七歳の雪男を育て、店を切り盛りし、働きに働いていた。

あの頃、岩造はよく子供たちを遊園地に連れて行ってくれたし、授業参観には必ず夫婦そろって行きたがった。雪男と二人で高尾山《たかおさん》に登り、「男同士の話をしたよな、雪男」とご機嫌だったこともある。

その裏で妾を作り、もうひとつの家庭を営《いとな》み、子供までいた。誰がこんなことを予想するものか。

妾は覚悟を決めたのか、聞かれたことには丁寧に、取り乱すこともなく答える。雪男は手を緩めなかった。

「子供が生まれて、あなたは認知を断り、ご子息は成人してからも断ったそうですが、父がそれを平然と受けいれたとは思えません。そういうところは責任感が強い人間です。隠れて四十二年間も女を囲い、捨てなかったのも責任感のなせる業《わざ》でしょう」

雪男の皮肉にも、また「女を囲う」「捨てる」という屈辱的な言葉にも、妾は覚悟を決めているのか動じなかった。

「私は二十九歳の時、医大に入りましたが公立でしたし、それまでの蓄えやアルバイトや奨学金でやっていきました。出産したのは私が三十二の時で、大学四年生でした」

「その間、バイトもできないでしょう。婚外子の赤ん坊を抱えた上に、認知を辞退しますかね」

「辞退しましたのは、医大を卒業すれば一人で育てていける程度の経済力はつきますし、私一人の子として育てるべきだと考えたからです」

「答になってませんよ。実際にはその後も三十六年間、父にしがみついていた。つまり、経済的には婚外子共々、囲われていたんでしょう?」

妾は黙った。伏せた目のまつ毛が長い。カンにさわる。

雪男は妾から目をそらさず、口を閉じた。

女の人生を自由にするのは、本人の経済力だ。

私の母にしても、もしも経済力があって、今の時代に生きていれば、子供を連れて別れられた。飲む打つ買うのヤクザな夫と、いじめ抜く姑を捨ててサッサと自分の人生をやり直せたのだ。

もしも、岩造が生きているうちに妾の存在を知ったなら、私はどうしたか。経済力はないが、妻として取れるものはある。それを全部取って別れたか、岩造を叩き出しただろう。

「おっしゃる通り、出産前後はアルバイトもできませんし、その間は忍さんに援助して頂きました。ただ、それは医師として働き始めてから、全額返済しております。通帳に記載が残っています」

何もかも知らないことばかりだった。

私は自転車事故で入院するほど働き、不況の波をかぶる店を支えた。六人部屋にしか入院させられず申し訳ないと謝り続けた岩造は、その裏で妾を援助していたのだ。

事実を知れば知るほど、岩造の裏を知れば知るほど、徒労感に襲われた。

「ご子息のお名前は、うちの父がつけたのですか。それともあなたの方からせがんだのですか」

これは雪男が聞きにくいだろうと思い、私から口にするつもりだった。しかし、雪男は平然と問いただした。

妾は詰まり、すぐには答えられずにいる。言葉を探しているように見えた。

沈黙の中で、私は初めて口を開き、精一杯穏やかに言った。

「何もかも伺って、もうこの問題はすっかり終わらせたいんですよ。何でもおっしゃって下さい」

その時、気づいた。さっき、雪男が「何も言うな」というように私を制し、ずっと自分がやりとりしていた理由にだ。

四十二年間だまされ続けて老いた本妻と、自立して社会的にも認められている年下の妾が相対せば、どちらが勝つかは目に見えている。結果、自分の母親が逆上して叫んだり、やりこめられてわけのわからないことを口走ったりしかねない。それを見たくなかったのだ。

私はそこまでバカではない。だが、雪男が前面に出てくれたおかげで、一歩引いていられた。すぐに言葉を発する必要がなく、ゆとりがあった。ゆとりと穏やかな口調は、相手には恐いだろう。これは私が「なりたい」とする女の姿だ。

名前のことを聞かれた妾は、まだ黙っている。何か言いかけた雪男を、今度は私がさり気なく制した。じれて、こっちがしゃべってはいけない。相手に口を開かせるのだ。

私も無言を通した。

妾はやっと顔を上げた。

「正直に申し上げますと、岩太郎という名は、忍さんの方から申し出てくれました。私は考えてもいないことで、それは本宅の跡取り息子の名だから、絶対につけられないと断りました」

窓の外、冬の陽がゆっくりと落ちて行く。

こんな時刻に、岩造とよく夕食の買い物に行った。玉ねぎやジャガイモや大根や、重い物を持つ夫と、しゃべりづめの妻。二人で夕刻の道を歩くと、冬の匂いがしたものだ。

「忍はどうしても、あなたの子にその名をつけたかったのでしょうね。あなたは強く断ったというのにねえ」

「はい」

打てば響く早さでハッキリと返した妾に、雪男はなぜか小さな声をあげて笑った。

「忍さんは、認知を断った私と息子の将来を、大変に心配して下さいました。そして、『岩太郎』という名前なら、認知されていない婚外子であっても、少しはコンプレックスを持たずにすむのではないかと言って下さって」

私は気づかれないように、横目で雪男を見た。正式な妻から生まれた長男がコンプレックスを持つと、父親は考えもしなかったのか。

雪男は顔色を変えるでもなく、静かに座っていた。

コーヒーは誰も口をつけぬまま、さめ切っている。

「許されないことだと思いながらも、私にとってこの申し出は嬉しいものでした。そこまで岩兄《がんにい》は考えて……」

と言いかけ、言葉を飲んだ。

なるほど、日頃は「岩兄」と呼んでいたわけか。ずっと「忍さん」でつくろって来たのに、つい出たか。

いや、わざと出したのかもしれない。女なんてしょせん狐《きつね》だ。そろそろ、勝ちを決めるわよ……か。

「森さん、誤解しないで下さいよ。私は父がつけた『雪男』という名前が好きですし、そちらの跡取り息子風の名前に、何の反感もありません。むしろ、婚外子に対する父の責任感を感じます」

よし、そう言っておくのがいい。

「ただ、いわば二号の子に……」

と言いかけて、口をつぐんだ。そして言い直した。

「あなたのお子さんにそういう名前をつけることは、私ではなく母をバカにしていることです。これだけは、父の申し出も、喜んでそれを受けいれた二号……いや、あなたも同罪です。社会的に認められた本妻の長男として、あきれたと申し上げておきます」

無言で頭を下げた妾を前にして、雪男は私を促した。

「帰ろう」

もっともっと問いただしたいことは色々あったが、それを聞いてどうなる。本妻と妾の今日の戦いは、結局、妾の勝利だろう。少くとも本妻も長男も有効なパンチは出せなかった。

私は立ち上がり、

「そうそう、とても不思議なんですが、忍の死と葬儀日程をどこでお知りになったんですか」

と、コートを手にすると、妾も立った。

疲れが見える顔には、血の気がない。本妻と長男から次々と追及され、疲弊《ひへい》しきっているのか。

疲れがにじむ白い顔は、女から見ても色っぽかった。岩造はこの女を失いたくなかっただろう。六十八歳は七十間近の大年増、いや老婆だ。なのに、他人の夫にそう思わせた女がカンにさわる。

「忍さんが急死された翌日、本当は映画に行く約束をしておりました」

映画だと？　岩造が映画好きだとは聞いたこともない。

だが、私はすぐに応じた。

「そうでしたか。忍は若い頃から映画が好きでしたから」

雪男が怪訝《けげん》な顔をするのは当然だ。折り紙以外に趣味があったとは、家族は誰も知らない。映画なんて私とは行ったこともない。

「私も長崎にいた昔から、映画が好きでした」

なるほど、岩造は妾に合わせて映画を趣味にして、二人で出かけていたのか。時にはリビングで体をくっつけて、まったりとDVDを見てもいたのだろう。

何かとうるさい妻から逃れ、ずいぶん解放される時間であったに違いない。

「映画に行く時間が過ぎましても何の連絡もなく、こちらから連絡してもつながりません」

「ええ、その前夜に急なことでしたから。ご心配なさったでしょう」

「はい……。息子に見て来てほしいと頼みました」

「まあ、岩太郎さんが店にいらしたんですか」

「申し訳ありません」

「いえ。居ても立ってもいられなかったんでしょう」

少し優し過ぎて、自分でも気持が悪い。

「お店は閉じていて、三日間臨時休業という貼り紙があったそうで、おかしいと思ったようです。そこで、近くのお店に入って確認したところ、初めて、亡くなられたことと葬儀日程がわかりました」

「そういうことでしたか」

ゆとりを演出しすぎて、つい笑みまで浮かべてみせ、立ち去ろうとした。その時、突っ返すために持って来た掛け軸にやっと気づいた。

「これ、あなたが田所昭二郎の主治医としてもらって下さったんですし、忍の遺言書にもございましたので、どうぞお納め下さい」

と、座り直した。妾も座り、必死に手を振った。

「とんでもないことです。ご夫妻が大切にしていたこと、岩兄……忍さんから伺っておりました。本当に申し訳ございませんでした。どうぞお持ち帰り下さいませ」

私は掛け軸をテーブルに広げた。

「いつ見ても力のある字です。これをクリニックにかけたら、患者さんの励みにもなりますよ」

「いえ、私は頂けません」

「お納め下さい。故人の遺言ですから」

私は掛け軸を巻き戻そうとした。

その時、テーブルに置かれたコーヒーカップに肘《ひじ》が当たった。

まったく口をつけていないコーヒーは一滴残らず、掛け軸にかかった。

妾が、

「あぁッ」

と叫んだ時は、濃い茶色の液体が「平氣で生きて居る」という文字の半分近くを覆っていた。

「ご、ごめんなさいッ。私の不注意で」

ティッシュで拭ったものの、和紙はたっぷりとコーヒーを吸っていた。

「でも、二人とも頂けない物ですから、これでよかったのかもしれませんね。では失礼致します」

妾がコーヒーに染まった掛け軸をどうするかなど、私の知ったことではない。

すでに暮れた外に出るなり、雪男が笑った。

「わざとこぼしたろ、コーヒー」

「わざと言ったろ、二号」

二人とも「フン」と笑い、答えなかった。

さすがに疲れ果て、店にも寄らずにマンションに帰って来た。

岩造に裏があったことと、裏の暮らしのひとつひとつに衝撃を受け、自分が何をどう考えているのかさえわからない。

まして、妾は素直で上品で、若作りはしていないのに若い。肌でも服でも、自分に手をかけていることがわかる。医師という忙しい仕事をしながら、とても六十代後半には見えない。

ああいうタイプの女が、雪男の妻だったら私はどんなに自慢だろう。

もはや岩造はいないし、妾のことはこのまま忘れるのがいい。

いや、それでは妾のやり得ではないか。

そんなことをとりとめもなく考えているうちに、疲れが出て眠くなってきた。

どのくらいうたた寝したのか、ドアチャイムの音に目がさめた。

苺だった。

「雪男に聞いた。なかなかの女だったんだって？　愛人タイプじゃないって言ってたよ」

「まあ、そうだね。あまりイヤな感じのしない女っていうかさ」

「寛容じゃん、ママ」

「許してないよ、当たり前だろ。だけど、何をどうしたらいいんだかさ」

「とにかく、自分が元気に生きていくことだけ考えりゃいいの」

「それはわかってる」

「投げ棄《す》てておくのが一番」

「いや、一発かます」

「ええッ?!」

「一発かましてから投げ棄てる」

「オオ!!」

苺は大げさな声をあげた。

「ママ、すっかり言わなくなったね」

「何を？」

「パパが死んだ後は、口を開けば言ってたよ」

「だから、何を」

「私ももう先がないからって。すぐ死ぬんだからいつ死んでもいいって。『夜寝る時に目をつぶると、朝に目が開かないようにと願うんだよ。人には死に時があるよね。もう十分に生きた。何やっても楽しくないし、何も欲しくないし、早いとこパパが呼んでくれないかね』とかって」

そう思っていたのだから、そう言っただろう。

「ママもそこらのバアサンと同じじゃんと思ったよ、私。たぶん、雪男も由美さんもいづみも」

「みんなに言ってた？」

「みんなうんざりしてたんだから、みんなに言ってたんじゃないの。言う側はいいよ。だけど、聞かされる側はたまんないよ。顔合わせれば『すぐ死ぬんだから』『楽しいことは何もない』だもん。聞き苦しい、聞き苦しい。ママはそういう愚痴、腹の中にとどめておける人だと思ってた」

愚痴は他人に聞いてもらわないと、救われないのだ。

「雪男が笑ってたよ。次の朝も目が開くと、恥ずかし気もなく『明日は目が開かなければいい』って繰り返してるって」

そんなにいつも愚痴っていたとは思わなかったが、もう何もやる気のない自分を示すことで、自分が満たされていた。周囲はうんざりしただろう。外見にこだわり、若くあろうとしてきた私が、これでは確かにそこらのバアサンと何も違わない。

「突然パパが死んで、ショックなのはわかるけど、もうママはセルフネグレクトの域だと思ったもん」

「ネグレクト」？　それは、育児放棄のことだろう。

「私も知らなかったんだけど、たまたま雅彦から電話が来た時、由美さんがママの状態を話したんだって。そしたら『セルフネグレクトに気をつけてやれよ』って。育児放棄じゃないよ。セルフ、つまり自分を放棄しちゃうことだってさ。人は生きていく意欲がなくなると、そこに行き着くんだってよ」

私なんか生きている必要もないなと思い始めていたことは確かだ。やる気もまったくなく、全部がどうでもよかった。

年を取るというのはこういうことなのだと思っていた。それは、死への恐さがなくなったことでもあった。

「雅彦が言うには、セルフネグレクトって、身近な人の死で引き起こされることが多いんだってよ。周囲の人が何とか元気づけようと誘っても、手伝おうとしても、頑固に断るんだって。ママもそうだったじゃん」

気づかなかったが、そうだったかもしれない。

「ごはん食べに誘っても、買い物に誘っても『人ごみは嫌い』とか言うし、『体調悪いなら病院について行く』と言っても『放っといて。迷惑かけたくない』って何でも断るし。何か食べ物持って行っても『食べられない』って言うし。しらけさせるよねえ」

「うん……」

「こっちだって、勝手にしろ、クソババアって思うよ。ママ、まだ七十八だよ。世の中には八十代、九十代が元気に生きてるってのにさ」

「うん……」

「でも、セルフネグレクトがひどくなる前に、愛人がいたとわかったのはよかったよねえ。ママ、救われたんだよ。ひどくなると、家がゴミ屋敷になったりするんだってさ。捨てる意欲もなくなって、保健所とか福祉課の人が来るって」

苺は真顔だった。

「あの女のおかげだよ。パパが女と四十二年間もだましてたってわかったら、みごとに立ち直ったもんね」

「立ち直ってないよ」

「立ち直ったよ。でなきゃ、一発かますなんて言葉、出ないって。女がいたとバレて、ホントによかった。バレなきゃ、裏がある夫だとも知らないで、死んだショックで、残りの人生を全部無駄にしたよ、ママ。保健所やら警察が来てゴミ屋敷をどうにかするとかなったら、この町に住んでられないし、みんなに噂されるよ。『若く見せてたけど、淋しい人だったんだねえ』って」

がんばる女に対して、世間は必ず「淋しい人だった」と言うものだ。私が自分に手をかけるのは、淋しいからじゃない。だが、世間にとって、これほど気分のいい落としどころはないのだ。

「ママを地獄の淵《ふち》から助けてくれたのは、妾だよ」

苺はパンパンと柏手《かしわで》を打った。

岩造の裏を知らなかった時は、逆行性健忘症まで引き起こした私だ。妾の存在を知らなければ、日がたつにつれていっそうの淋しさと、一人で生きている無意味に悩んだだろう。

さらには、私は岩造にはガサツすぎたのではないか、強すぎたのではないかと、過ぎた日々を思い起こしただろう。岩造に対するあらゆることで自分を責め、あの時こうしてあげれば、あの時こう言っていれば……と苦しんだと思う。

そしておそらく、私よりもっと似合う人と結婚した方が、岩造は幸せだったのではないかと、そこに行き着く。目に見えていた。

だまされていたと知り、さらに妾と息子に会った今、死なれた悲しみは一気に消えた。こうしてあげれば……どころか、やってやりすぎたとくやしい。

私は絶対にこのまま引き下がらない。

一発かましてからだ。

どうすれば、かませるのか。

本当は妾に聞きたいことがあった。

「夫は私について何か言ってましたか」

「夫のどこがよかったんですか」

「夫はあなたのどこがよかったと言ってましたか」

「あなたは本妻のことをどう思ってましたか」

「今も夫が好きですか」

雪男がリードしたから聞けなかったのではない。こんなことを聞いては、そこらの寝盗られバアサンに成り下がると思ったのだ。足元を見られる。

私には先がなく、どうせすぐ死ぬことは事実だが、生きている限りは絶対にそこらのバアサンにはならない。言動も外見もだ。

そうか、外見に構わないそこらのバアサンたちは、みんなセルフネグレクトなのだ。そうなのだ。

「苺、パパが生きてるうちに妾がいると知ったら、ママはもっと面白かったよ。妾を婚姻侵害で訴えて、慰謝料もらって、パパを叩き出した」

「いいね！　そういうのって燃えるなァ」

苺は勝手に冷蔵庫を開け、肉やら卵やらを強奪すると、

「ママ、女に一発かます時は私も呼んで。何だって手伝うよ」

ガッツポーズして帰って行った。

突然、仙台から雅彦がやって来たのは、その翌日だった。

「あれェ、祖母《ばあ》チャン元気そうだっちゃ。笹かま土産《みやげ》に買って来たがら、お茶飲ましてけらい」

今時使われもしない仙台弁で陽気に言う。

「この後、年末の合宿があるんだよ。その前に実家で一泊くらいするかと思ってさ。大学、もう十二月中旬からほとんど休みだし」

と、寿司屋の大きな湯呑みでお茶を飲んだ。

「のど渇いてるならビールにしようか。お祖母ちゃんもつきあうよ」

「いい。これから車で行くとこあるから。しかし祖母ちゃん、ひどいめに遭ったよなァ。あの祖父《じい》ちゃんに女って、ありえないよ」

「だけど、おかげで雅彦の言うセルフネグレクトが軽くてすんだって、苺は喜んでたよ」

雅彦は持って来た笹かまをかじりながら、黙った。

今頃、店では由美やいづみがどれほど張り切っているか、目に見える。自慢の息子に何を食べさせようか、兄をどう喜ばせようか、と気合いが入っているだろう。

　確かに、雅彦は雪男と由美の子とは思えない。秀才ぶりも、容姿も岩太郎に勝るとも劣らない。大学のボート部で鍛えた体は筋肉質で、これは岩太郎より上だ。いづみがブラザーコンプレックスを持つのもわかる。

「祖母ちゃん、女に仕返ししたいと思うだろ」

「どうかねえ」

　笑ってごまかした。

「仕返しして当たり前だよ。ひどすぎる」

「聞いたと思うけど、アンタのパパを傷つけたことだって犯罪だよ」

「名前のことだろ。でも親父は『お袋を軽く見たから、平気で名づけた』って怒ってた」

　雅彦は正面から私を見た。

「死んだ祖父ちゃんに、今からだって仕返しできるよ」

「墓あばくのか？」

「まさか。手が疲れる。できる方法、あるんだよ」

　雅彦は魔法びんを引き寄せ、自分で茶をいれた。いかにも体育会系で、急須《きゅうす》にザブザブと熱湯を注ぐ。

「死後離婚してやれよ」

意味がわからなかった。相手の死後に離婚するということか？

「今、死後離婚ってのが急増してるんだってよ。ボート部ＯＢの弁護士が言ってた。相手が死んでからも法的に離婚のように縁を切ることができる」

よくわからないが、何だか気持がいい。

「雅彦、それ聞いただけで、スッとするよ。あの腹黒ジジイを、死んだ後でも叩き出せるってのはいいねえ」

「だろ、だろ。死んだ亭主に恨みを晴らすには死後離婚しかないって気づいた女房たちが、年々ふえてるって、新聞や週刊誌にも出てるよ」

「知らなかったよ。そうか、そういう手があるのか……」

「やれよ、祖母ちゃん。腹黒ジジイはあの世で一人ぼっちになりゃいいんだ。死者にムチ打って当然だよ。やられたこと思えばさ」

雅彦は急に立ち上がった。

「行こう、区役所に」

「まだ決めてないよ」

「話だけ聞いて、離婚届もらっとくんだよ。出すのはいつだっていいけど、気持の上で亭主を叩き出すのは早い方がいい。行こう」

雅彦が仙台から運転してきたボロ車に乗せられ、区役所へと走った。

ビールを断ったのは、最初から私を区役所につれて行くつもりだったようだ。

着くと、私だけを車から降ろした。

「先行ってて。俺、駐車場に入れてくるから。『相談』って窓口の前にいて」

区役所は久しぶりだ。店をやっていた時はたまに来たが、今では無縁だった。

ソファに座って雅彦を待っていると、女性職員が近づいてきた。

「何のご相談ですか。「3番窓口に。あら、ごめんなさい。お婆ちゃま、そんなお年じゃないですね」

女性職員はブスだった。ブスのくせに他人を年寄り扱いする気か。何が「お婆ちゃま」だ。「ブスちゃま」って言ってやろうか。

「今、連れが来ますから」

冷たく言う。

「そうでしたか。では、これでもお読みになってお待ち下さい」

区報と天眼鏡《てんがんきょう》を手渡された。私がこれ見よがしにそこらに放ると、ブスちゃまは「無礼者！」というような顔をした。

他人をバアサン扱いする方がよほど無礼なことに、こいつは気づいていない。つっけんどんな職員も困るが、一人よがりの職員も困る。

駐車して来た雅彦と私に、「死後離婚」を丁寧に説明してくれたのは、四十代らしき男性職員だった。

今、役人でも医師でもデパート店員でも誰でも、仕事をしている人間で私より年上はまず、いない。芸能人でも政治家でも学者でも、九割以上が私より若い。自分の年齢を感じる。

若い職員は、

「『死後離婚』というのは俗称でして、正しくは『姻族関係終了届』を自治体に提出することを言います。姻族というのは、配偶者の両親、兄弟姉妹などですね」

と言うと、雅彦の前に資料を広げた。

「配偶者の死後に、舅や姑の面倒を見なければならなくなったり、小姑ら姻族から不快な思いをさせられたり、よくあることです。法的に関係を終了すれば、完全に他人。無関係です。ですから『死後離婚』と言われるわけですね」

職員は雅彦だけを見て話す。隣りに私がいるというのに、十回に一回も見ない。説明してもわからないと思うのだろう。

一発かますか。

「そうですよね。死別しても離婚していなければ、法的に姻族との関係は切れませんものね。それが、死後離婚すると、一切無関係になるというのは、女性には有難いことです。でも、届けを出すのに姻族サイドの了承が必要というなら、これは難しいことじゃないですか」

歯切れよくこう言うと、職員は間違いなく一発かまされた表情をした。こんなに理解できるバアサンだとは思わなかったのだろう。

職員は、今度は私の方を見た。

「おっしゃる通りです。ただ、届けに姻族サイドの同意は不要です。それに、届けが出たことは姻族側に通知も致しません」

私は思わず手を打った。

「えーッ?! それって、リベンジのベストシナリオじゃないですか」

簡単な横文字でも、こういう時は使う方がバアサンに見られない。雅彦は私の気質をよくわかっており、ニヤリと笑った。

「もうひとつ質問ですけど、死後離婚しますと、姓はどうなるんですか。私は今、七十八歳ですが、旧姓に戻して実家のお墓に入りたいんですよ」

職員は驚いたようだった。

「あと二年で八十ですか?!」

「いえ、一年半で」

「とても見えませんね。見た目も頭も」

「あら、ありがとうございます」

死後離婚より、こうほめられることに関心がある。

「配偶者が死んでいても、戸籍を抜いて旧姓に戻すことはできます。『復氏《ふくうじ》届』という書類を提出して頂けば、戻せますので」

　雅彦が確かめた。

「つまり、死後離婚とは、姻族関係を終了するための戸籍上の手続きということですね」

「そうです」

「となると、遺産相続だの遺族年金の受給だとかには、何の影響もないわけですね」

「おっしゃる通りです」

「女性にとってはいい話ばかりね。だけど、私の夫は一人息子で両親も姻族もいないんですよ。死後離婚する理由を聞かれたら、困りますね。夫を叩き出したいとかじゃ、理由にならないでしょう」

　職員は資料を繰った。

「全国の資料を見ますと、死後離婚は婚家先の墓に入りたくないという理由が、かなり多いんですよ」

「あらッ！　そうですか。いじめられてコキ使われた舅や姑と、墓まで一緒なんて絶対にイヤですものね」

「夫本人に問題があって、同じ墓は断固断るというケースも少くありません」

職員はさらにページを繰った。

「夫が家を出て音信不通の中、妻が働きづめで子供を育てたとか、女癖が悪くて不倫に苦しめられたとか」

雅彦がチラッと私を見た。そして、

「へえ、そういう人もいるんですか」

と身を乗り出した。

「いますよ。そういう人の多くは、生きている間は苦しめられたから、死後離婚して、墓も別になって、スッキリするようです」

「ああ、その気持はわかるわ。最低の夫がやっと死んでくれたんですから、自由になって、生き直したいんだと思いますよ」

子供のことや経済的なことなどで、生きている間は離婚が難しい妻は多いだろう。みじめさに耐え、自分を殺し、気が晴れることなどなかったはずだ。死後離婚してどれほど目の前が明るくなったかと思う。

思えば、私はだまされ続けて幸せだったのかもしれない。四十二年間、何ひとつ苦しい思いも、自分を殺すこともせずに生きてきた。バレた今、夫は死んでくれている。

雅彦が立ち上がった。

「それでは終了届と復氏届の用紙を頂いて帰ります」

「わかりました。提出期限はありませんので、よくお考えになってお出し下さい。一度出すと戻せませんので」

帰りの車の中で、私はまた母を思った。

死後離婚の制度など考えもしない時代に生き、夫の女や金でさんざん苦しんだ。あげく、夫の死後、その姻族の介護までして、同じ墓に入った。何のために生まれてきたのだろう。母の小さな手を思い出した。

「祖母ちゃん、その届け、お守りとして持ってりゃいいよ。すぐに出す気にはならなくてもさ」

ハンドルを握りながら、雅彦が言う。

岩造にはもう何の思いもないし、死後離婚は溜飲《りゅういん》の下がる制度だ。だが、何となく「戸籍は今のままでいい」という気もある。岩造はだましていたが、苦しめなかったからだろうか。

いや、怒りも恨みもあるし、自分がみじめで、顔も思い出したくない。なのに、なぜなのだろう。たぶん、長年連れ添った「弊害」だ。それに、夫はせっかく死んでくれたのだ。それだけで、もう十分だろう。

雅彦が突然笑った。

「さっきの係員、最初、祖母ちゃんのこと舐めてたよな。逆襲されてビビってた」

「やっぱり、トシに見えるんだよね。幾《いく》ら手をかけてもさ」

「だけど、七十八には絶対見えないって。あの係員もびっくりしてたじゃない」

「お世辞だよ」

「可愛くねえなァ。ほめられたら額面通りに受け取れよ」

「でもさ、ウィッグを外して、化粧を取れば、十分に八十間近の顔だよ。それがホントの姿。今のこれは偽装」

雅彦は信号で止まると、また笑った。

「いつもウィッグつけて、化粧してるってことは、いつも見せてる姿がホントなんだよ」

「え？」

「よく言うだろ。一生、偽善者で居続けたなら、その人は善者であるって」

初めて聞いたが、確かにそうだ。

ということは、真の姿がバアサンであっても、若くきれいに装い続ければ、その人は「きれいで若い人」ということ……だ。

そうか。私の「六十を過ぎたら、人は年齢相応に見られてはならない」という信条は、そういうことだったのだ。

「雅彦みたいな孫がいて、幸せだよ。ほら、お小遣いあげるよ」

財布から一万円札を取り出すと、

「ありがてえ！」

とダッシュボードにねじこんだ。

その夜、雪男一家は四人で水入らずの夕食を取りたいだろうと、私は遠慮した。

ウィッグを外し、化粧を取り、どこから見ても八十間近の顔を洗う。

これは真の姿ではない。真の姿は「偽装」の方だ。

同期会で会った雅江や明美や、至るところにいる年齢相応のバアサンは、要は「偽装」をしていないのだ。

「ナチュラルが好き」という女どもは、何もしないことを「ナチュラル」と言い、「あるがまま」と言っている。何のことはない、偽装することを面倒くさがるだけの不精者だ。偽装を続けて死ねば、その人の真の姿は偽装の姿なのである。

雅彦のおかげで、理屈として証明された気がした。

六十を過ぎた人間に、ナチュラルはいらない。

八十真近の素の姿でソファに座り、両脚をサイドテーブルに乗せ、缶ビールをあおる。実にうまい。

もしかして、岩造は私との結婚生活が偽装だったのかもしれない。

絶対に裏を見せないように、徹底的に偽装し続けた。愛妻家であり、良き父であり、細やかな家庭人であり……。偽装を貫き通し、死んだ。

それは、愛妻家で、良き父で、細やかな家庭人という偽装が、真の姿になっていたということだ。

実際、私はその姿が本当だと信じて疑わなかった。雅彦の言う通り、死ぬまで家庭に偽善を尽くした岩造は、「善者」だったのだ。

そう考えると、妾の子に「岩太郎」という名をつけた思いもわかる。私に四十二年間も「俺の宝」と言い続けた思いもだ。

岩造にとって、妾との暮らしが素のもので、私との暮らしは「偽善を徹底することで善と為《な》す」というものだったのだろう。

納得がいく。

雅彦が持ってきた笹かまをツマミにしようと立ち上がった時、電話が鳴った。

「え……明美？　高校の時の？　あの明美？　どうしたの、突然」

明美の用は、思いもかけないことだった。

翌日の昼前、私はJR池袋《いけぶくろ》駅で明美と待ち合わせた。ここから東武東上線で東松山《ひがしまつやま》に行き、そこからバスに乗る。

明美は杖をついてやって来た。半年前の同期会ではついていなかったはずだ。安っぽい茶色のダウンを着て、千円くらいで売っているズボンをはいていた。

「明美の昨日の電話、ショックだった。あの雅江が？　って」

「本当のことだよ。ひどくなるだろうから、今のうちにって」

明美の話によると、雅江は同期会から間もなくして、スーパーマーケットで転倒し、大腿骨を折った。全身麻酔の手術を受け、一ヵ月ほど入院した。今、高齢者を長く入院させないようにしているそうだ。認知症が起こりうるからだという。

しかし、雅江は退院後も寝たきりで、認知症が出始めた。当初は加齢によるもの忘れに思えたらしいが、少しずつ進行した。

「息子さんの手紙に書いてあった。約束したことを忘れるし、同じことを何回も訊《き》くし、今聞いたことを覚えてないし。二つ以上のことは同時に理解できないって」

「同期会からまだ半年しかたってないのに？」

「半年あれば、そのくらいは進みうるんだって」

「そう……。それにしてもさ、家から離れた施設に入ったんだねえ」

「息子の嫁さんとうまく行ってなくて、早い話が遠くに追い出されたんだよ。安い施設らしいし」

息子からの手紙には、

「母は今ならまだわかることも多いですし、友達の顔は思い出せます。遠くて申し訳ありませんが、わかるうちに一度だけ行って頂けないでしょうか。明美さんと、あとハナさんという方のスカートのことをよく話していました」

とあったそうだ。私は電話でこう聞かされた時、驚いた。高校時代も特に親しくなかった上、同期会では明美と二人で、私を色気づいたの若作りだのと嫌味を言っていた雅江だ。

「認知症が進む中で、どうして私を覚えてるんだろ」

「同期会で会った時、羨しかったんだよ。高校時代は自分の方がスターだったのに、今はきれいで若くて、すてきなスカートはいて……って。電話でも言ったけど、ハナが同期会にはいて来たスカートが好きだったんだね」

東松山駅から二十分以上もバスに揺られ、着いたのは、認知症をも受けいれる介護療養型の医療施設だった。

広い面会室に通されると、窓から入居者がお遊戯をやっているのが見えた。

「むすんでひらいて　てをうってむすんで」

明るい音楽に合わせ、老人たちは楽し気に歌い、手を動かしている。輪になっている中に、雅江らしき姿は見えなかった。ホッとした。クラスメートの「むすんでひらいて」は見たくない。

やがて、雅江は職員に車椅子を押され、入ってきた。

「びっくりした！　来てくれたんだ」

雅江はやせて、声はかすれて小さくなっていたが、私たちをすぐにわかった。

「雅江、元気そのものじゃない。安心したよ。ねえ、ハナ」

「ホント。ビール飲んでたら明美から電話が来てさ。息子さんが手紙くれたから行ってみようよって」

「息子、今、ここでビール飲んでるの？」

二つ以上の話は理解できないようだった。

「ううん。で、大腿骨はどうなの？　その元気さだと、もうすぐ車椅子から卒業できそうね」

明美が雰囲気を変えようとしたのか、明るい声で訊いた。

「さあ、もうずっと学校行ってないから。あなた達は卒業式の帰り？」

明美は目を伏せ、私はバッグからあのスカートを取り出した。

「雅江が好きだって聞いたから、お土産に持ってきたのよ。どうぞ」

「これ、スカート？　初めて見る。すてきね」

「それ、ハナがカーテン地で作ったの。雅江、同期会で見て、大好きだったじ
やない」

「ううん、見てないよ」

雅江はそれでもそっとスカートを撫でた。

「私より雅江の方が似合うよ。はいてね」

雅江は穏やかな目で私たちを見た。

「私、もう行くとこないし、歩けないし、せっかくもらっても、見せる人もいないよ。誰も来ないから。でも嬉しい。このスカート、羨しかったんだ。ハナによく似合ってたのに、もらっていいの？」

突然、認知できた雅江は、スカートを胸に抱いた。

「また来てね。二人は元気でね。いっぱい食べて歩いてね。私はこうだけど、こうなっちゃダメだよ。家族と仲よくね」

職員は私たちに会釈《えしやく》をし、車椅子を押して出て行った。雅江はドアが閉まる時に振り返った。

知らない人を見るような目だった。

いっそ、何もかも全部わからなくなるほど病気が進んでほしい。嫁に追い出されたことも、息子が嫁の言いなりなことも、夫が二年前に死んだことも、若い頃の思い出も、自分の人生は終わりが迫っていることも、何もかもだ。ところどころ記憶が戻るのは悲しい。

「明美、今日誘ってくれてありがとね」

「ううん。私、一人で行く自信なかったんだ。どのくらい変わってるか恐くてさ。次に来た時はもう全部忘れてるよね。……その方がいいよ」

明美は薄《う》っすらと目を赤くすると、私の膝を叩いた。

「一番幸せなのはハナ！」

何が幸せなものか。夫に妾がいたことを言うつもりはないが、

「私だって三ヵ月前、夫が死んだんだよ」

とは言った。

「えーッ、そうなの？」

「うん。病気で突然」

「そう……。お互い様だよ。私らの年になると、あっちに行くか認知症になるか、どっちかなんだからさ」

「だよね」

「新聞で読んだんだけど、六十五歳以上の一五パーセントが認知症で、八十五歳になると四〇パーセントだってよ」

雅江のさっきの顔が浮かんでは、十五の時の顔が重なる。美人な上に学業成

績も運動神経も突出し、男子生徒の憧れだった雅江でも、老いる。

ふと、バカバカしくもなる。外見を磨き、若くあろうと努力し、そこらの小汚ないバアサンにはなるまいとあがいて、何になるというのか。

どう偽装したところで、老化に歯止めはきかない。

十歳若い姿を思った。私がまだ六十代ならどんなに嬉しいことか。

「ハナ、私ね、フラダンスを始めたんだよ。ゼロから」

「え？　最近？」

「うん。どうせ私ら先ないじゃない。あの世に行くか雅江になるかしか、将来ってないわけよ。じゃあ、やりたいことやって楽しんだ方が絶対トク！」

「すごい、明美。刺激になるよ」

先がないから、すぐ死ぬからこそ、「バカバカしい」と思ってはならないのだ。すぐ死ぬんだから偽装を貫き、楽しまなければ損なのだ。わかってはいる。

「ハナと会うと、こっちこそ刺激になるよ。いっつもきれいで、夫が亡くなっても穏やかで優しくて」

池袋駅に着くと、明美が時計を見た。

「ホントはお茶飲みたいけど、犬の散歩なんだ。家族、誰もいなくて」

「いいよ、必ずまた会おうよ」

私は右手を出した。

「きっとだよ。ごはん食べよ！」

明美は力一杯に握り返した。

本当にまた会えるかはわからない。だが、わずか八十年ほどの人生で出会い、離れ、何十年ぶりかで復活する。何という縁だろう。

そう思うと、岩造と妾にも「深いご縁でしたね」という気にもなる。

正式な夫婦でもないのに、四十二年間別れずに来たというのは、来世も続くほどのご縁かもしれない。

明美は改札に入る時、振り返った。

「ハナー、同期会ではごめんねー！」

人ごみの中にある笑顔は、高校時代と同じだった。

年が明けた。

岩造の喪中であり、苺と雪男の両家は一切の年始行事をせず、もちろん年賀状は出さない。

私も年賀状はやめておいたが、マンションの室内は松をふんだんに使った花《はな》籠《かご》から鏡餅まで例年通りだ。雑煮もおせちもたっぷりと用意した。

そして、CDでおめでたく「越天楽《えてんらく》」や「春の海」を流している。

年始の挨拶に来た苺夫婦、雪男一家はさすがに驚いたようだった。

「いいの、いいの。妾が喪に服してんだろ。私は関係ないもの」

と言う私に、雅彦はニッと笑った。

やがて松も取れ、世の中がいつも通りに動き出すと、雅彦が仙台に戻る日が来た。

「俺、ちょっと有楽町《ゆうらくちょう》の電器屋で買い物して帰るよ。車だから積めるし。祖母ちゃん、何か欲しいものない？　お代は頂くけど買って宅配してやるよ」

「ないない。気をつけて帰んな」

そう言った時、ふと思い立った。

「そうだ、いづみ、洋服買いに行こうよ。お祖母ちゃんも買いたいし、いづみにも買ってあげるよ。雅彦と途中まで一緒に行こう」

雅彦はすぐに、

「俺、運転手兼荷物持ちでつきあう！　だからスニーカー買ってよ。いいヤツあるんだけど高くてさァ」

と喜んだが、いづみは手を振った。

「お祖母ちゃん、いいって」

「いいからお礼させてよ。いづみはいっつもお祖母ちゃんの様子、見に来てくれるんだから」

私を心配して、しょっちゅうマンションをのぞく。一緒にお茶を飲み、大学の話や人気アイドルの話をしたりして、帰って行く。

彼氏だの男友達だのという話は一度も出たことがない。最近、太めの女の子がもてるというが、いづみはその中に入っていないのだろうか。

「お祖母ちゃんとこには、ついでに寄ってんだから気にしないでよ」

私は無視して訊いた。

「いつも行く店、どこ？」

「銀座。大きいサイズで、可愛いのが色々売ってるとこあるんだ」

「そこ行こ」

「ホントにいいの？　じゃ……セーターかスカート、いい？」

「いづみ、両方買ってもらえ。荷物持ちがいるんだから。な、祖母ちゃん」

「そう言われちゃ、ダメって言えないだろ。いいよ、両方」

「ウソー！　お兄ちゃん、サンキューッ」

図々《ずうずう》しい孫たちだが、こういうことが嬉しい。こんな可愛い孫を持てたのは、岩造と結婚したからだ。最低最悪な夫の、唯一無二の功績だ。

銀座では、まずは雅彦のバカ高いスニーカーを買い、それからいづみの言う店に向かった。

いづみは私が転ばないように腕をからめ、弾んだ声をあげた。

「誰も私らのお祖母ちゃんとは思わないよね。コートに合わせたマフラーもいいセンスだし、メイクもネイルもきれいだし。ねー、お兄ちゃん」

この子は笑うと本当に可愛い。

「ホントホント。スニーカー買ってもらったから言うんじゃないけどさ、七十八には絶対見えないよな」

今日も私の偽装はうまくいっているようだ。

「あのビルの中だよ、お店」

私たちが信号を渡ろうとすると、点滅に変わった。その時、向こう側から走って渡ろうとする二人がいた。

妾と岩太郎だった。

すると、横断歩道のまん中あたりで、妾の靴が脱げて、後に飛んだ。

「あーッ！」

妾が叫び、岩太郎が拾いに走る。信号は点滅が終わりそうだ。

「岩太郎、後でいいからーッ」

叫ぶ妾だったが、岩太郎は靴を拾った。妾はそれを見ると片足裸足で走り出した。渡り切る寸前に、信号が赤になった。

二人は息を弾ませて笑った。妾は息子の腕につかまり、靴をはく。二人は「ヤッタ！」とでも言うように、また笑った。

ずっと見ていた私は、声をかけた。

「新年おめでとうございます。喪中ですけど」

妾が驚いて、体を固くしたのがわかった。

いづみも妾親子も、初めてお互いに気づいたらしい。もとより、雅彦は初対面だ。

「お二人で楽しそうなところ、すみません。ちょっとだけお時間、頂けますか」

相手の返事を待つ気はない。

「ちょうどお話があったんです。すぐすみますので、あの喫茶店でいかがですか」

いぶかし気に私を見る雅彦に、

「森薫さんとご子息の岩太郎さん」

と紹介するなり、先に立って歩き出した。有無を言わせぬ態度だっただろう。

妾はこの前と同じに薄化粧で、無造作に髪をバレッタでとめていた。キャメルのコートに黒と緑の水玉マフラーが、都会的だ。

喫茶室で注文を聞かれ、いづみは消え入るような声で、

「紅茶」

と言った。目の前にイケメンすぎる岩太郎が座っているのだ。それも血がつながっている。まったく男慣れしていないいづみには、身の置きどころもない状況だろう。

お茶が運ばれてくるまで、私は笑顔でどうでもいい世間話をした。

「昔は年末年始の酒屋は忙しかったんですけど、今の人たち、昔のようには飲みませんしねえ」

そして、おどけて雅彦をにらんだ。

「その苦しい店を妹に押しつける兄なんで、頭が上がらないんですよ」

岩太郎が微笑んだ。

「お店は妹さんが継ぐんですか」

「はい。僕はどうしても宇宙開発の仕事がしたいものですから」

「兄は天文学的数字しかわからない人で、缶ビール一本幾らとか鯖缶一個幾ら

とかの計算、無理なんです。ね、お兄ちゃん」

いづみの声が、どうもいつもより可愛い。

「こう言う妹は、土地と店を初めから狙っていて、兄が鯖缶の計算できなくてチョーラッキーなんです。な、いづみ」

いづみはケケケと笑って、

「頭上がらないヤツの言葉か？」

と突っ込んだ。

ふと、岩太郎の表情が淋しそうに見えた。

兄妹のこのやりとりは、たまたまのことだが、妾は少しは罪の意識を持ったかもしれない。自分が盗んだ男は、こんなにいい家族とつながっていた。それを死後にメチャクチャにしたのだと。

そして、普通の兄弟姉妹はこうやって育つのだと、岩太郎に対しても心が痛んだのかもしれない。ザマーミロだ。

お茶が運ばれてきて、それぞれが飲み始めた時、私は口をつけずに妾に言った。

「私、岩造と死後離婚致します」

雅彦はチラと目を上げたが、他の誰も意味がわからないようだった。

第7章

「相手が死んでからも、離婚ってできるんですよ。そういう法律がありましてね、お役所に届ければいいんです」

岩太郎がうなずいた。

「以前に新聞で読んだことがあります」

妾は知らないようで、無言で水を飲んでいる。

「岩造の生前に、二人の犯罪行為がわかっておりましたなら、私、婚姻侵害やらで両者に慰謝料請求の訴えを起こしましたよ。でも、死なれましてはねえ。取り損ねました」

冗談めかして笑いながらも、今日の私は相当きつい。岩造が死んで間もないのに、二人であの笑い方だ。盗人のくせに恥を知れ。

今日は銀髪のショートウィッグをかぶり、銀のジェルネイルでよかった。銀色は他の色より凄味《すごみ》がある。

「生き残っている共犯者を相手に訴えも起こせるでしょうけど、そんな汚れた人のお金をもらいたくはないですし。それに、昔も今も、私にとってあなたはこの世にいない人なのに、訴えなんか起こしたら、いる人になりますもの。その上、決定が下るまでの間、何かここのとこに……」

と、私は自分の前髪を示した。

「あなたがブラ下がってるみたいで、気持悪いじゃない？」

笑いながら言ったが、妾は反応しなかった。当たり前だ。

「私にとって、岩造はこの世にいた男ですけど、一刻も早くあの男の妻だったという事実を消したいんです」

一呼吸置いてから、つけ加えた。

「恥ずかしくて」

一呼吸置くなど芝居がかっているが、計算だ。罪のない岩太郎には気の毒だが、私の知ったことではない。

妾は目を伏せ、黙っている。反論の余地がないにせよ、嵐が通りすぎるまで無言でいる方がいいと考えているにせよ、こういう時に黙っている女は不快だ。

黙っているということは、存在を消していることとなのだ。何も言わずに涙ぐむ女もそれだ。その涙が何を意味するのか、相手の想像に任せる。こんな小狡《こずる》いやり方は、たいていの場合、少しきれいで、すごく頭の悪い女がやる。こういうところだけ頭が働く。

「死後離婚して、私はあの男と同じ墓に入りません。森さん、死後入籍なさって、同じお墓にお入りなさいな」

「え……」

「いえ、そんなことができるかどうかわかりませんけど、死後離婚があるんですから、死後入籍とか死後認知とかがあっても不思議じゃないでしょ。調べてごらんなさいよ」

雅彦が笑った。

「幾ら何でもそれはないだろうよ。死後離婚は、姻族だの係累だののとプッツリと縁が切れるというメリットがあるけど、死後入籍なんて、そういう面倒なものをわざわざ増やすわけだろ。そんな中に飛び込んで行く人いないよ」

「雅彦はまだ女心がわかってないねえ。何年も何十年も、日陰であだ花咲かせて来た女が、財産も何もかもいらないからと放棄して……あ、これ、森さんのことではなく一般論ですよ」

森さんのことに決まってんだろうが。

「そういう女って、せめて旦那と一緒の墓に入りたいと願うんだよ。だけど、本妻が一緒に入るんだもの、無理だとわかってんの。だからつらいんだよねえ」

むろん、私も「死後入籍」なる制度があるとは思ってもいない。

「森さん、私は死後離婚しますので、岩造は『死後独身』です。どうぞ、入籍するなりして、晴れて夫婦になって下さい。本当に四十年以上も日陰の身、ご苦労様でした」

ああ、これで一発かませた。

妾が初めて口を開き、力ない声で言った。

「私にはそんな気持は毛頭ございません。私は悪いことをしてきたのですから、本当に申し訳なく思うばかりです」

「もういいんですよ。私にしてみますと、死後離婚は本当に有難いんです。何もかも身からはがれて、やっと晴れやかな気分になれます」

「そこまで追いつめたのは私です。ひどいことを致しました」

無言も腹が立つが、ただただ謝られるのも不快だ。

「ただ、どうか死後離婚などなさらないで下さい。お盆に忍さんがお帰りになるところがなくなってしまいます。……今にして思うんですが、忍さんはお帰りになる家があったから……」

口ごもる妾に、スパッと言ってやった。

「帰れる家があったから、あなたとの仲も続けられたってこと?」

「……それはあると思います」

「ないわよ」

妾がひるんだ。

この女は年齢のままに、六十八歳に見える。若くは見えない。なのに、ひるんだ目も、力ない笑顔もきれいだ。手入れしている肌だとわかる。私の大っ嫌いな「ナチュラル」な女の清純な雰囲気に、岩造はそそられたのだろう。男はバカだ。他人の亭主を盗んで、子供まで作る女のどこが清純なのか。

「森さん、頭の悪い女って、みんな『帰るところがあったから、彼は不倫ができた』なんて言うのよ。帰るところがなくたって、不倫なんていくらだってできますよ。あなたほどのお方が、そんな小綺麗なありきたりなことをおっしゃるなんてガッカリ」

雅彦やいづみは、こんなにきつい祖母とは思わなかっただろう。

「私ね、夫が隠れて四十二年間も妾を囲い、岩太郎さんの前でナンですが、子供まで作っていたと知って、平気ではいられませんでしたよ。自分が情けなくてねえ。でもね、あなた、さっきその子供とお二人で大口開けて笑って、とても楽しそうに銀座通りを駈けてたでしょ。それを見て思ったんですよ。妻から盗むほどのめりこんだ男であっても、死んでしまえばすぐ忘れるんだなって。私、むしろそれを肯定してるんですよ。そこまでの相手であっても、相手の人生に対して他人は何の責任も義務もありません。基本的に無頓着なの。それを知ることは、今後の自分の生き方に影響しますよ。いつまでも死んだ相手に関わっている方が人生無駄にするわ」

岩太郎が私を見ているのがわかった。そして、静かに言った。

「母に対して、目の前でここまで言うかと、正直、ショックです」

「あら、そう？」

「はい。でも、母のやったことを冷静に考えますと、当然だと思います。ただ、母と私は本宅に絶対にご迷惑はかけられないと、それだけは厳しく自分に命じて生きてきました。私が昔で言うところの『私生児』であることも、早くから納得するよう、母から教わってきました」

雅彦はずっと黙って聞いていたが、苦笑気味に返した。

「岩太郎さん、そういう立派な母親だからって、犯罪者であることはチャラにはなりませんよ」

「その通りです。ですから、私たち親子はどうすればいいのかを考えて生きてきました。せめてできることは、母は絶対に表に出ないこと、そして私は絶対に認知を受けないことでした」

「それは違いますよ。あなたたち親子にできたことは、犯罪に気づいたら即、別れることでしょう。申し訳ないと思い続けていたそうですが、思うだけで四十二年間来たわけでしょう。本当に申し訳なくて、自分たちに何ができるかと本気で考えたら、すぐ別れますよ」

雅彦の正論に、妾はさらに目を伏せた。岩太郎はそんな母を見た。

「母が別れようとしていたのは、私も何回となく知っています。でも、どうしても別れられませんでした。残酷に言わせて頂くと、父の方も」

岩太郎が「父」と言うのを初めて聞いた。ずっと「忍さん」で通してきたのに、母を守りたい一心だろう。

雅彦は妾に言った。

「僕はまだ学生ですけど、男にしても女にしても、一生涯一人とだけというのは大変だろうなァと思いますよ。僕もヤバいかもって。だけど今回、祖母を見ていて、やられた側の思いがよくわかりました。これ、殺人、いや殺害と同じです。どうですか、森さん」

青二才に突然突っこまれ、妾は小さくうなずき、声を発しなかった。これは

「殺害」を肯定しているうなずきなのか。存在を消している無言と同じだ。

「僕は祖父を最低の人間だと思っています。森さん、あなたのこともです。僕はこれまで殺害された側の心中が想像できませんでした。恥ずかしい話です。でも、祖父や森さんは年齢から言っても、人生経験から言っても、想像できなきゃバカですよ。ただ、今さらもう取りかえしがつきませんし、祖母は早く消し去りたいようですから、これでお忘れ下さい」

妾は無言で深く頭を下げた。これも意味がわからない。小狡い女だ。

「ただ、再犯は許されませんよ。初犯だから、祖母は執行猶予をつけたんです」

小狡い母に代わり、息子が答えた。

「よくわかっています。ただ、母はどんな時でも私に『生まれて来てよかった』と思えるように育てるからと言い、ご迷惑をかけないように生きている姿を私も見てきました。私は不倫の末に出来た子ですが、父にも母にも忍様ご一家にも恥じることないようにと生きて来た自信があります」

私は微笑《ほほえ》んだ。

「ありがとう。それでいいんですよ。こればかりはお母様の賜《たまもの》ね」

突然、いづみが口を開いた。

「森さん、祖父のどこがよかったんですか」

あまりに核心を突く質問に、座が静まり返った。いづみのようにそう賢くない子は、時に急所を突く。

さすがに無言で通せなくなった妾は、明らかに困っていた。いづみはさらに突いた。

「そンだけの思いして、謝りながら必死こいて生きて、それを四十二年間って、よっぽど祖父の何かがよかったんですかね」

雅彦が小さく吹き出した。若い体育会系は、「祖父のセックス」と思ったに決まっている。

とうとう妾が口を開いた。

「小さい時から可愛がってくれた兄の親友が、いつも私のそばにいるという安心感、幸せは他の人ではダメでした。医学生として医師として、生活がハードになればなるほど、忍さんとの時間は他に替え難いものでした。どこがいいと説明できるなら、別れられたと思います」

本妻を前にして、よく言うものだ。この盗人が。

「好きになってしまった人に、すでに奥様もお子様もいらっしゃることはわかっておりましたが、どうしても別れられませんでした。申し訳なく思っております」

いづみが頓狂な声をあげた。

「これだァ」

「え？」

「森さんみたくご立派な医師とかは、ワイドショーも女性週刊誌も見ないと思いますけど、時々、不倫有名人とかが言うんですよ。『好きになった人にたまたま妻がいたんです』とかって。開き直りってか、どっか自慢気ってか、大学の友達とかと『キターッ！』って盛りあがってますよ」

「雅彦もいづみも、もう弱い者いじめはやめなさい」

ああ、いい気持だ。

「森さん、岩太郎さん、若い二人のこと聞き流して下さいね。私、今にしてわかるんです。岩造は自分の人生は自分のもの、だから自分で決めるって考えてたんですね。二つの家庭はどちらも大切で、二つ維持すると決めたのも、その考えによったんだと思います」

岩太郎がさめたコーヒーカップを持ったまま、私を見た。私は岩太郎に話す形になった。

「人間関係って、最初は泣いたり恨んだり、やり返したりしますけど、自分の人生だから自分がいいようにすると腹をくくると、覚悟ができますよね。岩造は倫《みち》に外れていようと、糟糠《そうこう》の妻がいようと、自分を優先させたんですよ。大変な覚悟だったと思います。四十年間だましおおせるほど、夫として父親としてよくやりながら、自分を通したんです。いつ最期が来ても何の後悔もない生き方だったでしょう。ですから、私も迷うことなく縁が切れます」

クサい言葉だが、本心だった。言っているうちに整理されたのか、ますます本心めいてきた。

妾が肩で小さく息をした。

「森さん、岩太郎さん、これからは私も、自分が思うように生きます。どうせすぐ死ぬ身ですが、だからこそですよ」

私は伝票を持って立ち上がった。

「もうお会いすることもありませんけど、お元気でね」

妾が慌て、岩太郎と二人で立ち上がった。

「ここは僕が」

私はその腕をポンポンと叩き、

「岩造が遺したお金で払うの。あなたはお父様におごられただけよ」

岩太郎は一瞬止まり、やがて頭を下げた。妾の目には薄っすらと涙が浮かんでいた。バカな女はすぐ泣く。失《う》せろ。

孫二人を両脇に店を出るなり、雅彦が声をあげた。

「祖母《ばあ》ちゃん、勝った！　それもぶっちぎり。な、いづみ」

「うん。あの愛人、清純っぽくて男にもてるよ、絶対。だけど、何も言えない女だね」

「そりゃ祖母ちゃんの方が上位だもん。言えるわけないよ」

違う。ああいうナチュラル系、清純系は、たいていが面白くない女なのだ。

見ためを裏切らないようにと、毒にも薬にもならないことを言うものだ。

あの妾にしても、最初に会った時は負けたと思ったが、二度会うと、やっぱりつまらないナチュラル女だった。もっとも、岩造にしてみれば私は「毒」で、妾は「薬」の役割を果たしていたのだろう。

岩造もつまらない男だ。

「俺、よーくわかったよ。祖母ちゃんは意地が悪くて弁が立つから、祖父《じい》ちゃん、愛人作ったんだな」

「そう言や、去年の同期会でさ、『ハナ、あなたって嫌われるでしょ』って言われたよ。夫に嫌われてりゃ世話ないけどさ」

「忍家の女はすげえよ。いづみ、今日のお前の意地の悪さもアッパレ！」

「お兄ちゃんが、私の気に入らない女と結婚したらいじめ殺すよ」

私は今、自分の尊厳を取り戻したと、ハッキリと思った。もう立ち直れる。

その夜、死後離婚の話で雪男宅は大騒ぎになった。

「そんな制度、ホントにあるのかァ?!　本気でやる気じゃないだろうけどさア」

雪男は軽さを装うが、言葉が力んでいる。

苺の声が裏返る。

「やってやって！　ママ、それいいよ」

「姉ちゃん、あおるなって」

由美が気づいたように言った。

「愛人が死後入籍すると、その女が私の義母になるってことですか。イヤだア、お義母《かあ》様の方がまだマシ……あ、いえ、お義母様がいいです、私」

つい「マシ」なんて言うバカに、返事はしなかった。

「……そうか、なるほどなァ。俺の母親は父親の愛人ってことか。何かＡＶみたいだよな。なッ」

このバカにも返事はしない。

スマホを見ていたいづみが、

「でも、ネットにも出てないよ、死後入籍は。海外で婚姻届を出していた内縁の妻が、日本で死後入籍すると言い出したケースだけだよ。それはうちの場合と全然違うし、死後離婚はあっても、死後入籍はないんだね」

「だろうね。でも、こっちにしてみりゃ、いつでも離婚届を出せるってのはいいねえ。拠りどころができたっていうかさ」

「そうだよね。でも、お祖母ちゃん、さっきは女の前でハッキリと離婚するって言ったからさ、女が信じて死後入籍しに行ったら大笑いだよね、ママ」

「そんな制度がないことは、すぐわかるって。だけど、死後離婚は自分がさせたわけだから、一生引っかかるんじゃないかしら。ねえ、お母様」

甘い。ナチュラル系、清純系女は頭も悪いが、本性も悪いものなのだ。自分が夫婦を引き裂いたなどと思うものか。「申し訳ありません。許して下さい。他の人ではダメだったんです」と涙ぐんで、ムカつくほど謝って、すぐに大笑いして銀座を走るのだ。


一週間ほどたった午後、由美が牛タンを持って、マンションに来た。

相変らずツナギにひっつめ頭だ。

「仙台の母から届いたんです。『お義母様は厚切りの塩味がお好きだからお届けするように』と手紙がありました」

「あら、嬉しい。ありがとう。由美さん、お茶飲んでいかない？」

「いえ、公募展の〆切りが近いのに、制作が遅れているものですから」

「制作」と来た。

「根つめて描くと、自分の耳なんか切り落としちゃうよ。ゴッホみたいにさ」

「そんなァ。ゴッホの苦しみは私の何倍もですから」

「無限倍」だろうが。しかし、マチスでもゴッホでも自分のすぐ近くに置く感覚は、非常識を通り越して、もはや偉大だ。妾問題でくたびれ切った私には、こういう異星人は癒《いや》しになる。

由美は「ゴッホ」のたとえに気をよくしたのか、あがりこんだ。

「もしも雪男さんに古くからの愛人がいたら……と考えたんです。私は案外平気かもしれません。絵がありますから」

ゴッホのつもりか。

「今でも描くことに没頭しますと、何もかも忘れてしまうんです。絵があれば他には何もいらない……かな」

息子をバカにされた気になる。この素人《しろうと》画家は雪男が働いた金でメシ食って、絵の具買ってるんだろうが。

「由美さんほどの画家、そろそろメジャーになる取っかかりが欲しいよね。この間、ナントカいう若い画家が、テレビの美術番組に出てたけど、ああいうのいいよね」

ゴマンといる素人画家に声がかかるわけはないが、雪男をバカにされたので言ってやった。

「お義母様、それって違います。テレビから声がかかるようなタレント画家は、私が最もなりたくないものです。絵の力もないのにチャラチャラして、すぐつぶれるんですよ。画壇からも軽蔑されます」

「画壇」と来た。

確かにこの勘違い女なら、雪男が外に十人の子を作ろうが平気かもしれない。「私には絵があります」で何もかも乗り越えて行くのだろう。幸せなことだ。

ドアチャイムが激しく鳴った。

出ると苺が飛び込んできた。

「あら、由美さん来てたの。珍しい」

「牛タン届けてくれたんだよ」

「お義姉《ねえ》さんの分もありますから、あとでお店に寄って下さい」

「ありがと」

苺は心ここにあらずという風に、おざなりにお礼を言うと、声を弾ませた。

「私ね、ちょっとすごいことになっちゃって。ブログの人生相談がね」

「ああ、頭ごなしに別れろ、捨てろって答えるあれか？」

「そう言うけど、あれの第二巻の出版が正式に決定してさ」

「……よかったですね」

由美の言い方は、ちっともよさそうに聞こえなかった。だが苺は無頓着だ。

「それが由美さん、すごいことってそればっかじゃないの。東京サンライズテレビから、コメンテイターで出演してほしいって！」

「え？　お義姉さんに？」

「そうよ。私によ。あそこの『サンセット・タイム』って情報番組あるじゃない。夕方の」

「ああ、ママも時々見るよ。曜日ごとのコメンテイターが好き勝手言ってる、アレだろ？」

「それそれ。月曜から金曜まではレギュラーコメンテイターが曜日ごとに出るけど、土曜日だけは四人のレギュラーが交代で月一回出るのよ。その四人の一人になるのッ！」

びっくりした。コメンテイターは、月曜から土曜までそれなりに有名人ばかりだ。なぜ苺なのか。

「ママ、チャンスなんてどこに転がってるか、わかんないもんだねえ。番組のプロデューサーが私のブログをいつも読んでて、出版社に打診してきたんだって。出版社も大喜びだよ。第二巻のＰＲになるもん。イヤァ、テレビからレギュラーのお声がかかるなんて、夢にも思わなかったよォ。冗談では言ってたけどサァ」

ハイテンションの苺は、由美の固い表情には全然気づいていないようだ。

「由美さんならわかるよねえ。やっぱりメジャーにならなきゃダメって」

「あ……はい……いえ。でも、顔とか名前だけメジャーになっても実力がついていかないと、すぐつぶれますから」

「顔や名前が売れりゃ、つぶれないよう頑張ろうってなるの。私、絶対にこのチャンス、ものにする」

苺にまったく悪気はないのだが、由美には面白いわけがない。

「お義姉さん、メジャーって言いますけど、東京サンライズテレビは、東京とそのあたりでしか見られないんですよね。東京ローカル局って言うんですか」

と逆襲した。

「そう、それだよ。でもあの情報番組はすごい人気じゃない。ローカル局だからコメンテイターがガンガン言いやすくて、活気があるからなんだって。それにさ、サンライズに出ることで、またどんな仕事や人脈につながるかわからないわけよ。レギュラーだもん、必ず目につくよ」

「レギュラーといっても、月一回ですよね」

「十分十分、声がかかっただけで奇蹟だよ。二人とも、今に私と外歩けなくなるよォ」

何を言われようと興奮している苺には通じず、そればかりか、

「これからはMCやプロデューサーと打ち合わせがあったり、スタジオでカメ

リハがあったりで、忙しくなるわ。じゃね！」

と、業界人のようなことを言い、跳ねるように帰って行った。

若い人にはこういうチャンスがある。いや、老人にもあるだろう。だが、老

人のチャンスは単発だ。

若い人は単発のチャンスで人脈を広げたり、次につなげる努力もする。うま

くいかなくても、努力しながら待つ時間がある。

老人は体力的にも気力的にも、努力を続けることは難しい。人脈を広げるこ

ともだ。その上、待つ時間がない。

だから、老人は焦らない。期待しない。若い人なら単発のチャンスが次につ

ながると期待するし、つながらなければ、焦る。老人だからこそ、幸いなこと

もあるのだ。

岩太郎から電話が来たのは、それから一週間ほどたった時だった。

「森岩太郎です。突然申し訳ありません」

そう言った後で、弁解した。

「この電話番号は、生前、本人が母と私に教えてくれました。もちろん、非常事態でも起こらない限り、絶対にかけないようにと、本人からも母からも言われておりました」

今日は決して「父」とは言わず、「本人」と言った。

何の用なのか。私は二度と会わないと言ったし、銀座での言葉は相当きつかったはずだ。

「何か非常事態が起きたんですか」

「いえ、そうではないんですが……」

「そうよね。もう何もかも終わって、電話をかける用もありませんものね」

岩太郎は黙った。

私も黙るしかない。用件が考えられない。その時、ふと思った。

「死後離婚のことですね？　まだ届けは出していませんが、出しますのでお母様にそう伝えて下さい」

「いえ……」

言いよどんでいる。

もしかして、分骨してほしいということかもしれない。骨なんぞ、分骨どころか墓ごとくれてやる。

私は死後離婚しようがしまいが、旧姓に戻ろうが戻るまいが、岩造と同じ墓に入る気はサラサラない。父の跡を継いで工務店をやっている弟に頼み、実家の墓に入る。それができなければ、樹木葬にでもしてもらう。安い共同墓地を買ってもいい。

場所なんか幾ら遠かろうが、まったく構わない。墓参りしてもらいたいとは思わないからだ。生きている人間は、自分のやりたいことを最優先するのがいい。死んだ者に気を使うことはない。

すると、電話の岩太郎が思いがけないことを言った。

「少しで構いませんので、二人でお会いできないでしょうか」

「え……私と？　二人で？」

「はい。母には内緒なんですが」

即座に返した。

「それはできません。たとえ非常事態が起きたところで、もうお宅とうちはまったくの無関係なんですよ。見知らぬ他人です」

「はい……」

「見知らぬ他人に会いたいと言われて、出て行く人、いないでしょ」

「はい」

「何があったかわかりませんけど、銀座で申し上げた通り、お二人で笑ってお元気にお過ごし下さいということです」

「……わかりました。すみませんでした」

「お元気でね」

私は柔らかく言って、電話を切った。

遠慮がちに言い、素直に引く岩太郎を気の毒には思ったが、もう関係はない。

二月に入ると寒さは一層厳しくなり、昨日から雪が降り続いている。

窓から見る町はきれいに雪化粧された。降り続く雪が街灯に浮かび上がり、東京の雪は美しいものだ。

それを眺めていると、電話が鳴った。

「ハナさん？　俺。ロクチャン」

高校時代の同級生だ。同期会でジイサンめいたループタイをしていた彼だ。

「突然ごめんな。名簿見て番号わかった」

「どうしたのよ、急に。誰か死んだとか？」

私は軽口を叩いた。

「うん、死んだ。明美」

「え？」

「明美だよ。同期会でもしゃべってたろ。雅江と三人で」

「ウソ……あの明美……？」

「うん。昨日の夜だって」

明美が死んだ……。

「何で死んだの？　私、年末に明美から突然電話もらって、雅江のいる施設を訪ねたんだよ。全然、病気って感じしなかった。何なの、事故?」

「肺炎だってよ。風邪こじらせて入院して、すぐ。今、老人の死因で肺炎って多いんだろ」

「信じられない……」

「俺たち老人だからさ、肺炎で死んでも、他の理由で死んでも、当たり前なんだよな」

明美と駅で別れる時、「必ずまた会おうよ」と言う私に、

「きっとだよ。ごはん食べよ!」

と言った。そして人ごみの中から振り返り、

「ハナー、同期会ではごめんねー!」

と叫んで手を振った。

死んだ……。明美が雅江より先に……死んだ。

二日後、ロクチャンの車に乗って、雪どけ道を告別式に行った。

それは目黒《めぐろ》にある小さなカトリック教会で行われた。明美は七十歳の時、洗礼を受けたのだと初めて知った。

祭壇の前に白い柩《ひつぎ》が置かれ、明美はその中で眠っていた。

会葬者は白い花を一輪ずつ、柩の中に入れていく。誰もが静かに顔を見つめ、語りかけている人も多かった。

私の番が来ると、明美はすでにあふれるほどの花の中にいた。顔はひと回り小さくなり、透きとおるような白い肌に、桜色の口紅がきれいだった。

教会の出口で、娘夫婦とトイプードルが会葬者を見送った。あの日、明美が散歩に連れて行くと言っていた犬だろう。

娘は私の顔を見るなり、手を握った。

「ハナさんですね？　すぐわかりました。母はいつも言っていました。同級生とは思えないほど若くて、カッコいいんだよって。雅江さんのホームにご一緒して下さったこと、すごく嬉しかったようです。ありがとうございました」

私は手を握り返しただけで、何も言えなかった。娘の肩ごしに、明美の入っている白い箱が見えた。

その夜、マンションのソファで一人、ビールをあおった。

白い花に埋もれた明美の、白い顔が浮かぶ。年末にはバスに乗って二人で出かけたのに、白い箱に入れられてしまった。

遅かれ早かれ、誰もがそうなる。一人残らずだ。

人の一生とは何と短く、人の命とは何と先がわからないものだろう。

その中で何が起ころうと、たいしたことではないのだ。白い箱に入るという結末は決まっているのだから、その途中で悩み、嘆き、苦しみ、ジタバタ、アタフタしたところで大した違いはない。老人も若者も、生きている人間みんなだ。

「明美、死んじゃったか……」

缶ビールを片手に、口に出して言った。

周囲の人が次々にいなくなる。新聞やテレビでも、毎日のように有名人の訃報が出る。多くは八十代だ。私より多少は年長であっても、大差ない。そのたびに、「えッ！　ウソ！　この人も死んだの……」と思う。

七十八歳はまだ若い。わかっている。だが、こうして友人知人、肉親が消えていく中で、元気に楽しく生きようとする力は、少くとも六十代の時と同じには湧かない。

そんな話を家族は嫌うと思うから、口には出さない。だが、体力と気力は年ごとに落ちている。

それでも、八十八歳になれば、七十八歳の時は若かったと思うのだろう。実際、六十歳の時、四十歳の自分は何と若かったかと思った。そして、二十歳の時は自分が四十歳になることは考えられなかった。

二缶目のビールを取りに立ち上がると、電話が鳴った。

「夜分申し訳ありません。森岩太郎です」

「あら、また？」

「しつこくてすみません。どうしてもご相談したいことがあり、三十分でもお会いできないかとお電話しました。やはりダメなら、今度は本当に諦めますので」

「え……」

「そう。いいわよ、会うわ」

あまりに簡単に了承した私に、岩太郎が絶句するのも当然だろう。

じき白い箱に入る私だ。その途中で夫が妾に生ませた子と二人で会うのも、面白い。別にたいしたことではない。

相談の内容は見当もつかないが、もしかして岩造には三号がいて、その女にも子を生ませていたとかか？　だと笑える。三号の存在を、二号の息子が本妻に相談するというのは、芝居のようではないか。

白い箱に入るという結末が近い年代は幸せだ。何にでも動じなくなる。

約束の夜、岩太郎は新宿のフレンチレストランを予約していた。

カウンターと個室が二つの小さな店で、岩太郎の行きつけらしい。

私が着くと、オーナーらしき夫婦とカウンターごしにしゃべりながら待っていた。

「お呼びたてしてすみません」

と五秒ほども頭を下げる岩太郎に、オーナーは、

「こんな緊張する岩《がん》チャン、初めて見たな」

と笑った。

私は店内を見回し、

「いいお店ですね。木を多く使って、すてき。照明も落ちつきます」

とほめると、オーナー夫人らしい女性が喜んだ。

「岩チャンの設計なんですよ。インテリアも全部。ここ、祖父の代からの店なんですが、さすがに古くなって。でも、雰囲気は残したいし、岩チャンに相談したんです」

「そうしましたら、古い店の梁《はり》やら照明器具やら、生かせるものは全部残して設計してくれて。さすが山辺徹の一番弟子ですよ」

照れたのか岩太郎が遮《さえぎ》った。

「マスター、しゃべりすぎ」

「いいだろ。岩チャンが山辺先生のお気に入りだってこと、俺たちも自慢なんだから」

「俺レベルなんて掃いて捨てるほどいるの。忍さん、こっちです、どうぞ」

岩太郎は私を急《せ》きたてるようにして、個室に案内した。

新宿のまん中だというのに、個室には天窓があった。膨大な数のネオンのせいだろう。天窓から見える新宿の夜空は、薄ぼんやりとピンクがかって見えた。

岩太郎は相談事があったはずだが、いっこうに切り出さない。私から催促するのも憚《はばか》られ、仕事の話ばかりを聞いていた。

「今までに、どんな建物に携わったんですか」

「最近では銀座の久田《ひさだ》生命ビルとか国立歌舞伎博物館とか」

「すごい！　いいお仕事なさってるんですね。山辺徹の一番弟子として、これからがさらに楽しみね」

「一番弟子なんかじゃありませんって。それに、僕はチームの一員で、まだ下っ端です」

岩太郎はグラスのワインを飲み干すと、

「実はご相談があります」

やっとか。

「まだ誰にも言っていないことなんです」

「え？　お母様には？」

「言ってません」

「何で私に？」

「ご迷惑だとわかっておりますが、ご意見を伺いたいと思いました」

「私が先に伺うのは変ですよ。それとも、岩造のことですか？」

「違います。母には何度も言おうと思いながら、今も言えずにいます。母には夢があって、それが生きる希望になっていますから」

妾の夢の話か？　そんなもの聞かされるのは迷惑だ。

「母の夢は、故郷の長崎に小さな家を建て、一階をクリニックにすることなんです。すでに土地は目星をつけており、建物は僕の設計だそうです。生涯現役で地域医療に役立ちたいと言っています」

勝手にやればいい。

「その頃には僕が東京で家庭を持っていて、夏休みに妻子を連れて遊びにくる。そういう晩年が夢だと、若い頃から言っていました」

「他人の夫を盗むほどの女が、割とつまんないこと言うのね」

「すみません。僕自身はそういう人生を送りたくありません」

「お母様にそう言うことね。私には答えようもないお話で」

するとと岩太郎は、唐突に言った。

「カンボジアのアンコール・ワットをご存じですか。世界遺産に登録されました」

「え？……聞いたことはあります。旅番組でも見た気がする」

とはいえ、カンボジアがどこにあるのかもよくわからない。確かずっと内乱が続いていたとかいう国ではなかったか。

思い出した。地雷が今も埋まっていて、人が踏んでは亡くなっている国だ。

しかし、何で突然、アンコール・ワットなのだ。

「カンボジアは東南アジアの小さな国で、アンコール・ワットは十二世紀に築かれました」

岩太郎はタブレットを取り出し、一枚の写真を見せた。森のような木々の向こうに、松ぼっくりと言おうか土筆《つくし》の先っぽと言おうか、そんな不思議な建物が群をなして建っている。

「これがアンコール・ワットで、十二世紀の国王スールヤヴァルマン二世によって国家鎮護の寺院として建設されました」

何とも「はァ」としか言いようがないが、アンコール・ワットの女とでも結婚したいのか。

「僕が高校一年生の時、今でいう出前授業がありました。各界のプロたちが学校に来て、その世界のことを話してくれるんです。その時、アンコール遺跡の保存修復に携わっている日本人が来たことがあります。休暇でたまたま日本に帰っていたその人からナマの話を聞き、たくさんの写真や映像を見て、衝撃を受けました」

「そう」としか相槌《あいづち》の打ちようがない。

「あの時、自分の人生が変わったと思います」

その結果、部活は科学部から考古学クラブに入り直し、高校二年の時にアンコール・ワットに出かけたのだという。

「魂《たましい》を抜かれました。自分はここで生きるとハッキリ思いました」

「そう」

それからは猛勉強して、大学は東京学院《とうきょうがくいん》大一本に絞ったという。超のつく難関私大だが、アンコール遺跡国際調査団の中心だそうだ。

大学で建築史を専攻したのは、保存修復活動全般に関与しやすいと考えたからだという。そのまま大学院に進み、「アンコール遺跡群における経蔵の配置計画と意義について」という論文で博士号を取ったと続けた。

私には何の関心もない話であり、どうやらアンコール妻の相談でもなさそうだ。

いったい何を相談したいのか。さっさと結論から言えと思ったが、どうも言い出しにくいように見える。

何でも大学院の時に、念願が叶《かな》ってアンコール遺跡国際調査団のメンバーに指名され、その後、山辺徹建築設計事務所に就職した。調査団に社員を派遣し、力を入れているからだという。

岩太郎の話は、アンコール・ワット一色である。だが、マダムが料理を運んでくるたびに、サッと話を変えた。

「マダム、このワイン、すごくうまい」

「でしょ。カンボジアは暑いから、岩チャンもビールばかりだろうと思って、おいしいのを取っといたのよ」

マダムはカンボジアの仕事を知っているようだが、彼女が部屋を出て行くなり、岩太郎はすぐに話を戻した。

「僕は今も会社からのメンバーとして、年の半分以上はカンボジアにいます」

「そう」

「ただ、遠からず日本での仕事に戻る命令が出るのは間違いありません。ゼネコンから派遣されている人も多いのですが、どんなに優秀でも三年程度で呼び戻されています」

相談の内容が、やっと見えて来たと思った。

岩太郎はフォークとナイフを置いた。

「僕は会社を辞めて、カンボジアで暮らそうと考えています」

やはり、そうか。

「大学院時代からすでに十二年間、アンコール遺跡に関わって来ましたが、この保存修復は天職だと思っています。会社の命令で天職を捨てることはできません」

その通りだ。だが、私が口を出すことではない。

私たちは無言でワインを飲んだ。

やがて、岩太郎が力のない笑いを浮かべた。

「僕、母が愛《かな》しいんです」

「なぜ悲しいの？　いい仕事と息子を持って、悲しい人生じゃないじゃない？」

「いえ、その悲しいではなくて、愛情の愛という字です」

「愛？　愛という字、かなしいって読むの？」

「はい」

「悲しい」でも「哀しい」でもなく、「愛しい」か……。母一人子一人で、お互いだけを見て生きてきた濃さがわかる。

私はすんでのところで「お母様もあなたを愛しいと思っているでしょう」という言葉を飲み込んだ。言ったら、息子はさらに動けなくなる。

「お母様に切り出しにくいのはわかるけど、生前のお父様には相談した？」

「していません」

「どうして？」

岩太郎はためらったが、私は何も言わずに答を待った。

「……本当の父親なら相談したと思います」

「本当の父親よ」

岩太郎は答えなかった。

「だから、認知を受ければ、本当の父親と思えたのよ」

「それは関係ありません。僕は母と二人で生きて来たと思っています。母は何があろうと僕が第一で、僕に愛情を注ぎ、いつでも楯《たて》になってくれました。医師ですから経済的には恵まれていましたが、言うなれば『欠損家庭』に生まれたことを感じさせたくないと、母は懸命だったと思います」

岩太郎は一気に言った後で、明言した。

「僕の生まれ方を不幸と言う人がいても、僕の育ち方は幸せでした」

息子にこう言わせるほど、妾はみごとな母親だったのだと思う。

息子は長じるに従い、母親自身の淋しさや悲しさや、陰で泣いている姿などに気づいたのだろう。

そんな三十六年間を二人で歩き、今、深い愛情と共に「愛しい」と言う。

今度は自分が母親を守る番だと思えば、故郷にクリニックを開く夢を叶えてやりたい。妻子を見せてやりたい。

だが、アンコール遺跡に生涯をかけることが、息子の譲れない夢だ。この母子の絆《きずな》を思うと、岩太郎が言い出せないのも納得がいく。

「向こうに移住して、保存修復の仕事に一生をかけるわけだ」

「そうです。建築専門家として、保存修復の企画立案から考古学者や現地職人との連係まで、一日五十時間欲しいほどの仕事になると思います」

「収入はあるの？　身分は？」

「身分は……ボランティアですから、収入はありません。ただ、アプサラ機構といって、アンコール遺跡群の管理一切を担当しているカンボジア政府の公団があります。そこのスタッフとして雇ってもらえるよう、動くつもりです。日本の収入とは比べものになりませんが、定収入が入りますので」

「日本の仕事をやめて、アンコールに残った人は他にもいるの？」

「いえ、僕が知る限りではゼロです」

「でしょうね。定収入と安定した日本の暮らしは大切だもの。家族のためだけでなく、自分がずっと生きていくためにも」

「僕は自分がずっと生きていくためにも、天職を捨てたくありません」

そう強く言い切った後で、おどけたようにつけ加えた。

「アプサラ機構に入れるかわかりませんが、それまでは預金を取り崩して暮らします。物価は安いし、独身です。何とでもなります」

この「何とでもなる」という思いは、若者と老人のものだ。若者は「切り拓くから何とでもなる」と思い、老人は「すぐ死ぬんだから、何とでもなる」と思う。

岩太郎がここまで覚悟しているということは、母親の問題はあっても、腹はすでに決まっているのだ。

白い箱の中で眠っていた明美が浮かんだ。私もすぐにそうなる。

だが、岩太郎は何という若さか。足がすくむようなことを、こともなげにやろうとしている。

「あなた、今、三十六でしたっけ?」

「はい」

「いい年齢ね。これから何でもできる年齢ね」

若さとは、先々に勝手に光を見ることかもしれない。あるかないかわからぬ光なのに、本人には見えるのだ。

年を取ってわかった。人には「今」でなければできないことがある。年と共に、それは減っていく。年と共に動けなくなる。

三十六と七では違う。八になればもっと違う。六十から七十になるのと、七十から八十になるのは違うだろう。八十から九十になるのはもっと違うかもしれない。

苺にしても、まだ五十だから先に光を見ている。そんな苺を内心面白くないのも、由美が四十五だからだ。年齢と共に何もかもが面倒くさくなる。

岩太郎がアンコール・ワットの仕事で、現実に暮らしていけるのか。それはわからない。だが、これほどまでに想う天職に飛び込めば、生まれてきてよかったと思うだろう。

その時初めて、岩造も生きるのだ。

「岩太郎さん、私は行けとも行くなとも言えません」

「はい。僕が忍さんにご相談するのは、どれほど非常識かよくわかっていま す。ただ、銀座でおっしゃっていた言葉が忘れられず、話だけでもと思いまし た」

ピンと来た。あの時、岩太郎のコーヒーカップを持つ手が止まったのだ。あの言葉か。

「相手の人生に対して他人は何の責任も義務もないの。基本的に無頓着なんですよ。それを知ることは、今後の生き方に影響するわ」

とか言ったはずだ。そして確か、

「岩造は自分の人生は自分のもの、自分で決めるって考えてたんでしょう。だから二つの家庭を持つということも自分で決めたのよ」

とも言った。

デザートを食べ始めた岩太郎に、私は笑いかけた。

「なーるほど、そういう考えの私から背中ポンが必要だったわけだ」

「いえ……すみません。母を思うとニッチもサッチも行かなくて、煮つまって煮つまって、ご迷惑を承知で話したいと思いました」

「私は何の答も出せないどころか、背中ポンもできなくて」

「いえ。やはり、思い切って母に話します。ありがとうございました」

「そう」

「やらずに後悔するより、やって後悔する方がいいですから」

「あらァ、あなたも優秀な割にはつまんないこと言うのね」

世間はこの言葉が好きだ。どこでもかしこでも耳にする。自分で自分の背中をポンするのに、使い勝手がいいからだ。手垢《てあか》のつきまくった言い訳言葉だ。

「後悔したくないからって、何でもやればいいってものじゃないわよ」

岩太郎の表情が固くなった。

今まで聞くだけで何も言わなかった私だが、岩太郎は元々決断していたはずだ。私と会い、それを実行する気持が固まったのかもしれない。

煮つまった気持に、風穴があいたのかもしれない。

なのに、私のこの最後の一言だ。もっとも、どう感じようと私の知ったことではない。

岩太郎は私にコートを着せかけ、

「最後の一言、もう一度よく考えます」

と大真面目に言った。

個室の外に出ると、カウンターにいた女性客が、

「あら、岩チャン」

と声をあげた。隣りに夫らしき人がいる。岩太郎は二人に挨拶した。

「ご無沙汰しております。

「お母様とは時々電話やメールのやりとりするけど、『息子は年のうち半分以上カンボジア』ってぼやいてるわ」

岩太郎は声をあげて笑い、夫婦は私に笑顔で会釈した。私も同じように返した。

店を出て、ビルの玄関に向かった。

「店の常連はみんなカンボジアのこと知ってるのね」

「はい。みんな、会社命令の駐在だと思っています。……母も、高校からの趣味が仕事になったと喜んでいます。僕、タクシーを拾って来ますので、ここで待ってて下さい」

暖かいロビーに私を残し、岩太郎は寒風の中に出て行った。

空車の少い時間なのか、必死に探す様子が見えるものの、つかまらない。岩太郎はビルの玄関に立つ私を何度か振り返り、「申し訳ない」とでも言うように頭を下げた。私は「いいのよ」と言うように、胸の前で手を振った。

こんなバアサンが、若い男に大切な相談をされた。それが妙に誇らしかった。まして、夫の妾の子にだ。私に相談するほど、岩太郎は懸命に生きている。その子に「愛しい」と言わせるほど、母親も我を忘れて生きてきたのだろう。

やっとタクシーをつかまえ、私の前に走って来る岩太郎の姿に、何だかこの母子を憎めなくなっていた。

それっきり、岩太郎からは連絡がなく、私も思い出すことはなかった。

苺はよくマンションを訪ねて来たが、そのたびに言った。

「ママ、優しいっていうか、顔つきが最近いい感じだよ」

「オオ、菩薩顔《ぼさつがお》か？」

「やめてよ。まだ仏にならなくていいよ」

岩太郎と会ったことは誰にも言っていないが、私にも風穴があいたのかもしれない。若いうちは「勝」と「負」でいいが、年を取ると「情」と「誠」が自分を楽にする。

「何かさ、誰のことも赦《ゆる》せる気がしてきたんだよね」

「ヒエー！　ママ、やっぱり菩薩だよ。それって仏の境地だよ」

短い生を懸命に生きる人間の姿を見ると、思う。恨みにはやめ時がある。

「どうせ、先なんて白い箱なんだからさ」

「何、白い箱って」

「棺桶」

「それっすか。由美に言ってやんなよ。もうさ、私に対抗心燃やしちゃってすごいんだから。メジャーになりたくてもなれないからって、雪男にヒステリー起こしちゃって」

「優しくしてやんなって。どうせ、結末はみんな白い箱なんだ」

「ママだってあの由美を見たら、恥ずかしくて、放っとけないよ。昨日なんかさ、着倒したダウンに赤いベレー帽かぶってスーパー行ったんだよ。それも大昔の画家がかぶってたみたいな形でさ。『画家イコールベレー帽』って考える人が、まだこの世にいたのかってのけぞった」

懸命に形から入る由美が、愛らしい。まさか苺に運が向くとは思わず、焦っているのだろう。

「それで何かというと、早くローカル局じゃないテレビに出られるといいですねとか、お義姉さんは人気番組とか言いますけど、私のまわりは誰も知らないって言うんですよとか。こっちが優位に立ってるから言い返さないけど、気分悪いよ」

苺や由美の年齢で、どうせ白い箱に行きつくと考えるのは不健康だ。焦ってあがけばいい。

「テレビの収録の日、『見に来ない?』って言ってやるんだ、私」

苺はいつものように、冷蔵庫から卵や野菜を強奪すると、

「ママ、それ以上菩薩になんないでよ。沙婆《しゃば》っ気《け》抜けたバアサンに似合うのは、墓場しかないからね」

と捨てゼリフを残して帰って行った。

夕食をすませ、風呂に入ろうかと思っていると、ドアチャイムが鳴った。

返事をして魚眼レンズをのぞくと、立っているのは妾だった。

何だ？

息子の次は母親か？

返事をしてしまったし、出ないわけにはいかないが、何の用だ？

ドアを開け、致し方なく笑顔を見せた。

「どうなさいました？」

「お伺いしたいことがございまして」

静かな目をしていた。

第8章

妾の「お伺いしたいこと」は、すぐに察しがついた。

岩太郎は、カンボジアに移り住む決心を打ち明けたのだ。

子供が日本での安定を捨てることは、たとえ母一人子一人という環境でなくても、簡単には賛成できまい。

まして優秀で、将来を嘱望されている一人息子だ。今後、結婚したり、子供を持ったりという将来設計を考えると、無謀なことである。

だが、本人は譲れない。

おそらく、母子の攻防の中で、岩太郎は私に会ったことを言った。妾は、本妻が復讐とばかりに賛成して煽《あお》ったに違いないと、そこを「お伺いしたい」のだろう。

「森さん、どうぞお上がり下さい」

「いえ、ここで十分ですので」

妾は手土産の包みを出した。

「あら、源氏堂《げんじどう》のおせんべい。大好きなんですよ。お茶いれますからどうぞ」

私がリビングへと歩き出すと、妾もお辞儀をしてついて来た。

キッチンでせんべいとお茶の用意をしながら、ソファの妾をチラと見た。

きれいな女だ。

急に思い立って、矢も楯もたまらずに来たのかもしれない。シニョンにまとめたおくれ毛が、白いうなじに乱れている。化粧直しもそこそこ、という感じだ。

だが、その乱れが、春を先取りしたような淡いブルーのセーターとパステルカラーの花柄スカートに妙に合う。

この女が、岩造の長年の二号だったのだ。

「お持たせですけど」

私はせんべいと煎茶《せんちゃ》をすすめた。

「すぐおいとましますので。申し訳ありません。頂きます」

妾は細い指で茶碗を手にした。

指も顔も、病み上がりかというほど色白で、シワはあるものの、シミひとつない。とても六十八歳の肌ではない。

日頃からずっと、手を抜いていないのだ。岩造に死なれたところで、この女ならもっといい妾の口が幾らでもあるだろう。

「息子はカンボジアの仕事をしておりまして、日本への一時帰国を終え、一昨日、カンボジアに戻りました」

「そうでしたか」

実は留守番電話に、岩太郎から「先日はありがとうございました。まずはカンボジアに戻ります。今後のことは改めて詳しくご報告します」と入っていた。むろん、妾にそれを話す気はない。

「息子は会社を辞めて、カンボジアに移住を決めたと言いました。出発の前日に、突然打ち明けられたものですから、正直、驚きました。まったく考えてもいなくて……」

私は黙った。

初めて聞いたかのように、驚いてみせるほど演技はうまくない。小さな相槌でも打たない方がいい。すでに聞いていることを肯定するようなものだ。

「黙る」ということは、自分がやる分には実に便利だ。

そうか、岩太郎はやはり行くことを決断したか。先はわからないが、人間の先々なんて日本にいたところでわからない。

妾も黙り、私がパリパリと胡麻《ごま》せんべいをかじる音だけが鳴る。

こういう沈黙はどうも苦手だ。母親として反対する理由なり、私に言いたいことのきっかけでも話せば応じられるが、何も言わない。

私は重苦しい沈黙を破ろうと、当たり障りのない話をした。

「カンボジアは文化も生活も、何もかも日本とは違うでしょうから、母親としてはご心配でしょう。反対もしますよね」

「いえ、すぐに賛成しました」

は……？　すぐに賛成しただと？　話が違う。

ならば、妾の「伺いたいこと」とは何なんだ……。

「岩太郎も反対されると思い込んでいたようで、相当な決心で打ち明けたとわかりました。でも、岩太郎のことはどこでどんな状況でも、一人で生きていける心と体に鍛えて参りましたので」

茶を飲むしかない。「ご立派ですね」とも言えない。

「忍さんの前で言いにくいことですが、婚外子には嫡子《ちゃくし》より強くなる育て方が必要だと思いまして」

こっちが被害者なのに、よく言うものだ。返事のしようもなく、今度はピーナツせんべいをかじった。

「カンボジアで失敗しましたら、自己責任です。また自分で、新しい道を切り拓けばいいだけのことです。何ぶん、母親の都合で得た命ですから、張り切って生きてくれれば、肩の荷が降ります」

胡麻よりピーナツの方がおいしい。

「岩兄《がんにい》は……いえ……忍さんはよく言っておられました。老人にいつまでも主導権はない。しがみつくな、適当なところで若い者に譲るべきだ、それが老人の品格だと」

ほう、妾にも言っていたか。私にだけかと思っていた。

妾はひたと私を見た。

「岩太郎は私より先に、忍さんにこの件をご相談致しましたでしょう？」

やはり、この話か。

「母親ではなく、なぜ忍さんなのか。きちんと納得したくて、恥をしのんでやって参りました」

「岩太郎さんが、私と会ったとおっしゃったんですか」

「いえ、息子は何も言いませんでした。ただ、お店で偶然、私の友人夫婦とお会いになりましたでしょう」

妾はスマホを取り出し、私に見せた。その友人からのメールで、「岩ちゃんと久々に会ったわ。年配のすてきなご婦人と一緒でした。銀色のネイルがお似合いで、カンボジア関係の先生かしら」と書かれていた。

「忍さんだとすぐにわかりました」

「すてき」も「お似合い」も大好きなほめ言葉だが、礼を言うわけにもいくまい。とにかく、岩太郎と二人でいたことはバレている。

「ええ、カンボジアのお話は伺いました」

「岩太郎とは、以前から何度もお会いになっていらしたのでしょうか」

「とんでもないことです。息子さんとお目にかかったのは、掛け軸を返しにいらした時と、銀座だけです。二人でお会いしたのは今回が初めてですよ」

その程度の関係の人間に、それも母親にとっては面白くない対象に、なぜ一人息子は大切なことを先に言ったのか。その上、バアサンではないか。妾の表情はそう語っていた。

「森さん、たぶん息子さんはお母さんを想い過ぎて、もう一杯一杯だったんじゃないでしょうか。誰が考えても、先に本妻に話すなんてあり得ませんけど、そこまで追い込まれていたということかもしれません」

「どうして追い込まれるのか……私にはわかりません。反対されると、よほど強く思っていたんでしょうか」

「普通はそう思いますよ。でも、何より悩んだのは、母親を一人残して飛び出していいのか、という思いかもしれませんね」

妾は強い口調で、

「母親のことで、息子に悩んで欲しくはありません」

と言った。

「母一人子一人だからと言われないよう、私は過剰な愛情はかけて来ませんでしたし、息子に頼って生きる気もまったくありません。それをわかっていたはずですのに」

過剰な愛情をかけていないつもりでも、子供は感じているものだ。

「森さん、私は行けとも行くなとも、言える立場にはありませんし、一切言っていません。ただ、私が銀座で『人は他人の人生には無頓着なものだ』と言いましたでしょう。息子さんは悩んでいる最中で、おそらく、バアサンのあんな言葉でも心に残ったんだと思います」

妾は銀座での言葉を思い出したのか、黙った。時間稼ぎのように茶碗に手を出すと、空だった。私は、

「あら、ごめんなさい」

と、いれ直した。

妾は黙礼してそれを飲み、やっと口を開いた。

「息子はすでに決心していて、あとは背中を押してくれる人と会いたかったんですね」

「と思います」

「偉そうに、婚外子は強く育てたなどと言いながら、背中を押して欲しいなんて……お恥ずかしいです」

「いえ、そこまでお母さんが大切で、大きく考えていたんですよ」

妾は手にしたハンカチに目を落とした。しばらく何かを考えているようだったが、うつむいたまま言った。

「……岩太郎は、私のことが重そうでしたでしょうか」

それはどこかで重いだろう。子は親を、親は子を、愛していても重い時はある。だが、今、私がそう言い切るのはまずい。

「そんな感じは全然。ただ、『僕、母が愛しいんです』と言っていました」

妾は驚いたように目をあげた。

「息子さんは、『かなしいは、愛情の愛という字です』と笑っていました。私はその読み方を初めて知ったんですが、いい言葉ですね」

妾は顔を見られないようにしているのか、深くうつむいた。

「母親に経済力があろうとも、ただひたすらに一人で自分を育て、犠牲にしたことも多かっただろうという思いでしょうね」

妾は大きくため息をついた。

「そこまで思わせていたとは、私の失敗です。忍さんと話ができて、岩太郎はどれほど元気が出たかと思います」

妾は涙ぐんでいる気もしたが、見ないようにした。

「突然押しかけまして、申し訳ありませんでした。よくわかりました。親子でご迷惑おかけ致しました」

「全然。息子さんはカンボジア行きをすぐ許されて、面くらったと思いますよ」

私が笑って言うと、妾は断言した。

「医師として、人として、表立っては言えませんが、私個人は、人の命は平等ではないと思っております。若い人の命の方が上です」

私もまったく同感だ。だが、医師として言い切るのは、見上げた根性だ。

「そういう若い命が、高齢者の都合で燃えられないとしたら、あまりに不幸です。お母さんはそういう老人ではないよと、岩太郎にも言いました」

その通りだ。

親子でも家族でも、他人なのだ。人は別々の心臓を持っているのだから、みんな他人だ。これは冷酷なことではなく、ここから温かい関係を作るのが、人というものだろう。

そう思うと、岩造の裏さえも納得できそうだ。私はひたすら菩薩に近づいているのかもしれない。

「森さんに、私からも伺いたいことがあります。私も納得したいから、正直に答えて」

「……はい」

「岩造のことが好きで、大切だったお気持はわかりました。でも、認知を拒否したことは納得がいきません」

これは当然の疑問だろう。

たとえ、差別の少い社会であっても、シングルマザーに経済力があっても、戸籍の父親の欄が空白という現実は、子供にどんな思いを与えるか。母親なら考えるはずだ。

妾は力ない声で、それでも懸命に笑顔を作った。

「お花見でもお祭りでも花火でも、来年は二人では見られないという覚悟を、私はいつも持っていました。来年は家庭に帰るだろう、来年は……と、いつも」

そして、言い切った。

「岩太郎は私の計画妊娠です」

どこかで予想もしていたが、動揺した。落ちつこうと茶碗に手をのばしたら、空だった。

「森さん、来年はない来年はないと思うから、岩造の子が欲しくなったというわけね？」

「はい。忍さんが家庭に戻っても、子供がいれば生きる力になります」

岩造はその子を認知すると、何度も言ったはずである。そんなに岩造の何かを残したいなら、認知を受けるのが一番だろう。父親として名が書かれ、残るのだ。

「私が欲しくて作った子ですし、この子の中に忍さんは残っています。ですから、認知はお断りしました」

想定内の言葉だ。だが、不倫の果てに子を作るほどの女が、こんな菩薩がかった思いだけであるわけがない。

「認知すると、私にバレる。それが恐かったんじゃありませんか？　認知すると、戸籍謄本の岩造のところに、外に子供がいることがハッキリと書かれますものね。謄本はパスポートを取る時くらいしか見ませんけど、現実に私も岩造も、これまでに三、四回はパスポートを取ってます。認知すれば、とっくにバレてましたよ」

私に一気に詰め寄られ、妾は長いこと黙った。やがて観念したのだろう。

「申し訳ありません。おっしゃる通りです。バレれば、奥さんが二度と会わせないでしょうし、忍さん本人も家庭でやり直そうとするでしょう。それを恐れていました」

「結局、岩造と子供の両方が欲しかったということね」

笑う私に、妾は目を伏せた。

この間、テレビでやっていたのだ。認知を断ったという三十代の女が、

「何も急いで認知とかされなくてもォ、そのうち奥さんと離婚するとかって、あるかもしれないじゃないですかァ。てかァ、私は子供が欲しくてェ、今の関係も続けたいわけですよォ。認知はいつだってできるものだからァ、様子を見て、焦るなって、ネットにも出てたしィ。そのうち、奥さんが死ぬとかもあるってかァ、そしたらラッキー！　みたいな」

と、顔にモザイクをかけて言っていた。

あの時、ふと妾に重なったのだが、やはりこういう思いがあったわけだ。唯一の誤算は、私が死にもせず、離婚もせず、当の岩造が先に死んでしまったことだろう。

妾は深々とお辞儀をすると、玄関へと向かった。

「ありがとうございました。何もかも伺い、何もかもお話しして、気が晴れました。ここに伺うまでずっと、忍さんと岩太郎が隠れてコソコソと会ってるんじゃないかと疑っておりました」

「それだけは許せないと」

「はい」

「あなた、四十年以上も他人の夫とコソコソ会うのは平気だけど、会われるのは許せないんだ」

妾の顔から血の気が引いた。

ああ、もう十分にいじめた。これまでに三発ほどはかました。やめよう。怒りにはやめ時がある。恨みにも憎しみにもやめ時がある。

この女も必死に生きて来たし、生きている。

「森さん、あなたの本心が聞けて、私の方こそ腑《ふ》に落ちました。前におっしゃっていた愛人道はご立派すぎて、うさん臭くて。岩造はあなたの狡さや計算も可愛くて、やっぱり離れられなかったんですよ」

妾は深々と頭を下げた。そして、出て行こうとする妾に、私は柔らかく声をかけた。

「岩造は妻がいながら、秘かに四十年以上もあなたに会い続けたんです。あなたの勝ちよ」

リビングの窓から、妾が一人で歩いて行く姿が見えた。小さな背だった。私は立ったまま、胡桃《くるみ》せんべいの音をさせ、その姿が闇に消えるまで見た。

ふと、この妾を嫌ってはいないことに気づいた。こんな時に、わざわざ手土産を持ってくるのも、ヘンにズレていて笑える。

妾まで赦していては、菩薩を通り越して大日如来《だいにちにょらい》だ。こんなにうさん臭くって、私はすぐ死ぬのではないか。

いや、かえって健康になっている。

というのも、色んなことが赦せるようになると、赦した数だけ、自分の身から怒りや恨みやストレスや、色んなこだわりが剝《は》がれ落ちる。これは何という解放感だろう。

どれ、ビールでも飲むかと立ち上がると、電話が鳴った。

雅彦だった。

バイト先の薬局で、サプリメントをもらったが飲むかと聞く。高齢者の膝痛にいいのだという。

たぶん飲まないが、わざわざ言って来た孫が可愛くて、「すぐに送って！」

とせかしておいた。

そして、岩太郎の決心と、妾が訪ねて来たことを話した。最近は色んなことが赦せて、菩薩顔になって来たこともだ。

「祖母《ばあ》ちゃんの話聞いてると、老人はフェイドアウトする意識がすげえ大事ってわかるよな」

「フェイド……？　何だよ、それ」

「消えることに向かって、少しずつ衰えている状態」

「老衰か」

「違うな。うーん、衰退……衰退だな。それを意識するのは、前向きなことだよ。じゃ、明日送るから。金いらないよ。マジにいらない。ホント、マジに気使わないで」

まったく、金送れと言ってるのと同じだ。

そうか、衰退か。フェイド何たらか。夕陽が少しずつ暗くなって、沈んでいくようなものか。その前に、太陽はさんざんギラギラと輝いて、それから夕陽になる。人間の一生もこれなのだ。

だから、人も輝いて元気なうちから「終活」だの「エンディングノート」だのに気を回すなと言うのだ。由美にせよ苺にせよ、あがいて妬《ねた》んで身をよじればいい。それがギラギラと輝いている年代なのだ。

たぶん、そういう人間だけが、老いて「衰退」にたどりつける。たぶん。


学校帰りに、いづみがマンションに立ち寄った。

「ママには困ってんだよ。お祖母ちゃんや苺ちゃんの前では言わないけど、陰で苺ちゃんをもう悪く言う悪く言う。気持はわかるけど、聞き苦しいよ、いくら娘でも」

苺が運よく世に出ることがシャクにさわってたまらないのだと、いづみは気づいていた。

「すっごい不快気に言うんだよ。『ママはやっかんでるんじゃないの。苺さんの生き方には問題があると、前から思ってた。自分では何もしないで、転がり込んだ運に乗ることばっかり考えてるでしょ。ああいう生き方、人として最低だよ。義理の姉だけど、もう関係したくない』とまで言うんだよ。やっかみ、バレバレ。パパだって、姉の悪口なんか聞きたくないよ」

由美はまだ赦せない年代なのだから、それでいい。

「だから私、ママにガツンと言っちゃったよ。運がやって来りゃ乗るのは当たり前じゃんって。そんな当たり前のことに色々言うと、ママが小さい人間に見えるよって」

その通りだ。いくらあがいても、相手はつかんだ運を放すわけがない。関係を切られたところで、「あら、そ」くらいのものだ。

自分の人生が思ったように回っていない人間が、他人をなじる。その生き方は最低だなどと、上から目線でご大層なことを言う。

「私、ママに言ってやったよ。ママの生き方だって意見できるほどのもんじゃないよって」

よく言った。運を放さない苺の生き方は、他人にとやかく言われるものではない。誰に遠慮がいるものか。「あんな生き方、私にはできない」なんぞと言うのは、必ず敗者の側だ。

うまく衰退させるためにも、今はやっかませておけ。

由美にとって、苺を陰でののしり、関係したくないと、必死に自分を上位に置くことだけが、生きる快感になっているのだ。

もしも苺がさらに仕事の場を広げ、名前が出たりしたなら、由美との溝《みぞ》はさらに深まるだろう。その時、「関係したくない」が「顔も見たくない」にきっと変わる。

「いづみ、たいていのことは、放っときゃどうにかなるの。放っときな」

ああ、若いということは苦しい。


三月に入ると、また留守番電話に岩太郎の声が残っていた。

「いつもタイミングの悪い電話ですみません。母がお訪ねして、大変失礼を申し上げたそうで、お許し下さい。九月に第三期修復工事の起工式があります。それに合わせて、七月にカンボジアに移り住むことに致しました。今、三日間だけ日本に戻りましたので、上司に話し、退職願を提出しました。今回はすぐ戻る必要があり、お目にかかれませんが、四月上旬に会社の残務整理に帰国しますので、ご挨拶に伺います。どうか母をお許し下さい」

こうやって、若い季節を自分で切り拓く人間は、他人をやっかみもいじめもしないだろう。それだけで、いい人生だ。

何と言っても、母親はまだ六十八だ。自前で生きる年齢だ。放っとけばいい。

夕方、マヨネーズがないことに気づいた。店に行くと、珍しく由美が店番をしている。

「あ、お義母様《かあ》。どうされました？」

「マヨネーズ買いに来たんだよ」

立ち上がってノロノロとマヨネーズを出す由美は、元気がないように見えた。ツナギは着ていないが、色のあせたフリースのトレーナーだ。まったく、この女は色のあせたトレーナーを何枚取ってあるんだ。

お釣りとマヨネーズを受け取り、帰ろうとすると、

「お義母様、今までご迷惑おかけしてすみませんでした」

と言う。

「私、絵の才能ないってわかりました」

と力なく笑った。自信満々の「画伯」が何を言い出すのか。

「今迄、公募展に出した作品、全部一次ですぐ落とされています。今回のは自信があったのに、やっぱり一次で、絵本の絵を担当するコンクールも、一次でダメでした。才能がないって、ハッキリとわかりました」

由美の絵に魅力がないのは、プロの選考委員でなくともわかる。

「これ以上、才能のないことに時間を費すのは無駄だと納得しました。雪男さんは好きにしていいと言い、仙台の両親には『雪男さんと安定した商売をしなさい』と言われました」

早い話が、こんな素人画家が絵を続けようがやめようが、「あら、そ」だ。とはいえ、個人の酒屋など、今の時代では安定した商売とも言えまい。

「本当に、絵はもうやめたいの？」

由美はためらいがちに、小さく首を振った。

「なら、やめることないよ。やめるのに力を入れて、必死で決断するなら、まだやめ時じゃないんだよ。やめ時になるとさ、力なんか入れなくてもポロッとヤーメタッ！　ってなるからさ」

何の力も入れず、小さな風にもみじは裏と表を見せながら散る。そうならないのは、若いからだ。

妾の存在を、この年になって知ったからこそ、何の力を入れずとも、ポロッと岩造を忘れられた。私がそう言うと、由美は涙ぐんで返事もできずにいた。苺の悪口に明け暮れている女とはとても思えない。

「お義母様の言葉、ありがたいです。雪男さんもネット記事のことを言って、励ましてくれましたけど……、もうやめ時です」

記事というのは、アメリカで八十歳以上に、アンケートを取ったのだという。「人生で最も後悔していることは何か」という質問に、七〇パーセントが「挑戦しなかったこと」と回答したという。

由美は声をつまらせた。

「私は挑戦した結果がこれです。雪男さんにこれ以上……迷惑はかけられません」

だからと言って、こんな貧乏神みたいな女が店番しては、店が迷惑だ。

「ポロッと『ヤーメタッ！』となるまで描きなよ。八十になった時、後悔するよ」

描き続けたところで、由美が大成するとはとても思えないが、理解のある姑ぶっておいた。

店を出る時、チラと振り返ると、貧乏神は涙を拭いていた。

貧相で才能のない女が泣くと、本当に哀れっぽい。雪男のように、男は守りたくなるのだろうか。得なことだ。

マヨネーズを手にマンションに帰る足取りは、以前より軽いと自分でもわかる。フェイド何たらの「衰退」を意識して以来、呼吸が楽になった気がする。

思えば、今までは水の中で空気を求めてもがいていた。その空気とは「若さ」や「若返り」だったと思う。

だが、求めていた空気とは、実は「衰退を受け入れること」だったのではないか。

だとしても、「年齢相応がいい」とする男女は大っ嫌いだ。小汚ないジジババは衰退ではなく、老衰だ。

「老衰」のジジババは、自分がそうだと気づかない。「衰退」のジジババは意識している。違うのだ。

買って来たマヨネーズで、ガラス鉢一杯のサラダを作ると、苺がやって来た。サンライズテレビで打ち合わせをすませ、その帰りだという。

「来月からのテレビ、スタイリストとヘアメイクがつくんだって。ママ、アタシって昇りつめたと思わない？」

何だか、最近の苺はきれいに見える。もともと色は白いが、「美人」の部類には入り難い。なのに、光を発している。

今しがた、貧乏くさい嫁を見たせいだろうか。いや、新しい世界に飛び出すときめきと刺激が、見ためを変えたのかもしれない。

由美のやっかみを伝える気にはなれなかった。実の娘とはいえ、これ以上、苺をいい気分にすることもない。由美が才能のなさを自覚したのも、何だか哀れだ。

「ママ、由美がさ、私のことすっごい妬んでんだよ。知ってる？」

自分から言ってきた。

「知らない。まさか、ばれるようには妬まないだろ」

「雪男がこっそり私に、『俺、困ってんだよ』って言ったの」

あのバカ、口が軽い。

「自分で努力しないで、転がりこむ運に乗っかる生き方がヤなんだって。由美だって運が転がりこみゃ、乗るよ、必ず。悪いけどさ、やっかまれるっていい気分」

苺は冷蔵庫から缶ビールを出し、のどを鳴らして飲んだ。

まったく、別々の心臓を持った者は無頓着で、お気楽だ。実の娘でさえ、自分の人生展開の前にあっては、妾問題などすっかりどうでもよくなっている。母親の苦しみも嘆きも、とうに忘れ、グビグビとビールを流し込む。

「苺、由美さんの前でウハウハするんじゃないよ。今に由美さんにもっと大っきな運が転がり込むかもしれないんだしさ」

「わかってるよ。だけどママ、最近、菩薩ぶりに磨きがかかって来たね」

ビールの空き缶を、男がやるようにつぶした。

「ママはね、ゆっくり衰退していく意識を持ったらさ、何もかもすっかり楽になっちゃって」

「へえ、ご立派」

苺は二缶目のビールと、ヤキトリ缶を持って来るなり言った。

「だけど、その意識持ったからって、ママがこの世からいなくなるわけじゃないんだよ。この先、菩薩はどうするわけ？」

苺はヤキトリを口に放り込み、ビールで一気に流し込むと、

「変に悟ってクソ面白くもない菩薩バアサンなんて、生きてられるだけでうっとうしいよ」

と言い捨てて、帰って行った。

きれいになった女が怒ると、きれいではない時より迫力がある。

ベッドに入ってからも、苺の言葉が消えなかった。衰退意識を持った後の生き方か……。

どうせすぐ死ぬとはいえ、確かにまだ生きている。それに、「衰退」の意識に到達したからといって、やることもないし、できることもない。今までと同じだ。ならば、到達する必要もなかったか。とはいえ、息だけ吸って白い箱を待っているわけにもいかない。先は長い。先はないのにだ。

それに、「衰退」の意識に到達した私は、そこらの年寄りとは違う。何か他人のため、社会のためになることをすべきだろう。

病院ボランティア、介護ボランティアは、こっちがお世話されそうだ。よく町の図書館で開かれている「お話し会」はどうだろう。戦争体験者が子供やママたちに体験を話したり、伝えていきたい日常や精神を語り継ぐ。これは悪くない。だが、子供相手は疲れるし、最近のママたちの言葉使いを聞いているだけでムカつく。ダメだ。

ならば、老人相手はどうだ。「衰退」を受け入れて生き返った私の体験を話す。きっと役に立てる。

だが、妾がいたことや遺言書のことや、色々と見ず知らずのジジババたちに話さねばならない。その上、ジジババの多くはリュックを背負って、安っぽい帽子をかぶってやってくるだろう。ババの多くは、シミだらけの洗いっ放しの顔だ。想像しただけでムカつく。ダメだ。

いっそ、自宅で何かできないか。

うちには岩造の仏壇も遺影もない。燃えるゴミに出してしまった。つまり、自宅はまったくお線香くさくない。駅からも近いし、人を集めて何かやるのにいい。

美容やファッションで何かできないか。これには一家言あるし、勉強もした。お金も使った。小汚ないバアサンや、ナチュラル系不精オバサンに伝授し、その増殖を止めることは世のためになる。やりたい。

だが、茶菓子代だけでやったところで、八十間近のシロウトに習いに来るか？　来ない。

ならば、八十間近を逆手に取って「昔ながらの家庭食」を教えるのはどうだ。できあいのおかずやコンビニ弁当が幅をきかす今、これは世のためになる。私は幾らでも伝授できる。

だが、食材費だけでやったところで、資格を持たないバアサンだ。どうせならプロの、バリバリの料理研究家から習いたいだろう。ダメだ。

私はベッドの中でしっかりと目を開け、天井を見つめながら考え続けた。

若い人と張り合わず、ゆるやかに衰退を受け入れる境地を、残りの人生にどう反映すればいいのか。「残り」という言葉が自然に出た。先の短かさを当然のものとしている。若い人は「残りの人生」とは言わないものだ。

何とかこの残りの人生を役に立てたいが、日本では年を取れば取るほど生かす場が減る。若者優先は社会の活力になるし、年寄りは引くのがいい。となると、自分のための趣味を楽しみながら、死ぬ日を待つしかないのか。もう社会のためにも、他人のためにも役立たなくていいから、スポーツ観戦にのめり込むか。

だが、国技館でも野球場でもサッカー場でも、一人で行く自信はない。足も「衰退」しており、若いファンでごった返す中、転びでもしたら起きあがれない。とはいえ、テレビ観戦は、ヒマつぶしのバアサンくさい。単に自分のためのヒマつぶしは、菩薩のやることではない。

絶望的な気持になり、目ばかりが冴える。

むしろ、自分の得意分野を生かすことを考えた方がいいかもしれない。

人並み以上の知識があるのは、酒だ。ソムリエの資格も唎酒師《ききさけし》の資格もないが、五十年以上も酒屋の現場で養った知恵と知識がある。

また店に出るか。そうすれば、雪男はかなり楽になる。だが、店に出ない嫁を責めているようで、角が立つ。

それに、画才がないと気づいた貧乏神は、絵をやめて酒屋を頑張ると言い出すかもしれない。私は邪魔だ。

さりとて、バーや酒場で八十間近のホステスを雇うか？　そこらのネーチャンより遥かに、疲れた男たちと楽しい会話はできる。酒についても色々と語れる。だが、自信たっぷりに現場に出るバアサンは、衰退の意識とは逆行している。それに、いくら若く見えても、二十五には見えない。雇ってくれる店はない。

窓の外が薄っすらと明るくなるまで、まったく眠れず、何の妙案も浮かばなかった。

考えても結論が出ぬまま、新聞を読み、テレビを見るだけの毎日が続いている。

仲よしの女性タレント三人が、旅に出るテレビ番組を見ていて、私には友達がいないと思い当たったった。いないわけではないが、一緒に旅をする友達はいない。食事に誘ってくれる友達も……いない。

決して、私が嫌われているからではないと思う。私は岩造といるのが一番よくて、若い頃からつきあいが悪かった。

旅でも買い物でも外食でも、岩造とするのが何よりよかった。野球も相撲も芝居も二人で行き、まったく気を使うことなく楽しんだ。

帰りに感想を話しながら飲んだり、食べたりした。高層レストランで夜景を見ながら、岩造はよく指さしたものだ。

「あっちが麻布だ。東京タワーを中心に考えるとわかりいいよ。両国はこっち。親父《おやじ》さんが死んでから、行ってないなァ、両国」

ふっと私の実家のことを言ってくれる岩造が、嬉しかった。この人といるのが何より安らぎ、幸せで、友達などいらなかった。

その頃すでに、妾に子供まで作っていたとは、誰が考えたか。

だからといって、八十間近にして友達作りなどご免だ。だいたい、同年代のバアサンたちとつるんでも、得るものは何もない。

もしかしたら、明美が生きていれば、今こそいい友達になれたかもしれない。雅江とだって、今なら。あの二人にならば、化粧や服のことも、楽しみながら教えられた。

一人は死に、一人は認知症だ。つくづく、一日一日を、一人一人を大切にする年代だと思わされる。

私たちには先がない。

三月も中旬を過ぎ、桜の話も南から聞こえ始めたが、何もやることがない。今にして思えば、妾がいたとか店がつぶれそうだとか、そんなことでもあった方が退屈しなかった。

店には時々買い物に行くが、由美は以前よりはよく出ている。だが、暗い顔で、いるだけで辛気《しんき》くさい。

こんな者が店番しているくらいなら、アトリエに引っこんで、魅力のない絵を描いていてくれる方が世のため、他人《ひと》のためだ。

由美がいないようにと祈りながら、醬油を買いに行った。スーパーより少し高いが、買える物は何でも店で買う。

入って行くと、雪男だけだった。これは運がいいと思った瞬間、雪男は奥に叫んだ。

「オーイ、ちょうどお祖母ちゃん来たぞォ」

あ、あ、呼ぶなッ。

すぐにいづみが出て来た。

「ワ！　お祖母ちゃん、すてきッ。すっごいいいよ！　それ、初めて見た。ネイルもいい」

グレーがかったピンクのセーターに、淡いグレーのスカートを合わせ、ネイルも桜色だった。

ただ息を吸っているだけの毎日だが、ここで気を抜くと一気に「バアサン坂」を転がり落ちる。いくら心根が変わろうと、「ナチュラルな菩薩」には絶対にならない。

「お祖母ちゃんに今、電話しようと思ってたとこ。あがって、あがって」

リビングでは、床にもテーブルにも何枚もの絵が並べられていた。全部、由美が描いた油絵だ。

こうしてたくさん並べると、まあ、どれもこれも本当に特徴がなく、パッとしない。絵には本人が出ると、つくづく思う。

「ママがね、絵をやめるって言うから、もったいないって言ったの」

「うんうん、お祖母ちゃんも続けろって言ったよ」

「でも、一度下がったモチベーションって上げるの大変じゃん。で、パパがアイデア出したの」

由美は上気したような頰に、抑え難いような笑みを浮かべている。

雪男が出したというアイデアを聞いて、驚いた。

店の一角の壁ぎわには、大きなカウンターがある。そこはレジで、レジスターが置いてある。他にも配達品を積んだり、書類棚がのっていたりだ。

このカウンターのある壁に、由美の絵を並べて飾ろうというのだ。

いづみは店に向かって叫んだ。

「パパもちょっと来てーッ」

雪男はデカい図体でノソッと入って来た。

「パパ、お祖母ちゃんに説明しなよ」

いづみが促すと、雪男は照れたように、

「いや、由美が才能ないって泣くからさ、そういうことは自分で決めるなってさ、言っただけ」

「パパ、照れることないじゃん。レジの壁なら客は必ず見るし、描く励みになるからって。だよね、パパ」

「ん、まあな」

雪男は微笑んで由美を見た。こんな女でも雪男はいいのだろう。いいならいいのだ。由美もほんのりと上気した頰で、雪男を見上げた。

いづみは広げてある絵を示した。

「お祖母ちゃんに電話して来てもらおうと思ったのはさ、飾る絵を一緒に選んでほしくて」

「じゃ、俺は店に戻る」

雪男は何を照れているのか、そそくさとリビングを出て行った。

「雪男さんといづみが、季節ごとに展示替えをしようって言うんです。四月からスタートさせるつもりで、何か春の絵を……」

床に並んだ絵は、何だかドヨドヨとロシアの冬景色のようだが、

「春が来た感じだねえ」

と言っておいた。疲れる。

「お義母様、色々ご心配をおかけしました。季節ごとの新作も発表したいですし、私、もう一度チャレンジします。それに……」

由美は思い切ったように続けた。

「たくさんの人に見てもらえますから、私の絵のよさに気づく人もきっといると思います。売れることだって考えられるって、雪男さんは言うんです」

立ち直りの早いことだ。才能がないからやめると言った舌の根も乾かぬうちに、これだ。

「お義姉《ねえ》さんのように、運が巡ってくるかもしれません。お義姉さんの番組で取りあげてくれたりもありえますし」

あるわけないだろう。運だけで月一回のコメンテイターになったというのに、「お義姉さんの番組」ときた。

だが、自分の人生がいい方に動き始めて、もう妬みも悪口もなくなるだろ

う。

だいたい、酒屋のたかがレジ奥に絵を引っ掛けて並べるというだけで、これほど喜ぶのだ。雪男はいい嫁をもらったかもしれない。

私たちは床やテーブル上の絵を、じっくりと見た。あのスペースなら、最大でも四点だろう。

面白くもない絵ばかりだが、さすがに「兄妹」は目を引く。大きな公募展で「新人奨励賞」をもらい、他の受賞作や大御所の選考委員作品と共に、上野の美術館に展示された絵だ。まだ中学生の兄雅彦と、妹いづみの、初々《ういうい》しい内面までうかがえる。

思えば、この奨励賞が「私には画才がある」とカン違いさせた元凶だった。

「由美さん、『兄妹』はやっぱりすごくいいからさ、これは季節に関係なく、ずっと飾っておくのがよくないか？」

私の案に、由美は声をあげた。

「常設展ですねッ」

そう言うか。他がつまらなすぎるから提案しただけだ。

「それそれ。常設展、常設展。奨励賞の賞状なんかもさり気なく並べりゃさ、初めて来た人もすげえなってなるよ」

「お義母様、それ最高のご提案です」

私たちは、他に春の絵を三枚選んだ。

桜の絵、朧月夜《おぼろづきよ》の絵、オタマジャクシの絵、どれも、小学生でも考えつく春なのに「作品A」だの「Composition」だのと、気取ったタイトルがつけられている。

自分は画家だとこうも自負していると、誰の目にも留まらないつらさは、他が思うより遥かに大きかっただろう。

「夏の作品は、春とは全然違う力強いタッチで、新作を描きます」

そう言って私を見た由美は、手入れしていない肌が生き生きして見えた。

まだ四十五歳、若い。だが、一生は短い。たちどころに、私の年齢になる。楽しむことだ。喜ぶことだ。

「由美さん、雪男に言って照明をつけてもらいなよ。一点一点の絵に当たるようにさ。工事ってほどじゃないから、簡単にできるだろうよ」

喜ぶ由美の背後で、いづみが私に向かって手を合わせていた。

本格的に菩薩になってしまった。

レジ奥の壁を塗り替えたり、照明をつけたり、絵を掛ける準備などは、すべて閉店後に行われた。由美が主張したからだ。

「突然パッと画廊が現われる。そういうサプライズで、お客様に印象づけたいんです」

いよいよ絵を掛けるだけになった日、由美は仙台から雅彦を呼んだ。自慢の息子に見せたかったのだろう。閉店後のその作業を、苺も手伝いに来た。

「雪男、額の右が下がってる。そう、もう五ミリくらい上げて。そう」

苺は一切手は出さず、いつでも口だけだ。

「そこに大きいの掛けて、こっちは小さいの。メリハリつけた方がいいよ。雅彦ッ、それじゃ上すぎるってば。もっと下げて。よしッ、それでＯＫ！」

「お義姉さん、助かります。細かく指示してくれて。私は描くことしかできないので」

由美は、完璧に元に戻っている。いいのか悪いのかわからないが、描くしかできない「画伯」に戻った。

腕を組んで眺めていた苺が、キッパリと言った。

「雪男、カウンターに載っかってるレジスターとか書類棚とか邪魔。配達のビールケースまで、冗談じゃないよ。どっかに移しな」

「えーッ、無理だよ。場所ないよ」

「こっちから見てごらんって。そんなものがゴチャゴチャあるから、せっかく由美さんの絵がいいのに、映えないんだよ」

「こっちは商売になんないよ、やめてくれよ」

「雪男、由美さんの絵は非日常なんだよ。ね、雅彦」

「まあなァ。配達の段ボールだのレジスターだの、それごしに見るのは、もろ日常ではあるよな」

珍しく、由美が遠慮した。

「お義姉さん、そうおっしゃって頂けるだけで嬉しいです。店は画廊じゃありませんのに、照明までつけてもらって、これで十分すぎますから」

「そう言うけど、これじゃあなたの非日常的ないい絵がガサツになるよ」

まったく、苺はどれほど幸せなのだろう。「金持ち喧嘩せず」、「幸せ者嫉妬せず」だと思い知らされる。

「お祖母ちゃんが思うにさ、まずはこれでやってみようよ。で、やっぱりガサツだとなったら、その時に考えりゃいいよ」

私の言葉が終わるか終わらないかという時に、唐突に雪男が切り出した。

「そうだ、このカウンターで角打《かくう》ちやればいいんだ」

「角打ち」とは、酒屋がその店内で立ち飲みさせることだ。

昔は全国どこにでも、立ち飲みさせるコーナーを持つ酒屋が多かった。それは「角打ち」とか「もっきり」と呼ばれていた。

忍酒店ではやっていなかったが、いつだったか岩造が、旅先の山形で、

「角打ちは江戸時代からあったってよ。日本酒を升《ます》に注いでさ。升って、角っこに口つけて飲むだろ。そこから角打ちって言ったって、聞いたなァ」

と言っていた。その日、私たちは山形の見知らぬ酒屋で、角打ちを楽しんだ。

だが、「角打ち」と聞いて由美があわてた。

「私、絵を描くから無理。接客とかできない」

「バカ、お袋がやるんだよ」

「えーッ?!」

私と同時に、みんなが叫んだ。

次の瞬間、苺が手を打った。

「雪男、それ最高。最高のアイデア！」

「お祖母ちゃんに絶対向くよ。やってやって。私も手伝うから」

いづみが声をあげると、雪男がいかにも「家長」というように言った。

「今、角打ちがすごく増えてんだよ。本も出てるし。で、簡単な料理を出す角打ちもあるけどさ、店の酒や缶詰を買って飲むやり方も多いから、うちはそれで行こう。お袋も楽だ」

「お義母様、店の商品買った客が、勝手に店内で飲み食いすることになるので、保健所の許可もいらないんですよ」

知ってるよ。由美如《ごと》きに能書き垂れてほしくない。

「ありがとね、みんな。私のこと考えてくれてさ。だけど、じき七十九だし、すぐに『やる！』とは言えないよ」

「ママ、続けられる間でいいじゃない。やった方が絶対に面白いって」

雅彦までが私の肩を叩く。

「祖母ちゃんが角打ちのママだと、仕事にくたびれたオヤジたち、すっごく元気になるよ。俺も友達連れてくる」

「何言ってんだよ。やっぱり客は若いママがいいの。じき七十九じゃダメだよ」

実は、この話が出た瞬間に、私はやりたくてゾクゾクした。だが、喜んで飛びついては足元を見られる。

とはいえ、これ以上見栄を張っていると、「なら、やめよう」となりかねない。それは困る。やりたい。

だが、そこらのバアサンのように恥も外聞もなく、欲しいものに飛びつきたくない。「衰退」を意識すると面倒だ。

どうするか……と考えていた時、由美が言いにくそうに言った。

「お義母様のお気持、わかります。私、自分勝手を承知で言いますが、カウンターで角打ちをやれば、立ち飲みする客は長い時間、私の絵が目に入ります。絵を見ながら飲むような……それって、すごく有難いんですけど」

今だ。私は少し考えるふりをして、一拍置いて答えた。

「そうか……。由美さんの絵を見せるのが第一の目的なんだものね」

さらに一拍置いて、言った。

「やるか」

みんなから上がった歓声と拍手は、外まで聞こえるかというほどだった。

ああ、考えてもいない展開だ。得意の酒で、こんなことができるとは。

もしも、店の安い商品で男たちの疲れを癒せたなら、社会のためにも役立つ。酒の肴として、「衰退」を受けいれるまでをうっとうしくなく話すこともできる。

岩造と結婚していなかったら、そして岩造がトットと死んでくれなかったら、私にこんな「残りの人生」はなかっただろう。

子供や孫は、今まで懸命に生きて裏切られた私を元気づけたいのだ。この子たちの中にも、私を「愛しい」と思う気持があるのかもしれない。

「由美さん、うちの角打ちは『画廊』って名にしよう」

また拍手と歓声が上がった。雅彦はピーピーと口笛まで鳴らした。由美は頬に手を当てて身をよじっている。

絵の展示と「画廊」の開店は同時にしたいということで、せっかく掛けた四枚の絵はまた外された。

いづみが、

「ちょっと角打ちの練習がてら、乾盃ね」

と、缶ビールや缶詰をカウンターに並べた。

「仙台にはさ、『泪割《なみだわ》り』ってのがあるんだよ」

雅彦がハイボールの缶を手に言った。

「何、それ」

苺ならずとも、誰も聞いたことがなかった。

「漢字はサンズイに戻《もど》るじゃなくて、サンズイに目。泪割り」

「あらァ、雰囲気あるねえ」

苺が喜ぶと、雅彦はグラスに缶のハイボールを注いだ。

『泪割り』は、ワサビを入れたハイボール。仙台の国分町《こくぶんちょう》のママが、惚れた客に泣きながら作ったとか、伝説色々」

そして、チューブのワサビを入れた。

「本当は本ワサビだけどさ、角打ちだからチューブでいいよ」

雪男が私を見た。

「泪割り、うちの目玉だな」

「仙台では、焼酎の泪割りも人気だよ」

運というものは、先のない人間にもやって来る。よくわかった。棄《な》げない人間には必ずやってくる。

偉そうな「有識者」とかいうヤツらが、よく、

「希望を持っている人は、年齢に関係なく若いんです。逆に言えば、希望をなくした人は老けこむんです」

などとテレビや雑誌で言っている。こんなきれいごと聞きたくもないと、いつも思っていたが、今、わかる。その通りだ。

誰もが泪割りに、ここちよく酔っていた。

四月一日の開店が近づくと、私はありったけの洋服、アクセサリーをリビングに広げた。

一枚一枚を体に当て、

「これ、捨てる。これ、いる」

とやる。

苺といづみが手伝いながら、

「前にお祖父の遺品で、『いる』『いらない』ってやったよね」

と笑う。

半年くらいしかたっていないのに、ずい分と昔のことのようだ。岩造は私の中ではすっかり「いない人」になってしまった。

いづみが、いらない服の山を抱え、

「これ、この段ボールに入れるよ。燃えるゴミね」

と立ち上がるのを、あわてて止めた。

「逆！　逆！　そっちはいる服。店でも着るの」

「え……ウソ……捨てるのは地味な方？」

当たり前だ。心は多少変わったが、外見はやはり年齢相応はいけない。帽子をかぶってリュックをしょって、渋団扇《しぶうちわ》の如き肌をさらして、そこらにある服を着るバアサンになってはいけない。

大事なのは他人の評価だ。

シミもシワも美しいだと？　そんなわけないだろう。そう言わないと救いがないから、言ってるヤツらがいるだけだ。ただ、必ず出るものだから、せっせと手入れして押さえ込むのだ。

先のない年代に大切なのは、偽装。これのみ。磨きをかけて、だますことだ。

私はもう冬も終わりの年代だが、秋に見えるよう偽装する。

偽装すれば、年寄りくさいことを自分に許せなくなる。似合わないからだ。鈍くなること、緩くなること、くどくなること、愚痴になること、全部自分に許せなくなる。

淋しがること、同情を引きたがること、ケチになることもだ。

孫自慢に病気自慢に元気自慢も、許せるわけがない。

エンディングノートもだ。

私は残りの人生、先のない人生に向かい、「やってやる！」とつぶやいた。

いよいよ、明日が「角打ち・画廊」の開店という前夜、一人でカウンターに入ってみた。

雪男夫婦は商店会の集まりで、いない。「画廊」が決まってからというもの、由美は機嫌がよく、そんな集まりにも一緒に行く。自分を想う夫の気持に気づき、少しは我が身を振り返ったのかもしれない。

シャッターをすでに降ろした店内で、明日から使うグラス、皿、コースターなどを点検する。すでに何回となく点検しているのだが、マンションに帰る気になれない。

由美の絵は、スポット照明に浮かびあがり、何だか一流作品のようにも見える。馬子《まご》にも衣裳《いしよう》、駄作にも照明だ。

さすがに、そろそろ帰るかと思った時、シャッターをコツンコツンと叩く音がした。

今頃、誰だ。不気味なので返事をしなかった。

また遠慮がちに、コツンコツンと叩く。

「どなたですか」

シャッターを開けずに問うと、声が返ってきた。

「岩太郎です」

驚いて開けると、岩太郎が一人で立っていた。

「夜分すみません。マンションにお電話しましたらお留守で。シャッターの隙間から灯《あかり》が見えたもので、いらっしゃるかなと」

「いるのは雪男だったかもしれないのに」

「その時は、ご挨拶をお伝え頂くつもりでした」

岩太郎は深々と頭を下げた。

「ありがとうございました。会社も円満退職でき、残務整理と引き継ぎを終えましたら、正式にカンボジアに移ります」

「おめでとう。思いっ切り、やんな」

「はい」

「そうだ、客の第一号で飲んできなよ」

「え？　客?!」

店内に招き入れると、またシャッターを降ろした。由美は明日のサプライズにこだわっている。道行く人に気づかれたら怒るだろう。

私はカウンターに入り、棚を示した。

「缶詰でも乾き物でも、店の商品、好きなの持ってきな」

岩太郎は怪訝な顔をしながら、肉団子の缶詰と、一口チーズを手にしてきた。

私はグラスを用意しながら、「画廊」のことを話した。

「忍さん、女将《おかみ》ですかッ?!」

「違うよ、ママ」

笑う岩太郎の前で、缶入りハイボールのグラスにワサビを落とした。マドラーを添え、勧めた。

「泪割り」

「え？」

「サンズイに目。泪割り」

「……いい名前ですね」

私は自分のグラスを上げた。

「僕と……乾盃して下さるんですか」

「最近、めっきり菩薩がかってるからね、私」

一口飲んだ岩太郎の目が、うるんでいるように見えた。

「ワサビ、効くんだよ」

とぼけて、そう言った。

「効きます、参った」

「『いい名前ですね』どころじゃないだろ」

「ホントに、泣けます」

遺跡にさわり続けたらしい武骨な掌で、岩太郎は泪をこすった。

今、思えば泪も喜びも、怒りも妬みも、何もかもが遠い夢、幻に思える。

出会った人も別れた人も、通りすぎた何もかもが、楽しい道草のようだった。

ジジババの人生は、ここから始まる。

そう気づいたところから勢いが出る。

「泪割り、おかわりどう？　開店前の練習台だから、ママのおごり」

岩太郎は一気に飲み干し、

「頂きますッ。効くー！」

と叫び、また泪をこすった。

あとがき

おそらく、若い人の多くは気づいている。

「男も女もさ、年齢《とし》取れば取るほど、見ために差が出るよな」

「うん。メッチャ違うもんね」

「な。放っとくとどんどんヤバくなるんじゃね？」

おそらく、「ヤバい高齢者」の多くは、自分がヤバい範疇《はんちゅう》にいることに気づいていない。

ただ、それを注意するのは非常に難しい。たとえ自分の父や母であってもだ。外見を意識することへの個人的な是否もあろうし、ヤバくても他人に迷惑はかけていないという思いも持っているだろう。外見にこだわると、隣り近所から浮くという人たちも実際に数多くいた。

それでも思い切って注意すれば、返ってくる答は、

「このトシになったら、楽なのが一番」

であり、

「どうせ、すぐ死ぬんだから」

と続くはずだ。

一方、同じく高齢であっても、外見を意識する男女もいる。スキンケアから衣服に関するまで気を配る。これは楽なことではない。だが、自分に課している。

昔は定年後の人生はそう長くなかった。しかし、現在は職場と墓場の間が長い。六十五歳で職場を去ったとしても、あと二十年かそれ以上を生きる人はざらだろう。何しろ、私たちは「人生百年」の時代に生きているのだ。

「すぐ死ぬんだから」というセリフは、高齢者にとって免罪符である。

それを口にすれば、楽な方へ楽な方へと流れても文句は言われない。「このトシだから、外見なんてどうでもいいよ」「誰も私なんか見てないから」「この

トシになると、色々考えたくない」等々が、「どうせすぐ死ぬんだからさァ」でみごとに完結する。

ある時、八十代中心の集りに出たことがある。その場で思い知らされたのは、免罪符のもとで生きる男女と、怠《おこた》ることなく外見に手をかけている男女に、くっきりと二分されている現実だった。

残酷なことに、同年代とは思えぬほど、外見の若さ、美しさ、潑溂《はつらつ》ぶりには差が出ていた。そして、外見を意識している男女ほど、活発に発言し、笑い、周囲に気を配る傾向があった。たぶん、自信のなせる業《わざ》だろう。あの時、外見は内面に作用すると実感させられたものだ。

もちろん、免罪符のもとで生きたくなる気持は理解できる。加齢によって、気力体力共に低下する中で、生きることに楽しみを感じなくなることもあると思う。

だが、あの集りで両極の後期高齢者を見た時、私は思ったのである。

「すぐ死ぬんだから」と自分に手をかけず、外見を放りっぱなしという生き方は、「セルフネグレクト」なのではないかと。

「ネグレクト」は「育児放棄」という意味でよく使われるが、「セルフネグレクト」はつまり、自分で自分を放棄することである。

セルフネグレクト気味の高齢者たちは、そうでない高齢者について、陰で言うものだ。実際、私はこれまで幾度も耳にしている。

「よくやるよ。誰に見せたいわけ？」

「色気づいちゃって。若作りしてみっともないよ」

「あの頭、絶対にカツラだよ。自然が一番なのにさ」

「人間は中身だよ、中身。上っつら飾ったってバレるよ」

これら陰口には、自分と対極にある人たちへの面白《おもしろ》くなさと一抹の羨望《せんぼう》がのぞく。それは比べた時に、自分たちがヤバい老人であると認識していることにもなる。

「人間は中身」という声は必ず出るものだ。しかし、外見が中身と連動している現実は、前述の会合で痛いほど感じた。

東北大学大学院文学研究科心理学講座教授であり、日本心理学会員である阿部恒之さんは「化粧の心理学」を研究し、資生堂ビューティーサイエンス研究所の研究員を務めていた。そして次のように書いている。

「たとえば、『もう年だからいいや』とか、『自分にはおしゃれは関係ない』という気持ちでいると、それは外見に表れます。しかし、自分の『見え方』に関心を持って、身なり・容貌を整えると、その気持ちが目に見える形で表れます。すなわち、その人の外見に、『意欲』が見て取れるのです。

若さではない美しさ、それは活き活きと社会生活をおくる意欲の表明なのかもしれません。自分に関心を持っている、そして自分が他人にどう見えるかという気働きを持っている、こういう旺盛《おうせい》な意欲をもった人を、周囲は美しいと感じるのではないでしょうか」

（creabeaux №19）

「自分が自分に関心を持っている」ということこそ、セルフネグレクトの対極である。

高齢者が外見への意識を持つことは、持って生まれた美醜とは無関係だ。経済的に、また生活環境的に、自分に手なんかかけていられないと言う人たちもあろう。しかし、許される範囲内でやることこそ、「意識」ではないか。それがもたらす微《かす》かな変身が、生きる気力に直結することは確かにあるのだと思う。

本著は、八十歳を間近にした女性主人公をめぐる、外見に関する物語である。

前作『終わった人』のあとがきでは、国際政治学者の坂本義和さんが国家を論じた言葉（秋田魁《さきがけ》新報二〇一三年一月十一日付）を引用した。

「重要なのは品格のある衰退だと私は思います」

英国は植民地のインドを早々と手放した。それについても坂本さんは、

「衰え、弱くなることを受けとめる品格を持つことで、その後もインドと良好な関係を結んでいます」

「品格のある衰退の先にどのような社会を描くか」

と論じている。

これは「美しく老いる考え方」につながりはしないかと、私は刺激を受けたのである。高齢者が「若い者には負けない」「何としても老化を止める。アンチエイジングだ」とあがくことは、「品格のある衰退」ではないように思った。

ただ、中には、外見を磨き、自分に手をかけるということこそ、若さへのあがきだろうと言う人はあろう。それも、「品格のある衰退」ではあるまい。確かに、そう考えることはできる。

だが、私は前出の書における阿部さんの分析に関心を持った。

化粧には二つの効用があるという。スキンケアは「癒《いや》し」をもたらし、メーキャップは「励み」をもたらすというのである。

スキンケアは自らを慈《いつく》しむ行為であり、安らぎと共に癒される。メーキャップは自らを飾る行為であり、社会と対面する励みになっているとして、次のように書いている。

「すなわち、自らを『慈しむ』ことで日常おざなりになっている自分自身の身体へと意識を向かわせ、『いやし』をもたらしている。そして、自分の容貌を『飾る』ことを通じて自分が社会的存在であることの自覚を促し、社会と対面する『はげみ』になっている……こう思うのです。

これは専門用語で言うところの『私的自意識』『公的自意識』の促進です」

これを知ると、いわばセルフネグレクトと、「品格のある衰退」はまったくの別ものだとわかってくる。「どうせすぐ死ぬんだから」という免罪符は、不精者《ぶしょうもの》の「葵《あおい》の御印籠《ごいんろう》」なのだということもである。自戒をこめて、胸に刻んでおこうと思う。

本書を書くにあたり、秋田市の伊藤洋子司法書士事務所の伊藤洋子さんに、また、上智大学アジア人材養成研究センター助教授の三輪悟さんに、多くの示唆と教えを頂きました。さらに、多くの美容関係者、服飾関係者のアドバイスにも深く感謝申し上げます。

また、センスのいい表紙を描いて下さった太田侑子さんに、ぴったりな装幀をして下さった高柳雅人さんに、脱稿まで精力的に伴走して下さった編集者の小林龍之さんに、そして誰よりも本書を読んで下さった皆様に、心からお礼申し上げます。

二〇一八年七月

東京・赤坂の仕事場にて

内館　牧子

解説

若竹千佐子

忍《おし》ハナさん、かっけー。

こんな婆さん、好きだなぁ、いや、こんな女性に同性として惚《ほ》れまする。

小説冒頭からビシバシと鞭《むち》うたれる心地、人は見た目が一番。若さを磨け、老化に磨きをかけてどうする、ですもん。人は中身っていうやつほど中身がない、ですもん。イチイチごもっとも。

私なんか、ぶしょったれで、もっかい嫁に行くわけでなし楽が一番とばかり、ゴム入りのズボンに出っ腹が目立たないようにだぶだぶの上着。そもそも服のどこを何というか名称も定かでない。今どき私ぐらいでしょうか、チョッキって言う人。そうそう、たまにスーパーで買ったような安い帽子にリュックで外に出かけます。それもコロナ禍で減り、おまけにマスク生活では肌の手入れも化粧も怠《おこた》って、シミたるみソバカスいっぱいの現在に至っております。反省しきりです。うすうすはなんとかしなければと思っていたのです。

今この文章を中断して顔を洗ってきました。（そう言えば、石鹸《せっけん》使った朝洗顔、何日ぶりか）久々にお肌の手入れ化粧を施《ほどこ》し、そしたらこのだらしない恰《かっ》好《こう》も何とかしたくなり、たんすをかき回して、今、花柄ブラウスにグレーのスカートです。うふ。確かに外目を決めれば自ずと背筋も伸びますやる気も出ます。そういうことなんですね。分かりました。遅ればせながら、ほんとに遅ればせながら、オンナ磨きます、と決意表明したところで、私の思うところを少し。


私がハナさんに惚れるのは、我慢しない女だからです。主張する女、吠える女だからです。

どうしてでしょう、私たち。目立たないように、でしゃばらないように、控《ひか》えめに、おとなしくというのが骨の髄《ずい》まで染みついているんでしょうか。己が欲望を悪とでもとらえているんでしょうか、これをけちょんけちょんに押しつぶし無きものにして、大勢に従うことを良しとする風潮があります。空気を読め、ですと。これを日本人の心性などとは口が裂けても言いたくない。ましてや美風などというやつには心底腹が立ちます。

しかし、御《ぎょ》しやすいでしょうね。権力を持ってこれを治めようなんて言う人には。なんせ、言いなりなんだもん。私は恐れます。ひとたび悪意を持って悪しき方向に連れて行こうなんて輩《やから》が出てきたらひとたまりもないんじゃないかと。

コロナ禍のせいもあるんでしょうか、世の中全体が今暗く重苦しい。こういう時代に、老いることは何か分が悪いってか、お荷物扱いされそうで気分が悪い。そういう風潮を敏感に察してなのか、子どもに迷惑かけないようになんて、五十六十で早々と店じまいするかのように身辺整理なんて考える人もいる。それが悪いというわけじゃないけれど、何か内向き、後ろ向きの感じがする。

そもそも、老いるということはそんなにショボい寒々しいものなのでしょうか。

　私は、老いることも成長のうちと思っています。

　確かに体力の衰えというのは如何《いかん》ともし難いものがあるでしょう。でも百メートル徒競走するわけじゃなし、普段の生活を営むぐらいの体力に若いころと比べてそれほど遜色ないでしょう。

　経験という実験とその結果を、つまりはデータを私たちはいっぱい持っています。それをもって推《お》し量《はか》るに若いころは分からなかったけれど、今だったら分かる、ということがいっぱいあると思います。知力は、深い意味の知力も確実に成長していると思います。

　体力、知力、まだまだ十分として、あとは気力だけ。実はこれが一番重要じゃないでしょうか。

　気力、つまりやる気を削《そ》ぐのは実は目に見えない慣習のようなものだと思います。例えば、「老いては子に従え」なんて気分がいまだに毛穴から浸透している。何で今さら江戸時代の封建道徳がと思うかもしれませんが、老いたら膝《ひざ》を畳んでという気分が知らず知らず染み付いて、気力を萎《な》えさせていると思います。実際、高齢者になってみると、あれ、昨日の私とそんなに変わらないじゃないか、と思うのですが、年を取ったらこうならなくちゃなんて、つい自分を小さくまとめてしまう。

こういうとき、ハナさんのひと言ひと言ガツンときます。

しっかりしろ。自分を磨け。

シャンと歩け。セルフネグレクトなんてとんでもない。

自分をだいじにしろ。好きなように生きろ。思い通り生きろ。

ハナさんの言葉はともするとうつむきがちな私たちの気力を奮《ふる》い立たせてくれます。老いてこそ自分に従えと言っている。こういう流されない生き方、私は好きです。といってハナさん、品行方正の人ってわけでもない。チクチクと息子の嫁さんへの毒舌っぷり。この人間臭さがたまらない魅力です。

小説世界の住人であれ、現実の人であれ、日ごろの自分に喝《かつ》を入れてくれる人は貴重で得難い友人です。忍ハナさんに出会えて良かった。

忍ハナさんの生みの親、内館牧子さんに私は一度お目にかかったことがあります。

内館さんのお父様が盛岡《もりおか》のお生まれ、私も遠野《とおの》出身ということで盛岡文士劇に一緒に出させていただきました。内館さんはそこの常連さん、看板スターです。私は初出演。ちなみに文士劇は衣装からカツラから本格的で、涙あり笑いあり、とにかく大興奮の楽しい舞台でした。内館さんは初対面の私に開口一番「ねぇ、老後は盛岡で一緒に暮らさない」とおっしゃった。私アワアワ。無理もないです。若いころからあこがれていた作家さんが目の前にいて、話しかけられて、しかも一緒に暮らそうですから。ただ内館さんの老後っていつなの、と思ったこともこっそり告白します。あのときシラッと「そうですね、一緒に暮らしましょう」って言えれば良かった。己の度量のなさを恥じます。そう言えなかったのは彼我《ひが》の差。

内館さんと私はそんなに年が離れていません。にもかかわらず仕事量は文字通り、雲泥の差。私はといえば、藤井聡太《ふじいそうた》くんが将棋の新人として颯爽《さっそう》とデビューしたころ、私も新人と言われていた、のが自慢です。新人にして老人。だから、老いをどう生きるかは私にとっても最重要かつ喫緊の課題なのです。

さて、どうしようと頭をひねっても、老いの正しい生き方なんてものはないのでしょう。それぞれに個別具体の老いがあるわけで、自分の老いを手探りで行くことしかないのかもしれません。

私は「お引越し」のその日まで、笛太鼓、鉦《かね》の音もにぎやかにドンヒャラドンヒャラ行きたいものだと思っておりますが、さて、どうなりますやら。

（作家）

●本書は二〇一八年八月に、小社より刊行されました。
文庫化にあたり、一部を加筆・修正しました。

|著者| 内館牧子　1948年秋田市生まれ、東京育ち。武蔵野美術大学卒業後、13年半のOL生活を経て、1988年脚本家としてデビュー。テレビドラマの脚本に「ひらり」(1993年第1回橋田壽賀子賞)、「てやんでえッ!!」(1995年文化庁芸術作品賞)、「毛利元就」(1997年NHK大河ドラマ)、「私の青空」(2001年放送文化基金賞)、「塀の中の中学校」(2011年第51回モンテカルロテレビ祭テレビフィルム部門最優秀作品賞及びモナコ赤十字賞)、「小さな神たちの祭り」(2021年アジアテレビジョンアワード最優秀作品賞)など多数。1995年には日本作詩大賞(唄:小林旭／腕に虹だけ)に入賞するなど幅広く活躍し、著書に小説『終わった人』『今度生まれたら』、エッセイ『別れてよかった』ほか多数がある。東北大学相撲部総監督、元横綱審議委員。2003年大相撲研究のため東北大学大学院入学、2006年修了。その後も研究を続けている。

すぐ死《し》ぬんだから

内館牧子《うちだてまきこ》

2021年8月12日第1刷発行

発行者——鈴木章一
発行所——株式会社　講談社
東京都文京区音羽2-12-21　〒112-8001
電話　出版　(03)　5395-3510
　　　販売　(03)　5395-5817
　　　業務　(03)　5395-3615

Printed in Japan

講談社文庫

定価はカバーに
表示してあります

KODANSHA

デザイン—菊地信義
本文データ制作—講談社デジタル製作
印刷———凸版印刷株式会社
製本———株式会社国宝社

ISBN978-4-06-524585-9

講談社文庫刊行の辞

二十一世紀の到来を目睫に望みながら、われわれはいま、人類史上かつて例を見ない巨大な転換期をむかえようとしている。

世界も、日本も、激動の予兆に対する期待とおののきを内に蔵して、未知の時代に歩み入ろうとしている。このときにあたり、創業の人野間清治の「ナショナル・エデュケイター」への志を現代に甦らせようと意図して、われわれはここに古今の文芸作品はいうまでもなく、ひろく人文・社会・自然の諸科学から東西の名著を網羅する、新しい綜合文庫の発刊を決意した。

激動の転換期はまた断絶の時代である。われわれは戦後二十五年間の出版文化のありかたへの深い反省をこめて、この断絶の時代にあえて人間的な持続を求めようとする。いたずらに浮薄な商業主義のあだ花を追い求めることなく、長期にわたって良書に生命をあたえようとつとめるところにしか、今後の出版文化の真の繁栄はあり得ないと信じるからである。

同時にわれわれはこの綜合文庫の刊行を通じて、人文・社会・自然の諸科学が、結局人間の学にほかならないことを立証しようと願っている。かつて知識とは、「汝自身を知る」ことにつきていた。現代社会の瑣末な情報の氾濫のなかから、力強い知識の源泉を掘り起し、技術文明のただなかに、生きた人間の姿を復活させること。それこそわれわれの切なる希求である。

われわれは権威に盲従せず、俗流に媚びることなく、渾然一体となって日本の「草の根」をかたちづくる若く新しい世代の人々に、心をこめてこの新しい綜合文庫をおくり届けたい。それは知識の泉であるとともに感受性のふるさとであり、もっとも有機的に組織され、社会に開かれた万人のための大学をめざしている。大方の支援と協力を衷心より切望してやまない。

一九七一年七月

野間省一

講談社文庫 最新刊

内館牧子
すぐ死ぬんだから
年を取ったら中身より外見。終活なんてしない。人生一〇〇年時代の痛快「終活」小説！

堂場瞬一
チェンジ〈警視庁犯罪被害者支援課8〉
通り魔事件の現場で支援課・村野《むらの》が遭遇したのは。シーズン1感動の完結。〈文庫書下ろし〉

辻堂魁《かい》
落暉《ゆうひ》に燃ゆる〈大岡裁き再吟味〉
あの裁きは正しかったのか？ 還暦を迎えた大岡越前、自ら裁いた過去の事件と対峙する。

有栖川有栖
カナダ金貨の謎
臨床犯罪学者・火村英生《ひむらひでお》が焙《あぶ》り出す完全犯罪計画と犯人の誤算。〈国名シリーズ〉第10弾。

佐々木裕一
宮中の誘い〈公家武者 信平《のぶひら》(十)〉
息子・信政《のぶまさ》が京都宮中へ!? 日本の中枢へと巻き込まれた信政は、とある禁中の秘密を知る。

荻上直子
川っぺりムコリッタ
ムコリッタ。この妙な名のアパートに暮らす、愛すべき落ちこぼれたちと僕は出会った。

四戸俊成
芹沢政信
神在月のこども
映画公開決定！ 島根・出雲、この島国の根っこへと、自分を信じて駆ける少女の物語。

綾辻行人
黄昏の囁き〈新装改訂版〉
「……ね、遊んでよ」——謎の言葉とともに出没する殺人鬼の正体は？ シリーズ第三弾。

創刊50周年新装版

真保裕一
連鎖〈新装版〉
汚染食品の横流し事件の解明に動く元食品Gメンに死の危険が迫る。江戸川乱歩賞受賞作。

薬丸岳
天使のナイフ〈新装版〉
妻を惨殺した「少年B」が殺された。江戸川乱歩賞の歴史上に燦然と輝く、衝撃の受賞作！

幸田文
台所のおと〈新装版〉
病床から台所に耳を澄ますうち、佐吉は妻の音の変化に気づく。表題作含む10編を収録。

講談社文庫　目録

講談社文庫　目録

勝目　梓　小説家
桂　米朝　米朝ばなし〈上方落語地図〉
笠井　潔　梟《ふくろう》の巨《おお》なる黄昏《たそがれ》
笠井　潔　青銅の悲劇〈瀕死の王〉(上)(下)
川田弥一郎　白く長い廊下
神崎京介　女薫の旅　激情たぎる
神崎京介　女薫の旅　奔流あふれ
神崎京介　女薫の旅　陶酔めぐる
神崎京介　女薫の旅　衝動はぜて
神崎京介　女薫の旅　放心とろり
神崎京介　女薫の旅　感涙はてる
神崎京介　女薫の旅　耽溺《たんでき》まみれ
神崎京介　女薫の旅　誘惑おって
神崎京介　女薫の旅　秘に触れ
神崎京介　女薫の旅　禁の園へ
神崎京介　女薫の旅　欲の極み
神崎京介　女薫の旅　青い乱れ
神崎京介　女薫の旅　奥に裏に
神崎京介　I LOVE

加納朋子　ガラスの麒麟
角田光代　まどろむ夜のUFO
角田光代　恋するように旅をして
角田光代　庭の桜、隣の犬
角田光代　人生ベストテン
角田光代　ロック母
角田光代　彼女のこんだて帖
角田光代　ひそやかな花園
川端裕人　せちやん〈星を聴く人〉
川端裕人　星と半月の海
片川優子　ジョナさん
片川優子　ただいまラボ
神山裕右　カタコンベ
神山裕右　炎の放浪者
加賀まりこ　純情ババアになりました。
門田隆将　甲子園への遺言〈伝説の打撃コーチ高畠導宏の生涯〉
門田隆将　甲子園の奇跡〈斎藤佑樹と早実百年物語〉
門田隆将　神宮の奇跡
鏑木　蓮　東京ダモイ

鏑木　蓮　屈折光
鏑木　蓮　時限
鏑木　蓮　真友
鏑木　蓮　甘い罠
鏑木　蓮　京都西陣シェアハウス〈憎まれ天使・有村志穂〉
鏑木　蓮　炎罪
鏑木　蓮　疑薬
川上未映子　そら頭はでかいです、世界がすこんと入ります
川上未映子　わたくし率 イン 歯ー、または世界
川上未映子　ヘヴン
川上未映子　すべて真夜中の恋人たち
川上未映子　愛の夢とか
川上弘美　ハヅキさんのこと
川上弘美　晴れたり曇ったり
川上弘美　大きな鳥にさらわれないよう
海堂　尊　外科医　須磨久善
海堂　尊　新装版　ブラックペアン1988
海堂　尊　ブレイズメス1990
海堂　尊　スリジエセンター1991

講談社文庫　目録

2021年6月15日現在